高中英文老師需

1.

**用會話背7000字① 書+CD 280元**

將「高中常用7000字」融入日常生活會話，極短句，控制在5個字以內。以三句一組，容易背，背短句，比背單字還快。每句話都用得到，可以主動和外國人說。背完後，會說話、會寫作，更會考試。

2.

**一分鐘背9個單字 書+CD 280元**

顛覆傳統，一次背9個單字，把9個單字當作1個單字背，不斷熟背，變成直覺，就能終生不忘記，唯有不忘記，才能累積。利用相同字首、字尾編排，整理出規則，會唸就會拼，背單字變得超簡單。準確地鎖定「高中常用7000字」，用不到的、不考的字，不用浪費時間背。

3.

**時速破百單字快速記憶 書 250元**

7000字背誦法寶，用五種方法，以「一口氣」方法呈現，把7000字串聯起來，以發音為主軸，3字一組，9字一回，變成長期記憶。鎖定7000字，不超出7000字範圍。

4.

**如何寫英文作文 書 250元**

從頭到尾把英文作文該怎麼寫，敘述得一清二楚。從標題、主題句、推展句，到結尾句，非常完整。附有轉承語整理，背了就有寫作文的衝動。

5.

**7000字克漏字詳解 書 250元**

保證7000字範圍，做克漏字測驗等於複習「高中常用7000字」。句子分析，一看就懂，對錯答案都有明確交代，翻譯、註釋詳盡，不需要再查字典。Test 1～Test 5還有錄音QR碼，可跟著美籍老師唸，培養語感。

6. **7000字文意選填詳解** 書 250元

「文意選填」是近年大學入試必考的題型。本書取材自名校老師命題，每回測驗都在「劉毅英文」實際考過，效果極佳。有句子分析、翻譯及註釋，一看就懂。保證在7000字範圍內，每個單字都標明級數。

7. **7000字閱讀測驗詳解** 書 250元

符合大學入學考試的命題原則，具知識性、趣味性、教育性，和生活性。有翻譯及註釋，每個單字都註明級數。由淺至深編排，因為不必查字典，像是看小說一樣，越做越想做。保證在7000字範圍內，不會碰到考試不考、以後又用不到的單字。

8. **7000字學測試題詳解** 書 250元

精選6份完整的試題，按照大學入學考試新題型命題。每份試題附有翻譯和註釋，單字有標明級數，對錯答案都有明確交待。把這6份試題當作課本一樣熟讀，再做其他試題就簡單了。

9. **高中常用7000字解析【豪華版】** 書 390元

取材自大學入學考試中心新修編的「高中英文參考詞彙表」研究計劃報告，收錄的均是教育部公布的重要字彙，讓同學背得正確，迅速掌握方向，並有效用於考場上。重要字彙皆有例句，提供讀者八種不同的學習方式，包含記憶技巧、同、反義字、常考片語、典型考題等。

10. **高中7000字測驗題庫** 書 180元

取材自大規模考試，每條題目都有詳細解答。做詞彙題能增加閱讀能力，只要詞彙題滿分，其他克漏字、文意選填、閱讀測驗、翻譯、作文，稍加努力，就能完全征服。

## 11. 文法寶典全集 書 990元

文法是語言的歸納，不完全的文法規則，反而會造成學習的障礙。這套書是提供讀者查閱的，深入淺出，會讓學生很高興。有了「文法寶典」，什麼文法難題都可以迎刃而解。

## 12. 一口氣背文法 書+CD 280元

文法規則無限多，沒人記得下來，只要背216句，就學完文法，背的句子可說出來，還可寫作文。
郭雅惠博士說：「我很感恩，因為您發明的『一口氣背文法』，憑著那216句＋您的DVD＋我課前的準備，就可上課。」

## 13. 全真文法450題詳解 書 280元

文法題目出起來可不簡單，不小心就會出現二個答案，中國人出題造句，受到中文的影響，很容易出錯。這本書選擇大陸、日本和台灣各大規模考試，大型考試出題者比較慎重，再請三位美籍老師校對，對錯答案都有明確交代。

## 14. 一口氣考試英語 書+CD 280元

單教試題，題目無法應用在日常生活當中，同學學起來很枯燥，把試題變成會話，就精彩了。試題往往有教育性，用這些題目來編會話，是最佳的選擇。同學一面準備考試，一面學會話，進步速度才快

## 15. 一口氣背同義字寫作文…① 書+MP3 280元

背了同義字，對寫作文有幫助。每個Unit先背九句平常用得到的會話，如：Unit 1 The Way to Success（成功之道），先背九個核心關鍵句，再背同義字，就可造出長篇的演講和作文了。

16.  **一口氣背7000字①~⑯合集　書 990元**

大考中心公佈的「高中英文常考字彙表」共6,369個字，也就是俗稱的「高中常用7000字」，我們按照「一口氣英語」的方式，三字一組來背，可快速增加單字。

17.  **全真克漏字282題詳解　書 280元**

本書取材自大陸和日本大學入學試題，經過美籍權威教授Laura E. Stewart和本公司編輯Christian Adams仔細校對。書中每篇克漏字都有句子分析，對錯答案都有明確交代。另有劉毅老師親授「克漏字講座實況DVD」，同步學習，效果加倍。

18.  **翻譯句型800　書 180元**

將複雜的英文文法濃縮成800個句子，同學可看著中文唸出英文，第二遍可看著中文默寫英文，也可在每一回Test中抽出一句練習。利用練習翻譯的機會，對閱讀能力、英文作文等也有幫助，一石多鳥。

19.  **如何寫看圖英作文①　書 180元**

四張連環圖：採用「一口氣英語」方式，每一張圖片三句為一組，四張共12句，剛好120字左右。同學只要想到一張圖寫三句話，就會覺得輕鬆很多。兩張圖為一段，就可寫出漂亮的文章。

20. **如何寫看圖英作文②　書 180元**

一張圖片：以「一口氣英語」的方式，三句為一組，四組十二句，再以「人事時地物」為出發點，說明過去發生什麼事，現在情況如何，未來可能發生的情形，再說明你的看法即可。

# 下定決心，背完本書

　　學習英文最大的障礙，就是單字。不管怎麼背，單字總覺得不夠。所有單字量大的人，全部都是利用「字根」來背單字。即使是美國的中學生，也是按照字根背單字。所以，我們出版了「英文字根字典」，不斷地修訂，務必讓讀者每個單字都查得到。

　　編者於2012年2月22日至7月18日，上了18週的「英文字根串聯記憶班」，我非常害怕越上學生越少。在補習班，上課不受歡迎，學生變少就是警訊，會被淘汰。因此，每堂課都準備充份、戰戰兢兢，深感慶幸，在這種年紀，還受到同學的熱烈歡迎，越上學生越多，最後一堂課爆滿。這本書就是 18 週上課的筆記，希望有老師能夠模仿，把這個方法傳出去。

　　「英文字根串聯記憶」就是把單字串聯起來，一個接一個地背，以「字根」為主軸，例如，你背了 current，再背 currently 或 currency，不是很簡單嗎？再從字根的意思了解單字的整個意思，像 current，字中的 cur 是「跑」的意思，「跑的東西」引申為「電流」、「氣流」、「潮流」等，這樣子就不會忘記了。編者每次上課前，都將所有的講稿背下來，同學在課堂上看不到我拿講義，我能夠背那麼熟，是因為單字經過特殊編排。對年輕的學子來說，背起來就更簡單了。可以先看上課實況 DVD 再背，就更輕鬆了。

　　不管用什麼方法，還是要下定決心，吃一次苦，永遠受益。背完「英文字根串聯記憶」，無論考試、閱讀、寫作文，都沒問題了。本書雖經審慎編校，但仍恐有疏漏之處，誠盼各界先進不吝指正。

劉 毅

# 英文字根串聯單字記憶比賽 ①

背以前先檢查：請先看英文說出中文，把不認識的單字，於空格中做記號。

| | |
|---|---|
| ☐ 1. excursion | ☐ 26. discourse |
| ☐ 2. current | ☐ 27. recourse |
| ☐ 3. currently | ☐ 28. exclaim |
| ☐ 4. currency | ☐ 29. claim |
| ☐ 5. occur | ☐ 30. acclaim |
| ☐ 6. flood | ☐ 31. proclaim |
| ☐ 7. blood | ☐ 32. reclaim |
| ☐ 8. bleed | ☐ 33. declaim |
| ☐ 9. optimistic | ☐ 34. disclaim |
| ☐ 10. pessimistic | ☐ 35. excel |
| ☐ 11. occurrence | ☐ 36. excellent |
| ☐ 12. incur | ☐ 37. excellence |
| ☐ 13. concur | ☐ 38. exaggerate |
| ☐ 14. conquer | ☐ 39. exaggeration |
| ☐ 15. recur | ☐ 40. exam |
| ☐ 16. recurrence | ☐ 41. examination |
| ☐ 17. air current | ☐ 42. examine |
| ☐ 18. ocean current | ☐ 43. determine |
| ☐ 19. cursor | ☐ 44. famine |
| ☐ 20. cursory | ☐ 45. expand |
| ☐ 21. curriculum | ☐ 46. expend |
| ☐ 22. extracurricular | ☐ 47. expense |
| ☐ 23. course | ☐ 48. expensive |
| ☐ 24. concourse | ☐ 49. pend |
| ☐ 25. intercourse | ☐ 50. pending |

- [ ] 51. pendant
- [ ] 52. pendulum
- [ ] 53. depend
- [ ] 54. dependent
- [ ] 55. independent
- [ ] 56. append
- [ ] 57. appendix
- [ ] 58. appendicitis
- [ ] 59. pneumonia
- [ ] 60. suspend
- [ ] 61. suspense
- [ ] 62. suspensive
- [ ] 63. dispense
- [ ] 64. dispenser
- [ ] 65. dispensary
- [ ] 66. dispensable
- [ ] 67. indispensable
- [ ] 68. compensate
- [ ] 69. compensation
- [ ] 70. pension
- [ ] 71. perpendicular
- [ ] 72. particular
- [ ] 73. expire
- [ ] 74. expiration
- [ ] 75. inspire
- [ ] 76. inspiration
- [ ] 77. aspire
- [ ] 78. aspiration
- [ ] 79. aspirant
- [ ] 80. servant
- [ ] 81. giant
- [ ] 82. assistant
- [ ] 83. peasant
- [ ] 84. pea
- [ ] 85. inhabitant
- [ ] 86. descendant
- [ ] 87. tenant
- [ ] 88. conspire
- [ ] 89. conspiracy
- [ ] 90. conspirator
- [ ] 91. examiner
- [ ] 92. examinee
- [ ] 93. employer
- [ ] 94. employee
- [ ] 95. payer
- [ ] 96. payee
- [ ] 97. appointer
- [ ] 98. appointee
- [ ] 99. trainer
- [ ] 100. trainee
- [ ] 101. interviewer
- [ ] 102. interviewee

# 劉毅老師「英文字根串聯記憶班」筆記 ①

1. **ex cur sion** 〔ɪk'skɜʒən 〕 *n.*
　out｜run｜ *n.* 　　　遠足；旅行
　go on an excursion　去旅行
　= go on a trip
　on 表「目的」

2. **cur rent** 〔'kɜənt 〕 *n.* 水流；
　run｜ *n.*
　電流；氣流；潮流；趨勢；傾向
　*adj.* 流行的；現在的

3. **cur rent ly** 〔'kɜəntlɪ 〕 *adv.*
　run｜ *adj.*｜ *adv.* 　現在；目前

4. **cur rency** 〔'kɜənsɪ 〕 *n.* 流通；
　run｜ *n.*
　　　　　　　　　貨幣（ = *money* ）

5. **oc cur** 〔ə'kɜ 〕 *v.* 發生；出現
　eye｜run　　　　　（跑到眼前）
　near｜
　look　看；book　書本

6. **fl<u>oo</u>d** 〔 flʌd 〕 *n.* 洪水（oo 表示
　張開眼睛）

7. **bl<u>oo</u>d** 〔 blʌd 〕 *n.* 血

8. **bl<u>ee</u>d** 〔 blid 〕 *v.* 流血（ee 表示
　閉上眼睛）

9. **optimi stic** 〔ˌɑptə'mɪstɪk 〕 *adj.*
　best｜ *adj.*
　樂觀的（o 表示張開的眼睛）

10. **pessimi stic** 〔ˌpɛsə'mɪstɪk 〕 *adj.*
　worst｜ *adj.*
　悲觀的（e 表示閉上的眼睛）

11. **oc cur rence** 〔ə'kɜəns 〕 *n.* 事件
　near｜run｜ *n.*
　= event
　= happening
　= incident

> 重複子音原則
> 1. 單子音＋單母音＋單子音＋重複子音
> 2. 兩個音節，重音在第二個音節上，
> 　　單子音＋單母音＋單子音＋重複子音
> 　　例：occur
> 　　　　occu<u>rr</u>ence

12. **in cur** 〔 ɪn'kɜ 〕 *v.* 招致
　into｜run　　　　（跑進災難中）
　= bring about = result in
　= cause

13. **con cur** 〔 kən'kɜ 〕 *v.* 同意；
　all｜run　　　　　贊成；同時發生
　I *concur*. = I agree. 我同意。

14. **con quer** 〔'kɑŋkə 〕 *v.* 征服
　一起｜seek

15. **re cur** 〔 rɪ'kɜ 〕 *v.* 再發生；復發
　again｜run　　　　（ = *happen again* ）
　back｜
　I don't *concur* that this problem
　will *recur*.
　我不同意這個問題會再發生。

16. **re cur rence** 〔 rɪ'kɜəns 〕 *n.*
　again｜run｜ *n.*　再發生；（病）復發
　back｜

17. **air current** 氣流

18. **ocean current** 洋流

19. **cur** | **sor**〔'kɝsə〕*n.* 游標
run | *n.*

20. **cur** | **sory**〔'kɝsərɪ〕*adj.* 粗略的；
run | *adj.* 匆忙的
= hurried
a *cursory* inspection 匆匆的檢查

21. **cur** | **ricul** | **um**〔kə'rɪkjələm〕*n.*
run | 小 | *n.* 全部課程
mus**eum** 博物館

22. **extra** | **curricular**
out |
〔ˌɛkstrəkə'rɪkjələ〕*adj.* 課外的
curricular〔kə'rɪkjələ〕*adj.* 課程的

23. **cour** | **se**〔kors〕*n.* 課程；路程；
run | 跑道（流動的路線）

24. **con** | **course**〔'kɑnkors〕*n.* 合流；
一起 | run 大道；廣場

25. **inter** | **course**〔'ɪntəˌkors〕*n.* 做愛
between | run

26. **dis** | **course**〔'dɪskors , dɪ'skors〕
away | run *n.* 演講（語言向外跑）
= speech
= lecture
= address
= oration

27. **re** | **course**〔'rikors , rɪ'kors〕*n.*
back | run
求助（ *to* ）（小孩跑回家求助）
have recourse to 求助於
= resort to
= turn to

28. **ex** | **claim**〔ɪk'sklem〕*v.* 呼喊
out | cry
= shout
= cry out

29. **claim**〔klem〕*v.* 要求；主張；
= demand 聲稱
= require

30. **ac** | **claim**〔ə'klem〕*v.* 歡呼；喝采
to | cry
= applaud
= cheer

31. **pro** | **claim**〔pro'klem〕*v.*
forward | cry 宣言；聲明
= declare
= announce

32. **re** | **claim**〔rɪ'klem〕*v.* ①取回；
back | 要求 要求歸還 ②矯正；教化；開墾
baggage reclaim （機場）提取
行李處
= baggage claim

33. **de** | **claim**〔dɪ'klem〕*v.* 高聲演
加強 | 要求 說；抗辯；朗誦

34. **dis** | **claim**〔dɪs'klem〕*v.* 否認；
not | 要求
拒絕承認；放棄（權利）↔ claim
I *disclaimed* against the new
taxes. 我強烈抗議新稅。
I *disclaimed* my citizenship.
我放棄我的公民資格。

35. <u>ex</u> | <u>cel</u>〔ɪk'sɛl〕v. 優於；勝於 ( *in* )
out | rise

36. <u>ex</u> | <u>cel</u> | <u>lent</u>〔'ɛkslənt〕*adj.* 優秀
out | rise | *adj.* 的；傑出的

37. <u>ex</u> | <u>cel</u> | <u>lence</u>〔'ɛksləns〕*n.*
out | rise | *n.* 優秀；傑出

38. <u>ex</u> | <u>ag</u> | <u>ger</u> | <u>ate</u>〔ɪg'zædʒə,ret〕
out | to | carry | *v.* *v.* 誇張；誇大

39. **exaggeration**〔ɪg,zædʒə'reʃən〕
*n.* 誇張

40. <u>exam</u>〔ɪg'zæm〕*n.* 考試
take an exam 參加考試

41. **examination**〔ɪg,zæmə'neʃən〕
*n.* 考試

42. **exam<u>ine</u>**〔ɪg'zæmɪn〕*v.* 檢查

43. **deter<u>mine</u>**〔dɪ't3mɪn〕*v.* 決定

44. **fam<u>ine</u>**〔'fæmɪn〕*n.* 饑荒

45. <u>ex</u> | <u>pand</u>〔ɪk'spænd〕*v.* 擴張
out | spread

46. <u>ex</u> | <u>pend</u>〔ɪk'spɛnd〕*v.* 花費
out | pay （= *spend*）
區別/æ/和/ɛ/
That's a bad bed.
/æ/ /ɛ/

47. <u>ex</u> | <u>pense</u>〔ɪk'spɛns〕*n.* 費用
out | pay

48. **expensive**〔ɪk'spɛnsɪv〕*adj.*
昂貴的

| pend<br>pens | = | hang 懸掛<br>weigh 稱重<br>pay 付錢 |

49. <u>**pend**</u>〔pɛnd〕v. 未定；未決；
懸而未決

50. <u>**pending**</u>〔'pɛndɪŋ〕*adj.* 未決定的
（= *undetermined*）

51. <u>**pendant**</u>〔'pɛndənt〕*n.* 吊燈；
有垂飾的項鍊（耳環）

52. <u>**pend**</u> | <u>**ulum**</u>〔'pɛndʒələm〕*n.*
hang | *n.* 鐘擺

53. <u>**de**</u> | <u>**pend**</u>〔dɪ'pɛnd〕*v.* 依賴
加強 | hang

54. <u>**de**</u> | <u>**pend**</u> | <u>**ent**</u>〔dɪ'pɛndənt〕
加強 | hang | *adj.* *adj.* 依賴的

55. <u>**in**</u> | <u>**dependent**</u>〔,ɪndɪ'pɛndənt〕
not | *adj.* 獨立的
be dependent on 依賴
= depend on
be independent of 脫離～而獨立

56. <u>**ap**</u> | <u>**pend**</u>〔ə'pɛnd〕*v.* 附加；
to | hang 貼上；掛上
= add
= attach

57. <u>**append**</u> | <u>**ix**</u>〔ə'pɛndɪks〕*n.*
| *n.* 附錄；盲腸

58. **appendic｜itis** 〔 əˌpɛndəˈsaɪtɪs 〕
　　　　　　　　發炎
　　　　　　　　　　　　　　*n.* 盲腸炎

59. **pneumon｜ia** 〔 nuˈmonjə 〕 *n.* 肺炎
　　　　lung
　　　= pneumonitis 〔ˌnuməˈnaɪtɪs 〕*n.*
　　　　肺炎

60. **sus｜pend** 〔 səˈspɛnd 〕 *v.* 懸掛；
　　under｜hang　暫停營業（垂吊而下）

61. **sus｜pense** 〔 səˈspɛns 〕 *n.* 掛慮；
　　under｜hang　　懸疑；擔心；未定

62. **sus｜pens｜ive** 〔 səˈspɛnsɪv 〕
　　under｜hang｜*adj.*
　　*adj.* 未決定的；中止的；暫時的

63. **dis｜pense** 〔 dɪˈspɛns 〕 *v.* 分配；
　　apart｜稱　　　　　　　　配藥

64. **dispenser** 〔 dɪˈspɛnsɚ 〕 *n.* 分配
　　者；藥劑師
　　（ = pharmacist 〔ˈfɑrməsɪst 〕）

65. **dispens｜ary** 〔 dɪˈspɛnsɛrɪ 〕*n.*
　　　　　　　　地
　　　　　　　　　　　藥房；藥局
　　= pharmacy
　　= drugstore

66. **dispens｜able** 〔 dɪˈspɛnsəbl̩ 〕 *adj.*
　　　　　　　　能
　　可分配的；可有可無的

67. **indispensable** 〔 ˌɪndɪˈspɛnsəbl̩ 〕
　　*adj.* 不可缺少的；必需的
　　= required
　　= needed

68. **com｜pens｜ate** 〔ˈkɑmpənˌset 〕
　　一起｜pay｜*v.*
　　*v.* 補償；賠償（一起付，沒付的，要還）
　　= make up for

69. **compensation** 〔ˌkɑmpənˈseʃən 〕
　　*n.* 補償

70. **pens｜ion** 〔ˈpɛnʃən 〕 *n.* 退休金
　　pay｜*n.*

71. **per｜pend｜icul｜ar** 〔ˌpɝpənˈdɪkjələ 〕 *adj.* 垂直的（吊掛
　　完全｜hang｜小｜*adj.*
　　得很直）
　　= upright
　　= vertical

72. **part｜icul｜ar** 〔 pɚˈtɪkjələ 〕 *adj.*
　　部分｜小｜*adj.*
　　　　　　　　　　　　　　特別的

73. **ex｜pire** 〔 ɪkˈspaɪr 〕 *v.* 吐氣；
　　out｜breathe　　　斷氣；期滿

74. **expiration** 〔ˌɛkspəˈreʃən 〕
　　*n.* 期滿
　　EXP 07/12　2012 年 7 月期滿

75. **in｜spire** 〔 ɪnˈspaɪr 〕 *v.* 激勵；鼓舞
　　in｜breathe
　　（ = *encourage* ）（吸進新空氣）
　　I'm inspired. 我受到鼓舞。
　　I'm glad I'm here.
　　I'll remember this forever.

76. **inspiration** 〔ˌɪnspəˈreʃən 〕*n.*
　　靈感；激勵

77. **a** | **spire** 〔ə'spaɪr〕v. 渴望；立志
to | breathe
( = *desire* )（缺氧者渴望呼吸）

78. **aspiration** 〔,æspə'reʃən〕n.
渴望；志向

79. **aspir** | **ant** 〔'æspərənt, ə'spaɪrənt〕
人
n. 渴望者；候選人

80. **serv** | **ant** 〔'sɝvənt〕n. 僕人
人

81. **gi** | **ant** 〔'dʒaɪənt〕n. 巨人
big | 人

82. **assist** | **ant** 〔ə'sɪstənt〕n. 助手
help | 人 ( = *helper* )

83. **peas** | **ant** 〔'pɛznt〕n. 農夫
人 （注意發音）

84. **pea** 〔pi〕n. 豌豆

85. **inhabit** | **ant** 〔ɪn'hæbətənt〕n.
live | 人 居民

86. **descend** | **ant** 〔dɪ'sɛndənt〕n.
下降 | 人 子孫

87. **ten** | **ant** 〔'tɛnənt〕n. 房客
hold | 人

88. **con** | **spire** 〔kən'spaɪr〕v. 同謀；
一起 | breathe 密謀（一鼻子出氣）

89. **conspir** | **acy** 〔kən'spɪrəsɪ〕
n. 共謀；陰謀

90. **conspirat** | **or** 〔kən'spɪrətɚ〕n.
人 陰謀者

91. **examin** | **er** 〔ɪg'zæmɪnɚ〕n.
人 主考官

92. **examin** | **ee** 〔ɪg,zæmə'ni〕n.
人 應試者

> er 表「主動者」
> ee 表「被動者」

93. **employ** | **er** 〔ɪm'plɔɪɚ〕n. 老闆
人 ( = *boss* )

94. **employee** 〔,ɛmplɔɪ'i〕n. 員工

95. **payer** 〔'peɚ〕n. 付款人

96. **payee** 〔pe'i〕n. 收款人
( = *receiver* )

97. **appointer** 〔ə'pɔɪntɚ〕n. 任命者

98. **appointee** 〔əpɔɪn'ti〕n. 被任命者

99. **trainer** 〔'trenɚ〕n. 教練；訓練者

100. **trainee** 〔tren'i〕n. 受訓者
（字尾是 ee，重音在最後一個音節上）
例外：coffee 〔'kɔfɪ〕n. 咖啡
committee 〔kə'mɪtɪ〕n. 委員會

101. **interviewer** 〔'ɪntɚ,vjuɚ〕n.
面試者；訪問者

102. **interviewee** 〔,ɪntɚvju'i〕n.
被面試者；受訪者

背完後檢查：請看中文說出英文，並拼出字母，把不認識的單字，於空格中做記號。

| | | | | |
|---|---|---|---|---|
| ☐ | 1. 遠足；旅行 _____ | ☐ | 26. 演講 _____ |
| ☐ | 2. 水流；電流 _____ | ☐ | 27. 求助 _____ |
| ☐ | 3. 現在；目前 _____ | ☐ | 28. 呼喊 _____ |
| ☐ | 4. 流通；貨幣 _____ | ☐ | 29. 要求；主張 _____ |
| ☐ | 5. 發生；出現 _____ | ☐ | 30. 歡呼；喝采 _____ |
| ☐ | 6. 洪水 _____ | ☐ | 31. 宣言；聲明 _____ |
| ☐ | 7. 血 _____ | ☐ | 32. ①取回 ②矯正 _____ |
| ☐ | 8. 流血 _____ | ☐ | 33. 高聲演說 _____ |
| ☐ | 9. 樂觀的 _____ | ☐ | 34. 否認 _____ |
| ☐ | 10. 悲觀的 _____ | ☐ | 35. 優於；勝於 _____ |
| ☐ | 11. 事件 _____ | ☐ | 36. 優秀的 _____ |
| ☐ | 12. 招致 _____ | ☐ | 37. 優秀；傑出 _____ |
| ☐ | 13. 同意 _____ | ☐ | 38. 誇張；誇大 _____ |
| ☐ | 14. 征服 _____ | ☐ | 39. 誇張 _____ |
| ☐ | 15. 再發生 _____ | ☐ | 40. 考試 _____ |
| ☐ | 16. 再發生 _____ | ☐ | 41. 考試 _____ |
| ☐ | 17. 氣流 _____ | ☐ | 42. 檢查 _____ |
| ☐ | 18. 洋流 _____ | ☐ | 43. 決定 _____ |
| ☐ | 19. 游標 _____ | ☐ | 44. 飢荒 _____ |
| ☐ | 20. 粗略的 _____ | ☐ | 45. 擴張 _____ |
| ☐ | 21. 全部課程 _____ | ☐ | 46. 花費 _____ |
| ☐ | 22. 課外的 _____ | ☐ | 47. 費用 _____ |
| ☐ | 23. 課程；路程 _____ | ☐ | 48. 昂貴的 _____ |
| ☐ | 24. 合流；大道 _____ | ☐ | 49. 未定；未決 _____ |
| ☐ | 25. 做愛 _____ | ☐ | 50. 未決定的 _____ |

☐ 51. 吊燈　—————

☐ 52. 鐘擺　—————

☐ 53. 依賴　—————

☐ 54. 依賴的　—————

☐ 55. 獨立的　—————

☐ 56. 附加；貼上　—————

☐ 57. 附錄；盲腸　—————

☐ 58. 盲腸炎　—————

☐ 59. 肺炎　—————

☐ 60. 懸掛　—————

☐ 61. 掛慮；懸疑　—————

☐ 62. 未決定的　—————

☐ 63. 分配；配藥　—————

☐ 64. 分配者　—————

☐ 65. 藥房；藥局　—————

☐ 66. 可分配的　—————

☐ 67. 不可缺少的　—————

☐ 68. 補償；賠償　—————

☐ 69. 補償　—————

☐ 70. 退休金　—————

☐ 71. 垂直的　—————

☐ 72. 特別的　—————

☐ 73. 吐氣；斷氣　—————

☐ 74. 期滿　—————

☐ 75. 激勵；鼓舞　—————

☐ 76. 靈感；激勵　—————

☐ 77. 渴望；立志　—————

☐ 78. 渴望；志向　—————

☐ 79. 渴望者　—————

☐ 80. 僕人　—————

☐ 81. 巨人　—————

☐ 82. 助手　—————

☐ 83. 農夫　—————

☐ 84. 豌豆　—————

☐ 85. 居民　—————

☐ 86. 子孫　—————

☐ 87. 房客　—————

☐ 88. 同謀；密謀　—————

☐ 89. 共謀；陰謀　—————

☐ 90. 陰謀者　—————

☐ 91. 主考官　—————

☐ 92. 應試者　—————

☐ 93. 老闆　—————

☐ 94. 員工　—————

☐ 95. 付款人　—————

☐ 96. 收款人　—————

☐ 97. 任命者　—————

☐ 98. 被任命者　—————

☐ 99. 教練　—————

☐ 100. 受訓者　—————

☐ 101. 面試者　—————

☐ 102. 被面試者　—————

最後再複習：下面單字按照字母序排列，請把還不認識的單字做一記號。
第一次不會，做個記號，第二次再不會，再做個記號。

☐☐ acclaim
☐☐ air current
☐☐ append
☐☐ appendicitis
☐☐ appendix
☐☐ appointee
☐☐ appointer
☐☐ aspirant
☐☐ aspiration
☐☐ aspire
☐☐ assistant
☐☐ bleed
☐☐ blood
☐☐ claim
☐☐ compensate
☐☐ compensation
☐☐ concourse
☐☐ concur
☐☐ conquer
☐☐ conspiracy
☐☐ conspirator
☐☐ conspire
☐☐ course
☐☐ currency
☐☐ current
☐☐ currently
☐☐ curriculum
☐☐ cursor
☐☐ cursory
☐☐ declaim
☐☐ depend
☐☐ dependent
☐☐ descendant
☐☐ determine

☐☐ disclaim
☐☐ discourse
☐☐ dispensable
☐☐ dispensary
☐☐ dispense
☐☐ dispenser
☐☐ employee
☐☐ employer
☐☐ exaggerate
☐☐ exaggeration
☐☐ exam
☐☐ examination
☐☐ examine
☐☐ examinee
☐☐ examiner
☐☐ excel
☐☐ excellence
☐☐ excellent
☐☐ exclaim
☐☐ excursion
☐☐ expand
☐☐ expend
☐☐ expense
☐☐ expensive
☐☐ expiration
☐☐ expire
☐☐ extracurricular
☐☐ famine
☐☐ flood
☐☐ giant
☐☐ incur
☐☐ independent
☐☐ inhabitant

☐☐ inspiration
☐☐ inspire
☐☐ intercourse
☐☐ interviewee
☐☐ interviewer
☐☐ occur
☐☐ occurrence
☐☐ ocean current
☐☐ optimistic
☐☐ particular
☐☐ payee
☐☐ payer
☐☐ pea
☐☐ peasant
☐☐ pend
☐☐ pendant
☐☐ pending
☐☐ pendulum
☐☐ pension
☐☐ perpendicular
☐☐ pessimistic
☐☐ pneumonia
☐☐ proclaim
☐☐ reclaim
☐☐ recourse
☐☐ recur
☐☐ recurrence
☐☐ servant
☐☐ suspend
☐☐ suspense
☐☐ suspensive
☐☐ tenant
☐☐ trainee
☐☐ trainer

最後再複習：下面單字按照字母序排列，請把還不認識的單字做一記號。
第一次不會，做個記號，第二次再不會，再做個記號。

| | | |
|---|---|---|
| ☐☐ acclaim | ☐☐ disclaim | ☐☐ inspiration |
| ☐☐ air current | ☐☐ discourse | ☐☐ inspire |
| ☐☐ append | ☐☐ dispensable | ☐☐ intercourse |
| ☐☐ appendicitis | ☐☐ dispensary | ☐☐ interviewee |
| ☐☐ appendix | ☐☐ dispense | ☐☐ interviewer |
| ☐☐ appointee | ☐☐ dispenser | ☐☐ occur |
| ☐☐ appointer | ☐☐ employee | ☐☐ occurrence |
| ☐☐ aspirant | ☐☐ employer | ☐☐ ocean current |
| ☐☐ aspiration | ☐☐ exaggerate | ☐☐ optimistic |
| ☐☐ aspire | ☐☐ exaggeration | ☐☐ particular |
| ☐☐ assistant | ☐☐ exam | ☐☐ payee |
| ☐☐ bleed | ☐☐ examination | ☐☐ payer |
| ☐☐ blood | ☐☐ examine | ☐☐ pea |
| ☐☐ claim | ☐☐ examinee | ☐☐ peasant |
| ☐☐ compensate | ☐☐ examiner | ☐☐ pend |
| ☐☐ compensation | ☐☐ excel | ☐☐ pendant |
| ☐☐ concourse | ☐☐ excellence | ☐☐ pending |
| ☐☐ concur | ☐☐ excellent | ☐☐ pendulum |
| ☐☐ conquer | ☐☐ exclaim | ☐☐ pension |
| ☐☐ conspiracy | ☐☐ excursion | ☐☐ perpendicular |
| ☐☐ conspirator | ☐☐ expand | ☐☐ pessimistic |
| ☐☐ conspire | ☐☐ expend | ☐☐ pneumonia |
| ☐☐ course | ☐☐ expense | ☐☐ proclaim |
| ☐☐ currency | ☐☐ expensive | ☐☐ reclaim |
| ☐☐ current | ☐☐ expiration | ☐☐ recourse |
| ☐☐ currently | ☐☐ expire | ☐☐ recur |
| ☐☐ curriculum | ☐☐ extracurricular | ☐☐ recurrence |
| ☐☐ cursor | ☐☐ famine | ☐☐ servant |
| ☐☐ cursory | ☐☐ flood | ☐☐ suspend |
| ☐☐ declaim | ☐☐ giant | ☐☐ suspense |
| ☐☐ depend | ☐☐ incur | ☐☐ suspensive |
| ☐☐ dependent | ☐☐ independent | ☐☐ tenant |
| ☐☐ descendant | ☐☐ indispensable | ☐☐ trainee |
| ☐☐ determine | ☐☐ inhabitant | ☐☐ trainer |

# 英文字根串聯單字記憶比賽 ②

背以前先檢查：請先看英文說出中文，把不認識的單字，於空格中做記號。

- [ ] 1. prospect
- [ ] 2. prospective
- [ ] 3. aspect
- [ ] 4. spectacle
- [ ] 5. spectator
- [ ] 6. inspect
- [ ] 7. expect
- [ ] 8. expectation
- [ ] 9. suspect
- [ ] 10. respect
- [ ] 11. respectable
- [ ] 12. respectful
- [ ] 13. respective
- [ ] 14. perspective
- [ ] 15. connective
- [ ] 16. native
- [ ] 17. relative
- [ ] 18. detective
- [ ] 19. retrospect
- [ ] 20. introspect
- [ ] 21. circumspect
- [ ] 22. circumstance
- [ ] 23. circumcise
- [ ] 24. circumfuse
- [ ] 25. fuse
- [ ] 26. fusion
- [ ] 27. confuse
- [ ] 28. confusion
- [ ] 29. refuse
- [ ] 30. suffuse
- [ ] 31. transfuse
- [ ] 32. infuse
- [ ] 33. effuse
- [ ] 34. proceed
- [ ] 35. process
- [ ] 36. procedure
- [ ] 37. exceed
- [ ] 38. succeed
- [ ] 39. success
- [ ] 40. successful
- [ ] 41. succession
- [ ] 42. successive
- [ ] 43. successor
- [ ] 44. precede
- [ ] 45. precedent
- [ ] 46. president
- [ ] 47. recede
- [ ] 48. concede
- [ ] 49. concession
- [ ] 50. intercede

- [ ] 51. accede
- [ ] 52. accession
- [ ] 53. antecedent
- [ ] 54. anteroom
- [ ] 55. produce
- [ ] 56. production
- [ ] 57. product
- [ ] 58. productive
- [ ] 59. induce
- [ ] 60. seduce
- [ ] 61. reduce
- [ ] 62. deduce
- [ ] 63. deduct
- [ ] 64. deduction
- [ ] 65. abduct
- [ ] 66. abduction
- [ ] 67. conduce
- [ ] 68. conduct
- [ ] 69. conductor
- [ ] 70. semiconductor
- [ ] 71. semicolon
- [ ] 72. semicircle
- [ ] 73. semimonthly
- [ ] 74. semiannual
- [ ] 75. annual

- [ ] 76. biannual
- [ ] 77. biennial
- [ ] 78. anniversary
- [ ] 79. pronounce
- [ ] 80. announce
- [ ] 81. denounce
- [ ] 82. renounce
- [ ] 83. pronunciation
- [ ] 84. pronouncement
- [ ] 85. announcement
- [ ] 86. denunciation
- [ ] 87. renunciation
- [ ] 88. promote
- [ ] 89. promotion
- [ ] 90. promotional
- [ ] 91. motion
- [ ] 92. motive
- [ ] 93. motivate
- [ ] 94. emotion
- [ ] 95. demote
- [ ] 96. remote
- [ ] 97. commotion
- [ ] 98. locomotive
- [ ] 99. locomotion
- [ ] 100. local

# 劉毅老師「英文字根串聯記憶班」筆記 ②

1. **pro** ┊ **spect** (ˈprɑspɛkt ) *n.*
   forward┊ look
   ① *pl.* 希望；指望 ② 前途；前景

2. **pro** ┊ **spect** ┊ **ive** ( prəˈspɛktɪv )
   向前 ┊ 看 ┊ *adj.*
   *adj.* 有希望的；未來的

3. **a** ┊ **spect** (ˈæspɛkt ) *n.* 方面；觀點
   to ┊ look

   ┌─────────────────────────┐
   │ spect = see; look 看 │
   └─────────────────────────┘

4. **spect** ┊ **acle** (ˈspɛktəkl̩ ) *n.* 景象；
   look ┊ 物
   ┊ (*pl.*) 眼鏡
   spectacles 眼鏡
   = eyeglasses
   = glasses

5. **spect** ┊ **ator** (ˈspɛktetɚ ,
   look ┊ 人
   spɛkˈtetɚ ) *n.* 觀眾

6. **in** ┊ **spect** ( ɪnˈspɛkt ) *v.* 調查；
   into┊ look
   ┊ 檢查
   = look into

7. **ex** ┊ **pect** ( ɪkˈspɛkt ) *v.* 期望；
   out ┊ look
   ┊ 盼望
   = look forward to

8. **expectation** (ˌɛkspɛkˈteʃən )
   *n.* 期望

9. **su** ┊ **spect** ( səˈspɛkt ) *v.* 懷疑
   under ┊ look
   suspect (ˈsʌspɛkt ) *n.* 嫌疑犯

10. **re** ┊ **spect** ( rɪˈspɛkt ) *n.* 重視；
    重 ┊ 視
    尊敬；顧慮；方面
    *v.* 尊敬；重視
    in some respect 在某一方面
    in this respect 在這方面

11. **respect** ┊ **able** ( rɪˈspɛktəbl̩ ) *adj.*
    尊敬 ┊ 可…的
    可敬的

12. **respect** ┊ **ful** ( rɪˈspɛktfəl ) *adj.*
    尊敬 ┊ 充滿
    恭敬的；表示尊敬的

13. **respect** ┊ **ive** ( rɪˈspɛktɪv ) *adj.*
    方面 ┊ *adj.*
    個別的

    ┌─【典型試題】────────────┐
    │ The spoilt child is so rude that he's │
    │ never _____ to his teachers. │
    │ (A) respectable    (B) respectful │
    │                      Ans: **B** │
    └──────────────────────────────┘

14. **per** ┊ **spect** ┊ **ive** ( pɚˈspɛktɪv )
    through┊ look ┊ *n.*
    *n.* 觀點；看法；眼力
    ⎧ = aspect
    ⎨ = angle
    ⎧ = viewpoint
    ⎨ = point of view

15. **connective** ( kəˈnɛktɪv ) *n.* 連接詞
    *n.*

16. **nat<u>ive</u>** (ˈnetɪv ) *n.* 土人；本地人
人
native speaker　說母語的人

17. **relat<u>ive</u>** (ˈrɛlətɪv ) *n.* 親戚
人

18. **detect<u>ive</u>** ( dɪˈtɛktɪv ) *n.* 偵探
人

\* 少數 ive 為名詞。

19. **<u>retro</u> | spect** (ˈrɛtrə,spɛkt ) *n.*
backward | look
回顧；回想 ( = *look back* )

20. **<u>intro</u> | spect** (,ɪntrəˈspɛkt ) *v.* 反省
inward | look

= make a self-examination
In *retrospect*, I should *introspect*.
回想起來，我應該
反省。

⎡ ˈretrospect
⎣ introˈspect

21. **circum | spect** (ˈsɝkəm,spɛkt )
around | look
（看看四周）
*adj.* 慎重的；謹慎的 ( = *cautious* )

22. **<u>circum</u> | stance** (ˈsɝkəm,stæns )
around | stand
*n.* 情況 ( 常用複數 )

23. **<u>circum</u> | cise** (ˈsɝkəm,saɪz ) *v.*
around | cut
割包皮

24. **circum | fuse** (,sɝkəmˈfjuz ) *v.*
around | pour
散佈；周圍灌溉 ( 注意重音 )

25. <u>fuse</u> ( fjuz ) *n.* 保險絲　*v.* 熔化

26. **<u>fusion</u>** (ˈfjuʒən ) *n.* 熔化；熔合

27. **con | fuse** ( kənˈfjuz ) *v.* 使混亂
together | pour

28. **confusion** ( kənˈfjuʒən ) *n.* 混亂

29. **re | fuse** ( rɪˈfjuz ) *v.* 拒絕
back | pour

30. **suf | fuse** ( səˈfjuz ) *v.* 充滿；佈滿
under | pour　　（把未滿的東西倒滿）
未滿
= spread all over

31. **trans | fuse** ( trænsˈfjuz ) *v.* 輸血
A→B　　注入
The hospital is *suffused* with
people that want to *transfuse*
(blood). 醫院充滿來輸血的人。

32. **in | fuse** ( ɪnˈfjuz ) *v.* 注入；
in | pour
灌入；浸入 ( = *pour in* = *put in* )

� fuse = pour 注入；倒入

33. **ef | fuse** ( ɛˈfjuz , ɪ- ) *v.* 流出；
out | pour　　流露出；散發出
Our classroom right now *effuses*
happiness.
我們教室裡現在散發出快樂。

34. **<u>pro</u> | <u>ceed</u>** ( prəˈsid ) *v.* 繼續
forward | go　　進行；繼續做下去

35. **pro** **cess** 〔'prɑsɛs 〕 *n.* 過程
forward go　　　　　 *v.* 加工

36. **pro** **ced** **ure** 〔 prə'sidʒɚ 〕 *n.*
forward go *n.*　　　 程序

37. **ex** **ceed** 〔 ɪk'sid 〕 *v.* 超過；勝過
out go　　　　 ( = *better* )

38. **suc** **ceed** 〔 sək'sid 〕 *v.* ①成功
under go　　　　 ②連續；繼承

Nothing *succeeds* like *success.*
一事如意，事事順利。

39. **suc** **cess** 〔 sək'sɛs 〕 *n.* 成功
under go

40. **success** **ful** 〔 sək'sɛsfəl 〕 *adj.*
*adj.*　　　　　　 成功的

41. **success** **ion** 〔 sək'sɛʃən 〕 *n.* 繼承
*n.*

42. **success** **ive** 〔 sək'sɛsɪv 〕 *adj.*
*adj.*　　　 繼承的；連續的

43. **success** **or** 〔 sək'sɛsɚ 〕 *n.* 繼承者
人

| ceed |  |
| ---- | = go ; yield |
| cede | 走；讓步 |
| cess |  |

44. **pre** **cede** 〔 pri'sid , prɪ- 〕 *v.*
before go
在…之前 ( = *come before* )
He *preceded* me as a teacher.
他是在我之前的老師。

45. **pre** **ced** **ent** 〔 'prɛsədənt 〕 *adj.*
before go *adj.* 先前的　 *n.* 先例

46. **pre** **sid** **ent** 〔 'prɛzədənt 〕 *n.*
before sit 人
會長；校長；董事長；總統

47. **re** **cede** 〔 rɪ'sid 〕 *v.* 後退
back go
( = *go back* ) ↔ proceed
Not to *proceed* is to *recede*.
= Not to advance is to go back.
不進則退。

48. **con** **cede** 〔 kən'sid 〕 *v.* 承認
together go　　　 ( 失敗 )；讓步
= admit
I *concede* you're right. I was
wrong. 我承認你是對的。我錯了。

49. **con** **cess** **ion** 〔 kən'sɛʃən 〕 *n.*
一起 go *n.*　　　 承認；讓步
concession clause 讓步子句

50. **inter** **cede** 〔 ˌɪntɚ'sid 〕 *v.* 說情；
between go　　　　　　　 調停
intercede with *sb.* for *sth.*
為了某事向某人說情

51. **ac** **cede** 〔 æk'sid 〕 *v.* 同意；就職
to go
I *acceded* under pressure.
我在壓力下同意了。

accede
= concur
= agree

52. **ac cess ion**〔æk'sɛʃən , ək- 〕 *n.*
to　go　*n.*　　　　同意；就職

53. **ante ced ent**〔͵æntə'sidn̩t 〕
before　go　*adj.*
*adj.* 先前的　*n.* 先行詞
= precedent
= former

54. **anteroom**〔'æntə͵rum , -rʊm 〕
before
*n.*（連接正廳的）前廳；候見室

55. **pro duce**〔prə'dus ,-'djus 〕
forward　lead
*v.* 生產（生產線向前引導）

56. **production**〔prə'dʌkʃən 〕*n.* 生產

57. **product**〔'prɑdəkt ,-dʌkt 〕*n.* 產品

58. **productive**〔prə'dʌktɪv 〕*adj.*
多產的；有收穫的
We are *productive* today.
我們今天很有收穫。

duce
}= lead（引導）
duct

59. **in duce**〔ɪn'dus , -'djus 〕*v.* 引誘；
in　lead　　　　　　　　　說服
= persuade

60. **se duce**〔sɪ'djus 〕*v.* 引誘；勾引
apart　lead　　　　　（ se = sex 性）
分開
= lure

61. **re duce**〔rɪ'dus , -'djus 〕*v.* 減少
back　lead

62. **de duce**〔dɪ'dus , -'djus 〕*v.*
away　lead　　推論；推知（引導出來）
= conclude
From her conversation, I *deduced*
that she had a large family.
從她的談話，我推論她有個大家庭。

63. **de duct**〔dɪ'dʌkt 〕*v.* 扣除；
down　lead　　　　　　　減去
The teacher *deducted* ten points
for a bad handwriting.
因爲字寫不好，老師扣了十分。

64. **deduction**〔dɪ'dʌkʃən 〕*n.*
①扣除　②推論

65. **ab duct**〔æb'dʌkt 〕*v.* 綁架；
away　lead　　　　　　拐走

66. **abduction**〔æb'dʌkʃən 〕*n.*
綁架；拐走

67. **con duce**〔kən'djus 〕*v.* 貢獻；
一起　引導　　有助於；引起（ *to* ）
Darkness and quiet *conduce* to
sleep.　　　　　　　lead　介
黑暗和安靜有助於睡眠。

68. **con duct**〔kən'dʌkt 〕*v.* 領導；
一起　引導　　　　　指揮；傳導
conduct〔'kɑndʌkt 〕*n.* 品行

69. **con** **duct** **or** 〔 kənˈdʌktɚ 〕 *n.*
all　lead　人
指揮者；車掌；導體

70. **semi** **conductor**
half
〔 ˌsɛməkənˈdʌktɚ 〕 *n.* 半導體

71. **semi** **colon** 〔ˈsɛməˌkolən〕 *n.*
半　冒號(：)
分號（；）（注意重音）

72. **semi** **circle** 〔ˈsɛməˌsɝkl̩〕 *n.*
半
半圓形（注意重音）

73. **semimonthly** 〔ˌsɛməˈmʌnθlɪ〕
*n.* 半月刊　　*adj.* 每半月的
*adv.* 每半月地

74. **semi** **ann** **ual** 〔ˌsɛmɪˈænjʊəl 〕
half　year　*adj.*
*adj.* （每）半年的（注意發音）

75. **annual** 〔ˈænjʊəl〕 *adj.* 一年一次的

76. **bi** **annual** 〔 baɪˈænjʊəl〕 *adj.*
two
一年二次的
= semiannual

77. **bi** **enn** **ial** 〔 baɪˈɛnɪəl 〕 *adj.*
two　year　*adj.*
〔enn 少見〕
兩年一次的

| ann | |
|---|---|
| enn | = year　年 |

78. **anni** **vers** **ary** 〔ˌænəˈvɝsərɪ 〕
year　turn
*n.* 週年紀念；週年（= *birthday*）

79. **pro** **nounce** 〔 prəˈnaʊns 〕 *v.*
forward　report
①發音　②宣稱

80. **an** **nounce** 〔 əˈnaʊns 〕 *v.* 宣佈；
to　report
發表

81. **de** **nounce** 〔 dɪˈnaʊns 〕 *v.* 譴責；
加強　報告
指責
= blame

82. **re** **nounce** 〔 rɪˈnaʊns 〕 *v.* 放棄
back　報告
（報告拿回來）
= dis **claim**
not　要求
= give up

| nounce | |
|---|---|
| nunci | = report　報告 |

| pro | nounce | 發音 |
|---|---|---|
| an | nounce | 宣佈 |
| de | nounce | 譴責 |
| re | nounce | 放棄 |

83. **pro** **nunci** **ation**
〔 prəˌnʌnsɪˈeʃən〕 *n.* 發音

84. **pro** **nounce** **ment**
〔 prəˈnaʊnsmənt 〕 *n.* 宣言

85. **an** **nounce** **ment**
〔 əˈnaʊnsmənt 〕 *n.* 宣佈
= annunciation（少用）

86. **de** **nunciation** 〔 dɪˌnʌnsɪˈeʃən 〕
*n.* 譴責 = de **nounce** ment（少用）

87. **renunciation** 〔 rɪˌnʌnsɪˈeʃən 〕
*n.* 放棄 = re **nounce** ment（少用）

88. **pro** | **mote** ( prə'mot ) v. 升級；
forward | move 　　　　晉升；促銷

89. **promotion** ( prə'moʃən ) n.
晉級；促銷
Do you have anything on
*promotion*? 你們有東西在促銷嗎？

90. **promotional** ( prə'moʃənḷ )
*adj.* 促銷的
Do you have any *promotional*
items? 你們有促銷品嗎？
　　　　物品

```
mot  }
mov  } = move 移動
```

91. **motion** ('moʃən ) n. 移動；動作

92. **motive** ('motɪv ) n. 動機；原因
= **motiv**ation (ˌmotə'veʃən )
　　n. 動機；刺激；誘導

93. **motivate** ('motəˌvet ) v. 激發
I'm *motivated* by you.
= I'm inspired by you.
我受到你的激發。

94. **e** | **motion** ( ɪ'moʃən ) n. 感情；
out | move 　　　　情緒
You are full of *emotions*.
①你很有感情。　②你很情緒化。

You are full of feelings.
　　　　感情
You are full of passion.
　　　　熱忱

95. **de** | **mote** ( dɪ'mot ) v. 降級
down | move

96. **re** | **mote** ( rɪ'mot ) adj. 遙遠的
back | move
remote control 遙控

97. **com** | **motion** ( kə'moʃən ) n.
all | 移動 　　　　混亂；暴動

98. **loco** | **motive** (ˌlokə'motɪv )
place |
*n.* 火車頭　*adj.* 移動的

99. **loco** | **mot** | **ion** (ˌlokə'moʃən )
place | move | n.　　　　n. 移動
= motion
= movement

100. **loc** | **al** ('lokḷ ) adj. 本地的；地方
place | adj.　　　性的　n. 本地人
A: Where are you from?
B: I'm a local.
I'm a native.
I'm from here.
*I'm from local.* ( 誤 )
我是本地人。

背完後檢查：請看中文說出英文，並拼出字母，把不認識的單字，於空格中做記號。

- [ ] 1. 希望；前途 _____
- [ ] 2. 有希望的 _____
- [ ] 3. 方面；觀點 _____
- [ ] 4. 景象；眼鏡 _____
- [ ] 5. 觀眾 _____
- [ ] 6. 調查；檢查 _____
- [ ] 7. 期望；盼望 _____
- [ ] 8. 期望 _____
- [ ] 9. 懷疑 _____
- [ ] 10. 重視；尊敬 _____
- [ ] 11. 可敬的 _____
- [ ] 12. 恭敬的 _____
- [ ] 13. 個別的 _____
- [ ] 14. 觀點；看法 _____
- [ ] 15. 連接詞 _____
- [ ] 16. 土人；本地人 _____
- [ ] 17. 親戚 _____
- [ ] 18. 偵探 _____
- [ ] 19. 回顧；回想 _____
- [ ] 20. 反省 _____
- [ ] 21. 慎重的 _____
- [ ] 22. 情況 _____
- [ ] 23. 割包皮 _____
- [ ] 24. 散佈 _____
- [ ] 25. 保險絲；熔化 _____

- [ ] 26. 熔化；熔合 _____
- [ ] 27. 使混亂 _____
- [ ] 28. 混亂 _____
- [ ] 29. 拒絕 _____
- [ ] 30. 充滿；佈滿 _____
- [ ] 31. 輸血 _____
- [ ] 32. 注入；灌入 _____
- [ ] 33. 流出 _____
- [ ] 34. 繼續進行 _____
- [ ] 35. 過程；加工 _____
- [ ] 36. 程序 _____
- [ ] 37. 超過；勝過 _____
- [ ] 38. ①成功 ②連續 _____
- [ ] 39. 成功 _____
- [ ] 40. 成功的 _____
- [ ] 41. 繼承 _____
- [ ] 42. 繼承的 _____
- [ ] 43. 繼承者 _____
- [ ] 44. 在…之前 _____
- [ ] 45. 先前的；先例 _____
- [ ] 46. 會長；校長 _____
- [ ] 47. 後退 _____
- [ ] 48. 承認（失敗） _____
- [ ] 49. 承認；讓步 _____
- [ ] 50. 說情；調停 _____

□ 51. 同意；就職 ＿＿＿＿

□ 52. 同意；就職 ＿＿＿＿

□ 53. 先前的；先行詞 ＿＿＿＿

□ 54. 前廳；候見室 ＿＿＿＿

□ 55. 生產 ＿＿＿＿

□ 56. 生產 ＿＿＿＿

□ 57. 產品 ＿＿＿＿

□ 58. 多產的 ＿＿＿＿

□ 59. 引誘；說服 ＿＿＿＿

□ 60. 引誘；勾引 ＿＿＿＿

□ 61. 減少 ＿＿＿＿

□ 62. 推論；推知 ＿＿＿＿

□ 63. 扣除；減去 ＿＿＿＿

□ 64. ①扣除 ②推論 ＿＿＿＿

□ 65. 綁架；拐走 ＿＿＿＿

□ 66. 綁架；拐走 ＿＿＿＿

□ 67. 貢獻；有助於 ＿＿＿＿

□ 68. 領導；指揮 ＿＿＿＿

□ 69. 指揮者；車掌 ＿＿＿＿

□ 70. 半導體 ＿＿＿＿

□ 71. 分號 ＿＿＿＿

□ 72. 半圓形 ＿＿＿＿

□ 73. 半月刊 ＿＿＿＿

□ 74. （每）半年的 ＿＿＿＿

□ 75. 一年一次的 ＿＿＿＿

□ 76. 一年二次的 ＿＿＿＿

□ 77. 兩年一次的 ＿＿＿＿

□ 78. 週年紀念 ＿＿＿＿

□ 79. ①發音 ②宣稱 ＿＿＿＿

□ 80. 宣佈；發表 ＿＿＿＿

□ 81. 譴責；指責 ＿＿＿＿

□ 82. 放棄 ＿＿＿＿

□ 83. 發音 ＿＿＿＿

□ 84. 宣言 ＿＿＿＿

□ 85. 宣佈 ＿＿＿＿

□ 86. 譴責 ＿＿＿＿

□ 87. 放棄 ＿＿＿＿

□ 88. 升級；晉升 ＿＿＿＿

□ 89. 晉級；促銷 ＿＿＿＿

□ 90. 促銷的 ＿＿＿＿

□ 91. 移動；動作 ＿＿＿＿

□ 92. 動機；原因 ＿＿＿＿

□ 93. 激發 ＿＿＿＿

□ 94. 感情；情緒 ＿＿＿＿

□ 95. 降級 ＿＿＿＿

□ 96. 遙遠的 ＿＿＿＿

□ 97. 混亂；暴動 ＿＿＿＿

□ 98. 火車頭；移動的 ＿＿＿

□ 99. 移動 ＿＿＿＿

□ 100. 本地的；本地人 ＿＿＿

最後再複習：下面單字按照字母序排列，請把還不認識的單字做一記號。
第一次不會，做個記號，第二次再不會，再做個記號。

- ☐☐ abduct
- ☐☐ abduction
- ☐☐ accede
- ☐☐ accession
- ☐☐ anniversary
- ☐☐ announce
- ☐☐ announcement
- ☐☐ annual
- ☐☐ antecedent
- ☐☐ anteroom
- ☐☐ aspect
- ☐☐ biannual
- ☐☐ biennial
- ☐☐ circumcise
- ☐☐ circumfuse
- ☐☐ circumspect
- ☐☐ circumstance
- ☐☐ commotion
- ☐☐ concede
- ☐☐ concession
- ☐☐ conduce
- ☐☐ conduct
- ☐☐ conductor
- ☐☐ confuse
- ☐☐ confusion
- ☐☐ connective
- ☐☐ deduce
- ☐☐ deduct
- ☐☐ deduction
- ☐☐ demote
- ☐☐ denounce
- ☐☐ denunciation
- ☐☐ detective
- ☐☐ effuse

- ☐☐ emotion
- ☐☐ exceed
- ☐☐ expect
- ☐☐ expectation
- ☐☐ fuse
- ☐☐ fusion
- ☐☐ induce
- ☐☐ infuse
- ☐☐ inspect
- ☐☐ intercede
- ☐☐ introspect
- ☐☐ local
- ☐☐ locomotion
- ☐☐ locomotive
- ☐☐ motion
- ☐☐ motivate
- ☐☐ motive
- ☐☐ native
- ☐☐ perspective
- ☐☐ precede
- ☐☐ precedent
- ☐☐ president
- ☐☐ procedure
- ☐☐ proceed
- ☐☐ process
- ☐☐ produce
- ☐☐ product
- ☐☐ production
- ☐☐ productive
- ☐☐ promote
- ☐☐ promotion
- ☐☐ promotional
- ☐☐ pronounce
- ☐☐ pronouncement

- ☐☐ pronunciation
- ☐☐ prospect
- ☐☐ prospective
- ☐☐ recede
- ☐☐ reduce
- ☐☐ refuse
- ☐☐ relative
- ☐☐ remote
- ☐☐ renounce
- ☐☐ renunciation
- ☐☐ respect
- ☐☐ respectable
- ☐☐ respectful
- ☐☐ respective
- ☐☐ retrospect
- ☐☐ seduce
- ☐☐ semiannual
- ☐☐ semicircle
- ☐☐ semicolon
- ☐☐ semiconductor
- ☐☐ semimonthly
- ☐☐ spectacle
- ☐☐ spectator
- ☐☐ succeed
- ☐☐ success
- ☐☐ successful
- ☐☐ succession
- ☐☐ successive
- ☐☐ successor
- ☐☐ suffuse
- ☐☐ suspect
- ☐☐ transfuse

# 英文字根串聯單字記憶比賽 ③

背以前先檢查：請先看英文說出中文，把不認識的單字，於空格中做記號。

- [ ] 1. transport
- [ ] 2. transportation
- [ ] 3. import
- [ ] 4. important
- [ ] 5. importance
- [ ] 6. export
- [ ] 7. exporter
- [ ] 8. importer
- [ ] 9. comport
- [ ] 10. support
- [ ] 11. report
- [ ] 12. reporter
- [ ] 13. reportage
- [ ] 14. deport
- [ ] 15. deportation
- [ ] 16. deportee
- [ ] 17. disport
- [ ] 18. purport
- [ ] 19. purported
- [ ] 20. porter
- [ ] 21. portable
- [ ] 22. portfolio
- [ ] 23. folio
- [ ] 24. port
- [ ] 25. airport
- [ ] 26. seaport
- [ ] 27. passport
- [ ] 28. sport
- [ ] 29. opportune
- [ ] 30. opportunist
- [ ] 31. opportunity
- [ ] 32. transact
- [ ] 33. transaction
- [ ] 34. act
- [ ] 35. action
- [ ] 36. active
- [ ] 37. actor
- [ ] 38. actress
- [ ] 39. actual
- [ ] 40. actually
- [ ] 41. actualize
- [ ] 42. exact
- [ ] 43. activity
- [ ] 44. react
- [ ] 45. reactor
- [ ] 46. reaction
- [ ] 47. agitate
- [ ] 48. agile
- [ ] 49. agent
- [ ] 50. agency

- [ ] 51. agony
- [ ] 52. agonize
- [ ] 53. transform
- [ ] 54. form
- [ ] 55. formal
- [ ] 56. informal
- [ ] 57. formula
- [ ] 58. inform
- [ ] 59. perform
- [ ] 60. performance
- [ ] 61. information
- [ ] 62. informer
- [ ] 63. informative
- [ ] 64. conform
- [ ] 65. deform
- [ ] 66. deformed
- [ ] 67. uniform
- [ ] 68. reform
- [ ] 69. reformation
- [ ] 70. reformer
- [ ] 71. reformatory
- [ ] 72. factory
- [ ] 73. territory
- [ ] 74. observatory
- [ ] 75. laboratory
- [ ] 76. dormitory
- [ ] 77. lavatory
- [ ] 78. crematory
- [ ] 79. depository
- [ ] 80. repository
- [ ] 81. unique
- [ ] 82. union
- [ ] 83. unison
- [ ] 84. unit
- [ ] 85. universal
- [ ] 86. university
- [ ] 87. unite
- [ ] 88. unanimously
- [ ] 89. animal
- [ ] 90. animate
- [ ] 91. animation
- [ ] 92. inanimate
- [ ] 93. reanimate
- [ ] 94. animosity
- [ ] 95. generosity
- [ ] 96. curiosity
- [ ] 97. magnanimous
- [ ] 98. magnify
- [ ] 99. magnificent
- [ ] 100. magnificence

# 劉毅老師「英文字根串聯記憶班」筆記 ③

1. **trans｜port**〔træns'port〕v.
   A→B｜carry　　運輸；運送

2. **trans｜port｜ation** n.
   〔͵trænspə'teʃən〕n. 運輸；運送

3. **im｜port**〔ɪm'port〕v. 輸入
   in｜carry

4. **im｜port｜ant**〔ɪm'pɔrtn̩t〕adj.
   in｜carry｜adj.　　重要的
   （古時房子小，重要的東西才 carry in）

5. **importance**〔ɪm'pɔrtn̩s〕n. 重要

6. **ex｜port**〔ɪks'port〕v. 輸出
   out｜carry

7. **export｜er**〔ɪk'spɔrtə〕n. 出口商
   ｜人

8. **import｜er**〔ɪm'pɔrtə〕n. 進口商
   ｜人

9. **com｜port**〔kəm'port〕v. 舉止；
   一起｜carry　　　相稱；一致
   （一起攜帶要有好的舉止、態度）
   She *comports herself* with grace.
   = She has a good disposition.
   她很有氣質。
   ⎧ comport with　與⋯一致
   ⎩ = correspond with

Your actions do not ***comport***
***with*** your words. 你言行不一致。

10. **sup｜port**〔sə'port〕v., n. 支持
    under｜carry　（下面的人幫你 carry）

11. **re｜port**〔rɪ'port〕v., n. 報告
    back｜carry

12. **report｜er**〔rɪ'pɔrtə〕n. 記者
    ｜人

13. **report｜age**〔rɪ'pɔrtɪdʒ〕n.
    ｜n.
    報告文學；新聞報導

14. **de｜port**〔dɪ'port〕v.
    away｜carry　　驅逐（出境）

15. **deportation**〔͵dipor'teʃən〕
    n. 驅逐出境；放逐

16. **deportee**〔͵dipor'ti〕n. 被放逐者
    （ee 表「被⋯的人」）

17. **dis｜port**〔dɪ'sport〕v. 玩樂
    not｜carry
    （沒有 carry 東西，就可玩樂）
    disport *oneself*
    = play
    = enjoy *oneself*
    She ***disported herself*** on the
    beach. 她在海灘上玩。

18. **pur** | **port** ('pɜport ) *n.* 意思；
　　forward | carry　　　　　　　　　目的
　　= purpose

The *purport* of her letter was
that she could not come.
她來信的意思是她不能來。

purport ('pɜport , pɚ'port ) *v.*
意指；聲稱 ( = *seem to mean* )
The letter *purported* to be from
the governor. 據稱，該信來自州長。

19. **purported** ( pɚ'portɪd ) *adj.*
據稱的；傳言的

20. **porter** ('portɚ ) *n.* ①搬伕
②門房

| port | ① carry |
|------|---------|
|      | ② gate  |

21. **port** | **able** ('portəbl )
　　carry |

*adj.* 可攜帶的　*n.* 可手提之物

My sister's TV is a *portable*.
我妹妹的電視是手提式的。

22. **port** | **folio** ( port'folɪ,o ) *n.*
　　carry | leaf
　　　　　| 葉；頁

文件夾；卷宗夾；公事包

23. **folio** ('folɪ,o ) *n.* ( 書的 ) 一張；
一頁；頁碼
= a single sheet of paper from
　a book

24. **port** ( port ) *n.* 港口 ( = *harbor* )

25. **air** | **port** ('ɛr,port ) *n.* 機場
　　　　| gate

26. **sea** | **port** ('si,port ) *n.* 海港；
　　　　| gate　　　　　　海港城市

27. **pass** | **port** ('pæs,port ) *n.* 護照；
　　　　| gate　　　　　　通行證

28. **s** | **port** ( sport , spɔrt ) *n.* 運動
away | carry　　　　( 源自 disport )

29. **op** | **port** | **une** (,ɑpɚ'tjun ) *adj.*
　near | gate | *adj.*

適當的；恰當的 ( 指時間 )
You have come at a most
*opportune* moment.
你來的正是時候。

30. **op** | **port** | **un** | **ist** (,ɑpɚ'tjunɪst )
　near | gate | *adj.* | 人

*n.* 機會主義者；投機者
中文成語：雁過拔毛
英文翻譯：an opportunist

31. **opportunity** (,ɑpɚ'tunətɪ ) *n.*
機會

32. **trans** | **act** ( træns'ækt ) *n.* 交易；
　A→B | go　　　　　　處理；辦理

33. **transaction** ( træns'ækʃən ) *n.*
交易

34. **act**〔ækt〕 v. 做（= do）　　n. 行為

35. **action** 〔'ækʃən〕 n. 動作

36. **act** **ive** 〔'æktɪv〕 adj. 主動的；
do　　　　　　　　　　　　　活潑的

37. **act** **or** 〔'æktɚ〕 n. 演員；男演員
　　　　　　　　　　　　　　　人

38. **actress** 〔'æktrɪs〕 n. 女演員

39. **act** **ual** 〔'æktʃuəl〕 adj. 實際的
do　　 adj.

40. **actually** 〔'æktʃuəlɪ〕 adv. 實際上

41. **actualize** 〔'æktʃuə,laɪz〕 v.
實現；實行
= realize

42. **ex** **act** 〔ɪg'zækt〕 adj. 精確的
out　 do
（精確的運作，才能把東西做出來）

43. **activity** 〔æk'tɪvətɪ〕 n. 活動

44. **re** **act** 〔rɪ'ækt〕 v. 反應；反作用
back　do

45. **react** **or** 〔rɪ'æktɚ〕 n. 反應爐
　　　　　　　　　　　　　人、物

46. **react** **ion** 〔rɪ'ækʃən〕 n. 反應；
　　　　 n.　　　　　　　　 反作用

```
act ⎫     ⎧ do  做
   ⎬ = ⎨
ag  ⎭     ⎩ act 行動
```

47. **ag** **it** **ate** 〔'ædʒə,tet〕 v. 鼓動；
do go　 v.　　　煽動；（使）激動
（到處走動叫別人做）

agitated 〔'ædʒə,tetɪd〕 adj. 激動的
= nervous
= uneasy
中文成語：七上八下
英文翻譯：be agitated
Calm down! Don't get so
*agitated*. 平靜下來！不要那麼激動。

48. **ag** **ile** 〔'ædʒɪl , 'ædʒəl〕 adj.（頭腦
do　 adj.
或動作）敏捷的；靈活的；活潑的
= active　　　　　　　（注意發音）

49. **ag** **ent** 〔'edʒənt〕 n. 代理人
do　 人
The news *agitated* the *agile*
*agent*.
這個消息使活潑的代理人很激動。

agitate　agile　agent

50. **ag** **ency** 〔'edʒənsɪ〕 n. 代辦處
do　 n.　　　　　（注意發音）

51. **ag** **on** **y** 〔'ægənɪ〕 n. 極大的
act 上　 n.　　　　　痛苦；苦惱
（agon 指「在～上表演」，引申為
作戰 fight 之意）
He was in *agony*.
他在極大的痛苦中。
agony
= suffering
= pain

52. **<u>agon</u>** | **ize** ('ægə͵naɪz ) v. 使痛
fight | v.         苦;煩惱

53. **<u>trans</u> <u>form</u>** ( træns'fɔrm ) v.
A→B
(使)變形;(使)改變
transformer 變壓器
Transformers 變形金剛

54. **<u>form</u>** ( fɔrm ) v. 形成    n. 形狀

55. **<u>form</u>** | **al** ('fɔrml̩ ) adj. 正式的

56. **<u>in</u>** | **<u>formal</u>** ( ɪn'fɔrml̩ ) adj.
not |          非正式的

57. **<u>form</u>** | **ula** ('fɔrmjələ ) n. 公式;
製法;藥方

58. **<u>in</u>** | **<u>form</u>** ( ɪn'fɔrm ) v. 通知
in | 形成     (在心中形成)

59. **per** | **<u>form</u>** ( pə'fɔrm ) v.
thoroughly | 形成   (要徹底形成)
執行;表演

60. **<u>perform</u>** | **ance** ( pə'fɔrməns )
          n.     n. 執行;表演

61. **<u>inform</u>** | **ation** (͵ɪnfə'meʃən )
         | n.
n. 資料;情報

62. **<u>inform</u>** | **er** ( ɪn'fɔrmɚ ) n. 告密者
          | 人

63. **<u>informative</u>** ( ɪn'fɔrmətɪv ) adj.
教育性的;有益的;情報的

64. **con** | **<u>form</u>** ( kən'fɔrm ) v. 順從;
一起 | 形成     遵守;同意
= concur
= agree
If you don't *conform* to the
traffic laws, you might get hurt.
如果不遵守交通規則,你可能會受傷。

65. **de** | **<u>form</u>** ( dɪ'fɔrm ) v. 使變形;
away | 形狀       使殘廢

66. **de** | **<u>form</u>** | **ed** ( dɪ'fɔrmd ) adj.
         | adj.
畸形的;變形的;殘廢的

67. **uni** | **<u>form</u>** ('junə͵fɔrm ) n. 制服
one | 外形

68. **re** | **<u>form</u>** ( rɪ'fɔrm ) v. 改革;
again | 形成     改進;改善;改正

69. **<u>reform</u>** | **ation** (͵rɛfə'meʃən ) n.
         | n.       改革

70. **<u>reform</u>** | **er** ( rɪ'fɔrmɚ ) n. 改革者
          | 人

71. **<u>re</u> <u>form</u>** | **atory** ( rɪ'fɔrmə͵torɪ )
           | 地
n. 少年感化院   adj. 改革的

72. **fac** | **tory** ('fæktərɪ , 'fæktrɪ ) n.
make | 地           工廠

73. **terri** | **tory** (ˈtɛrəˌtorɪ , -ˌtɔrɪ )
earth | 地          *n.* 領土

74. **observa** | **tory** ( əbˈzɜvəˌtorɪ ) *n.*
observe | 地        天文台；
觀察 |          瞭望台

75. **labora** | **tory** (ˈlæbrəˌtorɪ )
勞動 | 地        *n.* 實驗室
勞工 |

76. **dormi** | **tory** (ˈdɔrməˌtorɪ )
sleep | 地        *n.* 宿舍

77. **lava** | **tory** (ˈlævəˌtorɪ ) *n.* 廁所
- = **bath**room
- = **wash**room
- = **toil**et ( 英 ) 廁所；( 美 ) 馬桶
  辛苦

lava (ˈlɑvə , ˈlævə ) *n.* 火山岩；
熔岩

78. **crema** | **tory** (ˈkriməˌtorɪ ,
ˈkrɛmə- ) *n.* 火葬場；垃圾焚化場

crem | ate (ˈkrimet ) *v.* 把…燒成
cream | *v.*      灰；火葬
奶油 |
cremator (ˈkrimetɚ ) *n.* 焚化爐

79. **de** | **posit** | **ory** ( dɪˈpɑzəˌtorɪ ,
away | put | 地
-ˌtɔrɪ ) *n.* 存放處；保管處

80. **re** | **posit** | **ory** ( rɪˈpɑzəˌtorɪ ,
back | put | 地
-ˌtɔrɪ ) *n.* 倉庫；靈骨塔

81. **uni** | **que** ( juˈnik ) *adj.* 獨特的；
one | *adj.*            獨一無二的

82. **uni** | **on** (ˈjunjən ) *n.* 工會；同盟
one | *n.*

83. **uni** | **son** (ˈjunəzn̩ ) *n.* 一致；和諧
one | voice
in unison 一致地；和諧地
= in agreement

84. **unit** (ˈjunɪt ) *n.* 單位

85. **uni** | **vers** | **al** (ˌjunəˈvɜsl̩ ) *adj.*
one | turn | *adj.*
一般的；宇宙的；全體的
universal health insurance
全民健保

86. **uni** | **vers** | **ity** (ˌjunəˈvɜsətɪ )
one | turn | *n.*         *n.* 大學

87. **unite** ( juˈnaɪt ) *v.* 聯合
the United States of America
= the U.S.
= the States
= America 美國

88. **un** | **anim** | **ous** | **ly**
one | mind | *adj.* | *adv.*
       breath |
( juˈnænəməslɪ ) *adv.* 全體一致地
= with one voice

89. **anim** | **al** (ˈænəml̩ ) *n.* 動物
mind | *n.*
breath

90. **anim** ¦ **ate**〔'ænə,met〕 v. 鼓舞；
    breath ¦ v.
    （使）有生氣；（使）有活力
    = encourage
    = inspire
    = energize
    **anim** ¦ **ate**〔'ænəmɪt〕adj. 活的；
    　　　　 ¦ adj.　　　　　　有生命的

91. **animation**〔,ænə'meʃən〕n.
    動畫；興奮；活潑
    = cartoon〔kar'tun〕n. 卡通片

92. **in** ¦ **animate**〔ɪn'ænəmɪt〕adj.
    not ¦　　　　　無生命的；無生氣的

93. **re** ¦ **animate**〔ri'ænə,met〕v.
    使恢復生氣；使復活

94. **anim** ¦ **osity**〔,ænə'masətɪ〕n.
    　　　 ¦ 充滿
    　　　　 怨恨；敵意
    = dislike
    = hate

95. **gener** ¦ **osity**〔,dʒɛnə'rasətɪ〕
    產生 ¦ 充滿
    　　　　　　　n. 慷慨

96. **curi** ¦ **osity**〔,kjurɪ'asətɪ〕
    take care ¦
    注意；小心 ¦　　　 n. 好奇心
    （充滿注意 → 好奇心）

97. **magn** ¦ **anim** ¦ **ous**
    great ¦ mind ¦ adj.
    〔mæg'nænəməs〕adj. 寬大的

98. **magn** ¦ **ify**〔'mægnə,faɪ〕v.
    great ¦ make
    　　　　　　　放大；擴大

99. **magn** ¦ **ific** ¦ **ent**〔mæg'nɪfəsṇt〕
    great ¦ do ¦ adj.
    　　　　　　　　adj. 壯觀的
    The view is **magnificent**.
    這個景色非常壯觀。

100. **magn** ¦ **ific** ¦ **ence**
    great ¦ do ¦ n.
    〔mæg'nɪfəsns〕n. 華麗；堂皇；
    壯觀
    Taipei 101 is known for its
    **magnificence**.
    台北 101 以堂皇壯觀而聞名。

背完後檢查：請看中文說出英文，並拼出字母，把不認識的單字，於空格中做記號。

| | | | | |
|---|---|---|---|---|
| ☐ 1. 運輸；運送 _____ | | ☐ 26. 海港 _____ |
| ☐ 2. 運輸；運送 _____ | | ☐ 27. 護照；通行證 _____ |
| ☐ 3. 輸入 _____ | | ☐ 28. 運動 _____ |
| ☐ 4. 重要的 _____ | | ☐ 29. 適當的 _____ |
| ☐ 5. 重要 _____ | | ☐ 30. 機會主義者 _____ |
| ☐ 6. 輸出 _____ | | ☐ 31. 機會 _____ |
| ☐ 7. 出口商 _____ | | ☐ 32. 交易；處理 _____ |
| ☐ 8. 進口商 _____ | | ☐ 33. 交易 _____ |
| ☐ 9. 舉止；相稱 _____ | | ☐ 34. 做；行為 _____ |
| ☐ 10. 支持 _____ | | ☐ 35. 動作 _____ |
| ☐ 11. 報告 _____ | | ☐ 36. 主動的 _____ |
| ☐ 12. 記者 _____ | | ☐ 37. 演員；男演員 _____ |
| ☐ 13. 報告文學 _____ | | ☐ 38. 女演員 _____ |
| ☐ 14. 驅逐（出境） _____ | | ☐ 39. 實際的 _____ |
| ☐ 15. 驅逐出境 _____ | | ☐ 40. 實際上 _____ |
| ☐ 16. 被放逐者 _____ | | ☐ 41. 實現；實行 _____ |
| ☐ 17. 玩樂 _____ | | ☐ 42. 精確的 _____ |
| ☐ 18. 意思；目的 _____ | | ☐ 43. 活動 _____ |
| ☐ 19. 據稱的 _____ | | ☐ 44. 反應；反作用 _____ |
| ☐ 20. ①搬伕 ②門房 _____ | | ☐ 45. 反應爐 _____ |
| ☐ 21. 可攜帶的 _____ | | ☐ 46. 反應；反作用 _____ |
| ☐ 22. 文件夾 _____ | | ☐ 47. 鼓動；煽動 _____ |
| ☐ 23. （書的）一張 _____ | | ☐ 48. 敏捷的 _____ |
| ☐ 24. 港口 _____ | | ☐ 49. 代理人 _____ |
| ☐ 25. 機場 _____ | | ☐ 50. 代辦處 _____ |

☐ 51. 極大的痛苦 ＿＿＿＿＿

☐ 52. 使痛苦 ＿＿＿＿＿

☐ 53. （使）變形 ＿＿＿＿＿

☐ 54. 形成；形狀 ＿＿＿＿＿

☐ 55. 正式的 ＿＿＿＿＿

☐ 56. 非正式的 ＿＿＿＿＿

☐ 57. 公式；製法 ＿＿＿＿＿

☐ 58. 通知 ＿＿＿＿＿

☐ 59. 執行；表演 ＿＿＿＿＿

☐ 60. 執行；表演 ＿＿＿＿＿

☐ 61. 通知；資料 ＿＿＿＿＿

☐ 62. 告密者 ＿＿＿＿＿

☐ 63. 教育性的 ＿＿＿＿＿

☐ 64. 順從；遵守 ＿＿＿＿＿

☐ 65. 使變形 ＿＿＿＿＿

☐ 66. 畸形的 ＿＿＿＿＿

☐ 67. 制服 ＿＿＿＿＿

☐ 68. 改革；改進 ＿＿＿＿＿

☐ 69. 改革 ＿＿＿＿＿

☐ 70. 改革者 ＿＿＿＿＿

☐ 71. 少年感化院 ＿＿＿＿＿

☐ 72. 工廠 ＿＿＿＿＿

☐ 73. 領土 ＿＿＿＿＿

☐ 74. 天文台 ＿＿＿＿＿

☐ 75. 實驗室 ＿＿＿＿＿

☐ 76. 宿舍 ＿＿＿＿＿

☐ 77. 廁所 ＿＿＿＿＿

☐ 78. 火葬場 ＿＿＿＿＿

☐ 79. 存放處 ＿＿＿＿＿

☐ 80. 倉庫；靈骨塔 ＿＿＿＿＿

☐ 81. 獨特的 ＿＿＿＿＿

☐ 82. 工會；同盟 ＿＿＿＿＿

☐ 83. 一致；和諧 ＿＿＿＿＿

☐ 84. 單位 ＿＿＿＿＿

☐ 85. 一般的 ＿＿＿＿＿

☐ 86. 大學 ＿＿＿＿＿

☐ 87. 聯合 ＿＿＿＿＿

☐ 88. 全體一致地 ＿＿＿＿＿

☐ 89. 動物 ＿＿＿＿＿

☐ 90. 鼓舞；活的 ＿＿＿＿＿

☐ 91. 動畫；興奮 ＿＿＿＿＿

☐ 92. 無生命的 ＿＿＿＿＿

☐ 93. 使恢復生氣 ＿＿＿＿＿

☐ 94. 怨恨；敵意 ＿＿＿＿＿

☐ 95. 慷慨 ＿＿＿＿＿

☐ 96. 好奇心 ＿＿＿＿＿

☐ 97. 寬大的 ＿＿＿＿＿

☐ 98. 放大；擴大 ＿＿＿＿＿

☐ 99. 壯觀的 ＿＿＿＿＿

☐ 100. 華麗；堂皇 ＿＿＿＿＿

最後再複習：下面單字按照字母序排列，請把還不認識的單字做一記號。
第一次不會，做個記號，第二次再不會，再做個記號。

| | | |
|---|---|---|
| ☐☐ act | ☐☐ exporter | ☐☐ purport |
| ☐☐ action | ☐☐ factory | ☐☐ purported |
| ☐☐ active | ☐☐ folio | ☐☐ react |
| ☐☐ activity | ☐☐ form | ☐☐ reaction |
| ☐☐ actor | ☐☐ formal | ☐☐ reactor |
| ☐☐ actress | ☐☐ formula | ☐☐ reanimate |
| ☐☐ actual | ☐☐ generosity | ☐☐ reform |
| ☐☐ actualize | ☐☐ import | ☐☐ reformation |
| ☐☐ actually | ☐☐ importance | ☐☐ reformatory |
| ☐☐ agency | ☐☐ important | ☐☐ reformer |
| ☐☐ agent | ☐☐ importer | ☐☐ report |
| ☐☐ agile | ☐☐ inanimate | ☐☐ reportage |
| ☐☐ agitate | ☐☐ inform | ☐☐ reporter |
| ☐☐ agonize | ☐☐ informal | ☐☐ repository |
| ☐☐ agony | ☐☐ information | ☐☐ seaport |
| ☐☐ airport | ☐☐ informative | ☐☐ sport |
| ☐☐ animal | ☐☐ informer | ☐☐ support |
| ☐☐ animate | ☐☐ laboratory | ☐☐ territory |
| ☐☐ animation | ☐☐ lavatory | ☐☐ transact |
| ☐☐ animosity | ☐☐ magnanimous | ☐☐ transaction |
| ☐☐ comport | ☐☐ magnificence | ☐☐ transform |
| ☐☐ conform | ☐☐ magnificent | ☐☐ transport |
| ☐☐ crematory | ☐☐ magnify | ☐☐ transportation |
| ☐☐ curiosity | ☐☐ observatory | ☐☐ unanimously |
| ☐☐ deform | ☐☐ opportune | ☐☐ uniform |
| ☐☐ deformed | ☐☐ opportunist | ☐☐ union |
| ☐☐ deport | ☐☐ opportunity | ☐☐ unique |
| ☐☐ deportation | ☐☐ passport | ☐☐ unison |
| ☐☐ deportee | ☐☐ perform | ☐☐ unit |
| ☐☐ depository | ☐☐ performance | ☐☐ unite |
| ☐☐ disport | ☐☐ port | ☐☐ universal |
| ☐☐ dormitory | ☐☐ portable | ☐☐ university |
| ☐☐ exact | ☐☐ porter | |
| ☐☐ export | ☐☐ portfolio | |

# Required Synonyms 1-3

1. **current**〔ˋkɝənt〕*adj.* 現在的
   = prevalent〔ˋprɛvələnt〕
   = present〔ˋprɛznt〕
   = happening〔ˋhæpənɪŋ〕
   （前兩字皆 pre-t 結構，容易背。）

2. **cursory**〔ˋkɝsərɪ〕*adj.*
   粗略的；匆忙的
   = hurried〔ˋhɝɪd〕（h 開頭一組）
   = hasty〔ˋhestɪ〕
   = brief〔brif〕
   = perfunctory〔pɚˋfʌŋktərɪ〕

3. **excellent**〔ˋɛkslənt〕*adj.* 優秀
   的；傑出的
   = terrific〔təˋrɪfɪk〕
   = admirable〔ˋædmərəbḷ〕
   = distinguished
     〔dɪˋstɪŋgwɪʃt〕
   = fantastic〔fænˋtæstɪk〕
   = outstanding〔ˋaʊtˋstændɪŋ〕
   = brilliant〔ˋbrɪljənt〕
   = superb〔suˋpɝb，sə-〕
   = marvelous〔ˋmɑrvələs〕
   = exceptional〔ɪkˋsɛpʃənḷ〕
   = exemplary〔ɪgˋzɛmplərɪ〕
   （最後兩字 ex- 開頭，容易背。）

4. **spectator**〔ˋspɛktetɚ，spɛkˋtetɚ〕
   *n.* 觀眾
   = looker-on〔ˏlʊkɚˋɑn〕（兩字顛倒）
   = onlooker〔ˋɑnˏlʊkɚ〕
   = observer〔əbˋzɝvɚ〕（er 結尾）
   = viewer〔ˋvjuɚ〕
   = bystander〔ˋbaɪˏstændɚ〕
   = witness〔ˋwɪtnɪs〕
   = eyewitness〔ˋaɪˋwɪtnɪs〕
   （兩字皆為 witness 結尾，容易背。）

5. **circumspect**〔ˋsɝkəmˏspɛkt〕*adj.*
   慎重的；謹慎的
   = cautious〔ˋkɔʃəs〕（c 開頭）
   = careful〔ˋkɛrfəl〕
   = watchful〔ˋwɑtʃfəl〕（w 開頭）
   = wary〔ˋwɛrɪ〕
   = discreet〔dɪˋskrit〕（t 結尾）
   = vigilant〔ˋvɪdʒələnt〕

6. **opportune**〔ˏɑpɚˋtjun〕*adj.*
   適當的；恰當的（指時間）
   = timely〔ˋtaɪmlɪ〕（唸起來很像）
   = fitting〔ˋfɪtɪŋ〕
   = proper〔ˋprɑpɚ〕（都有 proper）
   = appropriate〔əˋprɑprɪɪt〕

# 英文字根串聯單字記憶比賽 ④

背以前先檢查：請先看英文說出中文，把不認識的單字，於空格中做記號。

- [ ] 1. transfer
- [ ] 2. transference
- [ ] 3. confer
- [ ] 4. conference
- [ ] 5. defer
- [ ] 6. deferment
- [ ] 7. deference
- [ ] 8. deferential
- [ ] 9. differ
- [ ] 10. different
- [ ] 11. difference
- [ ] 12. differentiate
- [ ] 13. indifferent
- [ ] 14. infer
- [ ] 15. inferable
- [ ] 16. inference
- [ ] 17. inferential
- [ ] 18. prefer
- [ ] 19. preferable
- [ ] 20. preference
- [ ] 21. preferential
- [ ] 22. refer
- [ ] 23. referable
- [ ] 24. reference
- [ ] 25. referential
- [ ] 26. suffer
- [ ] 27. suffering
- [ ] 28. sufferance
- [ ] 29. sufferable
- [ ] 30. offer
- [ ] 31. proffer
- [ ] 32. fertile
- [ ] 33. fertilize
- [ ] 34. fertilizer
- [ ] 35. ferry
- [ ] 36. ferryboat
- [ ] 37. transit
- [ ] 38. transient
- [ ] 39. transitory
- [ ] 40. translate
- [ ] 41. translator
- [ ] 42. transparent
- [ ] 43. apparent
- [ ] 44. parent
- [ ] 45. transmute
- [ ] 46. mute
- [ ] 47. mutable
- [ ] 48. transverse
- [ ] 49. verse
- [ ] 50. transcribe

- [ ] 51. transcription
- [ ] 52. transcript
- [ ] 53. scribe
- [ ] 54. scribble
- [ ] 55. script
- [ ] 56. scripture
- [ ] 57. describe
- [ ] 58. description
- [ ] 59. descriptive
- [ ] 60. indescribable
- [ ] 61. inscribe
- [ ] 62. inscription
- [ ] 63. conscribe
- [ ] 64. conscription
- [ ] 65. conscript
- [ ] 66. prescribe
- [ ] 67. prescription
- [ ] 68. prescript
- [ ] 69. prescriptive
- [ ] 70. proscribe
- [ ] 71. proscription
- [ ] 72. subscribe
- [ ] 73. subscriber
- [ ] 74. subscription
- [ ] 75. subscript
- [ ] 76. ascribe
- [ ] 77. ascription
- [ ] 78. circumscribe
- [ ] 79. circumscription
- [ ] 80. manuscript
- [ ] 81. manual
- [ ] 82. manufacture
- [ ] 83. manufacturing
- [ ] 84. menu
- [ ] 85. postscript
- [ ] 86. post
- [ ] 87. nondescript
- [ ] 88. nonallergic
- [ ] 89. allergic
- [ ] 90. nonchalant
- [ ] 91. nonconductor
- [ ] 92. noncooperation
- [ ] 93. operation
- [ ] 94. cooperation
- [ ] 95. nonessential
- [ ] 96. essential
- [ ] 97. essence
- [ ] 98. nonmember
- [ ] 99. nonproductive
- [ ] 100. nonstop
- [ ] 101. nondurable
- [ ] 102. durable

# 劉毅老師「英文字根串聯記憶班」筆記 ④

1. **trans** ¦ **fer** 〔 træns'fɝ 〕 v. 轉換；
   A→B ¦ carry　　　　　　　讓渡
   I'll *transfer* the money
   tomorrow.　我明天就把錢轉出去。
   **transfer** 〔'trænsfɝ 〕 n. 移轉；
   轉乘

2. **transfer** ¦ **ence** 〔 træns'fɝəns 〕
   　　　　　 ¦ n.　　　（注意重音）
   n. 轉移；讓渡

3. **con** ¦ **fer** 〔 kən'fɝ 〕 v. 商議
   一起 ¦ carry

4. **confer** ¦ **ence** 〔'kɑnfərəns 〕 n.
   　　　　 ¦ n.
   會議（ = *meeting* ）
   conference table　會議桌

5. **de** ¦ **fer** 〔 dɪ'fɝ 〕 v. ①聽從；順從；
   down ¦ carry　　　　　（下面人，帶東西）
   服從（ *to* ）　②延期（ = *delay* ）
   I *defer to* your opinion.
   我聽從你的意見

6. **defer** ¦ **ment** 〔 dɪ'fɝmənt 〕 n.
   延期

7. **defer** ¦ **ence** 〔'dɛfərəns 〕 n.
   　　　　 ¦ n.　　　（注意重音）
   ①聽從；順從；服從　②尊敬

8. **defer** ¦ **ent** ¦ **ial** 〔,dɛfə'rɛnʃəl 〕
   　　　 ¦ adj. ¦ adj.
   adj. 恭敬的；恭順的
   = polite
   = respectful
   He is a *deferential* student.
   他是個有禮貌的學生。

9. **dif** ¦ **fer** 〔'dɪfɚ 〕 v. 不同
   apart ¦ carry

10. **differ** ¦ **ent** 〔'dɪfərənt 〕 adj. 不同的
    　　　 ¦ adj.

11. **differ** ¦ **ence** 〔'dɪfərəns 〕 n.
    　　　 ¦ n.　　　　　不同；差別

12. **differ** ¦ **ent** ¦ **iate** 〔,dɪfə'rɛnʃɪ,et 〕
    不同 ¦ adj. ¦ v.　　　v. 區別；辨別
    It's hard to *differentiate* between
    the two.　　distinguish
    這兩個很難分辨。

13. **in** ¦ **different** 〔 ɪn'dɪfərənt 〕 adj.
    not ¦　　　　　　漠不關心的；冷淡的

14. **in** ¦ **fer** 〔 ɪn'fɝ 〕 v. 推斷；暗示
    into ¦ carry　　　　（把想法帶進心中）
    He *inferred* that he needed
    　　　①推斷②暗示
    money.

15. **infer** ¦ **able** 〔 ɪn'fɝəbḷ 〕 adj.
    可推知的

16. **infer** | **ence** (ˈɪnfərəns ) *n.*
推斷；推論（注意重音）

17. **infer** | **ent** | **ial** (ˌɪnfəˈrɛnʃəl ) *adj.*
| *adj.* | *adj.*　　推斷上的
We made a decision by
*inferential* reasoning.
我們根據常理做了決定。

18. **pre** | **fer** ( prɪˈfɝ ) *v.* 較喜歡
before | carry

19. **prefer** | **able** (ˈprɛfərəbl̩ ) *adj.*
較喜歡的；較合意的

20. **prefer** | **ence** (ˈprɛfərəns ) *n.*
| *n.*　　　偏愛；優先

21. **prefer** | **ent** | **ial** (ˌprɛfəˈrɛnʃəl )
*adj.* 優先的；優惠的
I don't expect *preferential*
treatment. 我不期待有優待。

22. **re** | **fer** ( rɪˈfɝ ) *v.* 談到；參考；
back | carry　　　　歸因

23. **refer** | **able** ( rɪˈfɝəbl̩ , ˈrɛfərəbl̩ )
*adj.* 可參考的

24. **refer** | **ence** (ˈrɛfərəns ) *n.* 參考
| *n.*
reference book 參考書

25. **refer** | **ent** | **ial** (ˌrɛfəˈrɛnʃəl )
| *adj.* | *adj.*
*adj.* 參考的；參考用的
a referential mark 參考符號

26. **suf** | **fer** (ˈsʌfɝ ) *v.* 受苦；忍受
under | carry

27. **suffer** | **ing** (ˈsʌfərɪŋ , ˈsʌfrɪŋ ) *n.*
| *n.*　　　　痛苦；忍受

28. **suffer** | **ance** (ˈsʌfərəns ) *n.*
| *n.*　　　　容忍；忍耐力

29. **suffer** | **able** (ˈsʌfərəbl̩ ) *adj.*
| *adj.*　　　可忍受的

30. **of** | **fer** (ˈɔfɝ , ˈɑfɝ ) *v.* 提供
near | carry

31. **pr** | **offer** (ˈprɑfɝ ) *v.* 提供
pro |
向前 |
He *proffered* a box of candy.
他提供一盒糖果。

32. **fer** | **tile** (ˈfɝtl̩ ) *adj.* 豐富的；
carry | *adj.*　　　肥沃的；多產的
She has a *fertile* imagination.
她有豐富的想像力。

33. **fertil** | **ize** (ˈfɝtl̩ˌaɪz ) *v.* 施肥
| *v.*

34. **fertil** | **izer** (ˈfɝtl̩ˌaɪzɝ ) *n.* 肥料
* 字尾 ize, ise 重音在倒數第三音節

35. **fer** | **ry** (ˈfɛrɪ ) *n.* 渡船；渡輪
carry | *n.*　　　*v.* 運送（人、車、貨）
The boat will *ferry* us to the
island. 這艘船會載我們去那座島。

36. **ferryboat** (ˈfɛrɪˌbot) *n.* 渡船；渡輪
= ferry-boat = ferry

37. **trans** | **it** (ˈtrænsɪt , -zɪt ) *n.* 過境；
A→B | go　　　　運送；轉變
transit visa 過境簽證
transit passenger 過境旅客

38. **trans** ¦ **ient**〔'trænzɪənt ,
    A→B ¦ *adj.*
'trænʃənt〕*adj.* ①（逗留）短暫的
②路過的；臨時的

　＊發音字典，一般字典唸成〔'trænʃənt〕
　但美國人唸成〔'trænzɪənt〕
　a ***transient*** worker　臨時工

39. **transit** ¦ **ory**〔'trænsə,torɪ ,
         ¦ *adj.*
'trænzə-〕*adj.* 短暫的；暫時的
　= transient = temporary

40. **trans** ¦ **late**〔'trænslet ,
    A→B ¦ bring
træns'let〕*v.* 翻譯

　＊90%字典有誤，KK 字典也錯，美國人
　唸〔'trænslet〕

41. **translator**〔træns'letɚ〕*n.*
翻譯者

42. **trans** ¦ **parent**〔træns'pɛrənt〕
    A→B ¦ appear
*adj.* 透明的；明顯的

43. **ap** ¦ **parent**〔ə'pærənt〕*adj.*
to ¦ appear
             明白的；明顯的

44. **par** ¦ **ent**〔'pɛrənt〕*n.* 父（母）親
prepare ¦ 人
parents　雙親

45. **trans** ¦ **mute**〔træns'mjut ,
    A→B ¦ change
             （完全改變）
trænz'mjut〕*v.* 使變形；使變質
***transmute*** water power into
electric power　把水力變成電力

46. **mute**〔mjut〕*n.* 啞巴　*adj.* 啞的

47. **mut** ¦ **able**〔'mjutəbḷ〕*adj.* 易變
change ¦ 　　　　的；反覆無常的
　= changeable

The weather today is ***mutable***.
今天的天氣反覆無常。

48. **trans** ¦ **verse**〔træns'vɝs〕*adj.*
    A→B ¦ turn
橫的；橫放的；橫向的
　a ***transverse*** beam　橫樑

49. **verse**〔vɝs〕① *n.* 詩
②　*v.* 使熟練（轉變而成）

  verse oneself in　精通於；擅長
  = be versed in
  = be at home in

  = be skilled in
  = be skillful in
  = be expert in

  = be <u>accomplished</u> in
      *adj.* 熟練的；已實現的
  = be practiced in
  = be proficient in

  = be good at
  = be great at
  = be clever at

  = have a good command of
  = be master of
      精通於
  = master

  = have…at one's fingertips
           指尖
  = be familiar with

50. **tran | scribe** ( træn'skraɪb ) v.
A→B | write
抄寫；改編

51. **tran | script | ion**
( træn'skrɪpʃən ) n. 抄寫；改編

52. = **tran | script** ('træn,skrɪpt ) n.
①抄寫；改編　②成績單

53. **scribe** ( skraɪb ) n. 書記；作家
= writer

54. **scrib | ble** ('skrɪbl ) v. 潦草書寫；
write | 亂寫
Don't *scribble*. Write neatly.
不要亂寫，要寫整齊。

55. **script** ( skrɪpt ) n. 字跡；筆跡
= writing = penmanship

56. **script | ure** ('skrɪptʃə ) n. 經文；
write | 產物
聖經 ( the S- )
chant scriptures 唸經
吟誦

57. **de | scribe** ( dɪ'skraɪb ) v. 描寫
down | write

58. **de | script | ion** ( dɪ'skrɪpʃən )
n. 描寫

59. **de | script | ive** ( dɪ'skrɪptɪv )
adj. 描寫的

60. **in | describ | able**
(,ɪndɪ'skraɪbəbl ) adj. 難以形容的；
不能言傳的　* *descript* ( 無此字 )

61. **in | scribe** ( ɪn'skraɪb ) v. 銘記；
in | write
銘刻；牢記 ( 記在心裡，刻在石頭上 )

62. **in | script | ion** ( ɪn'skrɪpʃən ) n.
銘刻；碑文　* *inscript* (×)

63. **con | scribe** ( kən'skraɪb ) v. 徵召
一起 | write
all | ( 入伍 )

64. **con | script | ion**
n.
( kən'skrɪpʃən ) n. 徵兵

65. **con | script** ('kɑnskrɪpt ) n. 徵兵

66. **pre | scribe** ( prɪ'skraɪb ) v.
before | write
規定；開藥方

67. **pre | script | ion** ( prɪ'skrɪpʃən )
n. 規定；處方

68. = **pre | script** ('priskrɪpt ) n.
規定；命令；處方 ( 古 )

69. **pre | script | ive** ( prɪ'skrɪptɪv )
before | write　adj. 規定的；慣例的

70. **pro | scribe** ( pro'skraɪb ) v.
forth | write　( 把罪犯名字公佈 )
禁止；剝奪…的公權
= prohibit

71. **pro | script | ion** ( pro'skrɪpʃən )
n. 禁止；剝奪公權

72. **sub | scribe** ( səb'skraɪb ) v.
under | write
捐助；簽名；訂閱

73. **sub｜scrib｜er**〔səb'skraɪbɚ〕*n.*
捐助者；署名者；訂閱者

74. **sub｜script｜ion**〔səb'skrɪpʃən〕
*n.* 捐款；署名；訂閱

75. **sub｜script**〔'sʌbskrɪpt〕*n.* 下標；
寫在下面的字
如 $H_2O$ 的 2 爲下標。
* script 在字尾，重音在前。

76. **a｜scribe**〔ə'skraɪb〕*v.* 歸因於
　to｜write

77. **a｜script｜ion**〔ə'skrɪpʃən〕*n.*
歸因；歸功；歸咎；歸屬（= *cause*）
The *ascription* should not be
changed. 這個歸屬的問題不應該
改變。

> owe…to　把…歸因於
> = attribute…to
> = refer…to

> = ascribe…to
> = impute…to（歸咎於）

> = set down…to
> = put down…to

78. **circum｜scribe**〔,sɝkəm'skraɪb〕
　around｜write　*v.* 劃界線；限制
= prohibit
= proscribe
The prisoner's activities were
*circumscribed*.
犯人的活動受到限制。

79. **circum｜script｜ion**
〔,sɝkəm'skrɪpʃən〕*n.* ①限制
②界限內區域　③四周

80. **manu｜script**〔'mænjə,skrɪpt〕
　hand｜write
*n.* 原稿；手稿　*adj.* 手寫的
* *manuscription*（×）

81. **manu｜al**〔'mænjuəl〕*n.* 手冊
　hand｜*adj.*　　　　*adj.* 手工的

82. **manu｜fact｜ure**
　hand｜make｜*v.*
〔,mænjə'fæktʃɚ〕*v.* 製造

83. **manu｜facturing**
〔,mænjə'fæktʃərɪŋ〕*adj.* 製造的
<u>T</u>aiwan <u>S</u>emiconductor
<u>M</u>anufacturing <u>C</u>ompany
TSMC 台積電

84. **men｜u**〔'mɛnju〕*n.* 菜單
　男人｜　（過去男人多在外面吃飯）

85. **post｜script**〔'postskrɪpt〕*n.*
　after｜write　附筆；再啓（= *P.S.*）

86. **post**〔post〕*n.* 郵政；崗位；柱子
post office　郵局

87. **non｜descript**〔'nɑndɪ,skrɪpt〕
　not｜descriptive
*adj.* 難以形容的；難以分類的；
無趣味的（= *uninteresting*）
* *descript*（×）

88. **non｜allergic**〔,nɑnə'lɝdʒɪk〕*adj.*
　not　　　　　　　　非過敏性的

89. **all｜erg｜ic**〔ə'lɝdʒɪk〕*adj.* 過敏的
　all｜work

90. **non** **chal** **ant** (ˈnɑnʃələnt ,
    not ┊ heat ┊ adj.
    ˌnɑnʃəˈlɑnt ) adj. 冷淡的；漠不關
    心的 = indifferent
    * KK 發音字典有兩種發音，美國人多
    不唸 (ˈnɑnʃələnt )
    act nonchalant  故作冷淡

91. **non** **conductor**
    not ┊     導體
    (ˌnɑnkənˈdʌktɚ ) n. 絕緣體

92. **non** **cooperation**
    not ┊
    (ˌnɑnkoˌɑpəˈreʃən ) n. 不合作

93. **operation** (ˌɑpəˈreʃən ) n.
    操作；運轉

94. **co** ┊ **operation** ( koˌɑpəˈreʃən )
    一起┊                    n. 合作

95. **non** **essent** **ial** (ˌnɑnɪˈsɛnʃəl )
    not ┊ 本質 ┊        adj. 不重要的
    * 字尾 ia, ial 重音在字尾前一音節上。

96. **essential** ( əˈsɛnʃəl , ɪˈsɛnʃəl )
    本質                  adj. 必要的

97. **essence** (ˈɛsn̩s ) n. 本質；精華；
    精油

98. **non** **member** ( nɑnˈmɛmbɚ )
    not ┊    會員        n. 非會員

99. **non** ┊ **productive**
    not ┊
    (ˌnɑnprəˈdʌktɪv ) adj. 無生產力
    的；不生產的
    nonproductive land  不毛之地

100. **nonstop** ( nɑnˈstɑp ) adj. 不停
     的；直達的

101. **non** **durable** ( nɑnˈdjurəbl̩ )
     not ┊              adj. 不耐久的

102. **dur** ┊ **able** (ˈdjurəbl̩ ) adj.
     last ┊              耐久的；持久的

* 歸納①
  **defer** ┊ **ential** (ˌdɛfəˈrɛnʃəl ) adj. 恭敬的
  **infer** ┊ **ential** (ˌɪnfəˈrɛnʃəl ) adj. 推斷
    上的
  **refer** ┊ **ential** (ˌrɛfəˈrɛnʃəl ) adj. 參考的
  **prefer** ┊ **ential** (ˌprɛfəˈrɛnʃəl ) adj. 優
    惠的

* 歸納②
  **script** ( skrɪpt ) n. 字跡；筆跡
  **tran** ┊ **script** (ˈtrænskrɪpt ) n. 抄寫；
    改編；成績單
  **con** ┊ **script** (ˈkɑnskrɪpt ) n. 徵兵
  **pre** ┊ **script** (ˈpriskrɪpt ) n. 規定
  **sub** ┊ **script** (ˈsʌbskrɪpt ) n. 下標
  **manu** ┊ **script** (ˈmænjəˌskrɪpt ) n. 手稿
  The script is in the manuscript.
  手稿裡的筆跡

* 歸納③
  transference ( trænsˈfɝəns ) n. 轉移
  conference (ˈkɑnfərəns ) n. 會議
  deference (ˈdɛfərəns ) n. 聽從
  difference (ˈdɪfərəns ) n. 不同
  inference (ˈɪnfərəns ) n. 推斷
  preference (ˈprɛfərəns ) n. 偏愛；優先
  reference (ˈrɛfərəns ) n. 參考
  sufferance (ˈsʌfərəns ) n. 容忍

背完後檢查：請看中文説出英文，並拼出字母，把不認識的單字，於空格中做記號。

| | |
|---|---|
| □　1. 轉換；移轉 ＿＿＿＿ | □ 26. 受苦；忍受 ＿＿＿＿ |
| □　2. 轉移；讓渡 ＿＿＿＿ | □ 27. 痛苦；忍受 ＿＿＿＿ |
| □　3. 商議 ＿＿＿＿ | □ 28. 容忍；忍耐力 ＿＿＿＿ |
| □　4. 會議 ＿＿＿＿ | □ 29. 可忍受的 ＿＿＿＿ |
| □　5. ①聽從 ②延期 ＿＿＿＿ | □ 30. 提供 ＿＿＿＿ |
| □　6. 延期 ＿＿＿＿ | □ 31. 提供 ＿＿＿＿ |
| □　7. ①聽從 ②尊敬 ＿＿＿＿ | □ 32. 豐富的；肥沃的 ＿＿＿＿ |
| □　8. 恭敬的；恭順的 ＿＿＿＿ | □ 33. 施肥 ＿＿＿＿ |
| □　9. 不同 ＿＿＿＿ | □ 34. 肥料 ＿＿＿＿ |
| □ 10. 不同的 ＿＿＿＿ | □ 35. 渡船；運送 ＿＿＿＿ |
| □ 11. 不同；差別 ＿＿＿＿ | □ 36. 渡船；渡輪 ＿＿＿＿ |
| □ 12. 區別；辨別 ＿＿＿＿ | □ 37. 過境；運送 ＿＿＿＿ |
| □ 13. 漠不關心的 ＿＿＿＿ | □ 38. ①短暫的 ②臨時的 ＿＿＿＿ |
| □ 14. 推斷；暗示 ＿＿＿＿ | □ 39. 短暫的；暫時的 ＿＿＿＿ |
| □ 15. 可推知的 ＿＿＿＿ | □ 40. 翻譯 ＿＿＿＿ |
| □ 16. 推斷；推論 ＿＿＿＿ | □ 41. 翻譯者 ＿＿＿＿ |
| □ 17. 推斷上的 ＿＿＿＿ | □ 42. 透明的；明顯的 ＿＿＿＿ |
| □ 18. 較喜歡 ＿＿＿＿ | □ 43. 明白的；明顯的 ＿＿＿＿ |
| □ 19. 較喜歡的 ＿＿＿＿ | □ 44. 父（母）親 ＿＿＿＿ |
| □ 20. 偏愛；優先 ＿＿＿＿ | □ 45. 使變形；使變質 ＿＿＿＿ |
| □ 21. 優先的；優惠的 ＿＿＿＿ | □ 46. 啞巴：啞的 ＿＿＿＿ |
| □ 22. 談到；參考 ＿＿＿＿ | □ 47. 易變的 ＿＿＿＿ |
| □ 23. 可參考的 ＿＿＿＿ | □ 48. 橫的；橫放的 ＿＿＿＿ |
| □ 24. 參考 ＿＿＿＿ | □ 49. ①詩 ②使熟練 ＿＿＿＿ |
| □ 25. 參考的 ＿＿＿＿ | □ 50. 抄寫；改編 ＿＿＿＿ |

□ 51. 抄寫；改編 _____

□ 52. ①抄寫 ②成績單 _____

□ 53. 書記；作家 _____

□ 54. 潦草書寫 _____

□ 55. 字跡；筆跡 _____

□ 56. 經文；聖經 _____

□ 57. 描寫 _____

□ 58. 描寫 _____

□ 59. 描寫的 _____

□ 60. 難以形容的 _____

□ 61. 銘記；銘刻 _____

□ 62. 銘刻；碑文 _____

□ 63. 徵召（入伍） _____

□ 64. 徵兵 _____

□ 65. 徵兵 _____

□ 66. 規定；開藥方 _____

□ 67. 規定；處方 _____

□ 68. 規定；命令 _____

□ 69. 規定的；慣例的 _____

□ 70. 禁止 _____

□ 71. 禁止；剝奪公權 _____

□ 72. 捐助；簽名 _____

□ 73. 捐助者；署名者 _____

□ 74. 捐款；署名 _____

□ 75. 下標 _____

□ 76. 歸因於 _____

□ 77. 歸因；歸功 _____

□ 78. 劃界線；限制 _____

□ 79. 限制 _____

□ 80. 原稿；手寫的 _____

□ 81. 手冊；手工的 _____

□ 82. 製造 _____

□ 83. 製造的 _____

□ 84. 荣單 _____

□ 85. 附筆；再啓 _____

□ 86. 郵政；崗位 _____

□ 87. 難以形容的 _____

□ 88. 非過敏性的 _____

□ 89. 過敏的 _____

□ 90. 冷淡的 _____

□ 91. 絕緣體 _____

□ 92. 不合作 _____

□ 93. 操作；運轉 _____

□ 94. 合作 _____

□ 95. 不重要的 _____

□ 96. 必要的 _____

□ 97. 本質；精華 _____

□ 98. 非會員 _____

□ 99. 無生產力的 _____

□ 100. 不停的；直達的 _____

□ 101. 不耐久的 _____

□ 102. 耐久的；持久的 _____

最後再複習：下面單字按照字母序排列，請把還不認識的單字做一記號。
第一次不會，做個記號，第二次再不會，再做個記號。

☐☐ allergic
☐☐ apparent
☐☐ ascribe
☐☐ ascription
☐☐ circumscribe
☐☐ circumscription
☐☐ confer
☐☐ conference
☐☐ conscribe
☐☐ conscript
☐☐ conscription
☐☐ cooperation
☐☐ defer
☐☐ deference
☐☐ deferential
☐☐ deferment
☐☐ describe
☐☐ description
☐☐ descriptive
☐☐ differ
☐☐ difference
☐☐ different
☐☐ differentiate
☐☐ durable
☐☐ essence
☐☐ essential
☐☐ ferry
☐☐ ferryboat
☐☐ fertile
☐☐ fertilize
☐☐ fertilizer
☐☐ indescribable
☐☐ indifferent
☐☐ infer

☐☐ inferable
☐☐ inference
☐☐ inferential
☐☐ inscribe
☐☐ inscription
☐☐ menu
☐☐ manual
☐☐ manufacture
☐☐ manufacturing
☐☐ manuscript
☐☐ mutable
☐☐ mute
☐☐ nonallergic
☐☐ nonchalant
☐☐ nonconductor
☐☐ noncooperation
☐☐ nondescript
☐☐ nondurable
☐☐ nonessential
☐☐ nonmember
☐☐ nonproductive
☐☐ nonstop
☐☐ offer
☐☐ operation
☐☐ parent
☐☐ post
☐☐ postscript
☐☐ prefer
☐☐ preferable
☐☐ preference
☐☐ preferential
☐☐ prescribe
☐☐ prescript
☐☐ prescription

☐☐ prescriptive
☐☐ proffer
☐☐ proscribe
☐☐ proscription
☐☐ refer
☐☐ referable
☐☐ reference
☐☐ referential
☐☐ scribble
☐☐ scribe
☐☐ script
☐☐ scripture
☐☐ subscribe
☐☐ subscriber
☐☐ subscript
☐☐ subscription
☐☐ suffer
☐☐ sufferable
☐☐ sufferance
☐☐ suffering
☐☐ transcribe
☐☐ transcript
☐☐ transcription
☐☐ transfer
☐☐ transference
☐☐ transient
☐☐ transit
☐☐ transitory
☐☐ translate
☐☐ translator
☐☐ transmute
☐☐ transparent
☐☐ transverse
☐☐ verse

# 英文字根串聯單字記憶比賽 ⑤

背以前先檢查：請先看英文說出中文，把不認識的單字，於空格中做記號。

| | |
|---|---|
| ☐ 1. receive | ☐ 26. intercept |
| ☐ 2. receiver | ☐ 27. interception |
| ☐ 3. receivable | ☐ 28. interceptor |
| ☐ 4. receipt | ☐ 29. reception |
| ☐ 5. deceive | ☐ 30. receptive |
| ☐ 6. deceit | ☐ 31. receptacle |
| ☐ 7. deception | ☐ 32. recipient |
| ☐ 8. deceptive | ☐ 33. anticipate |
| ☐ 9. perceive | ☐ 34. anticipation |
| ☐ 10. perception | ☐ 35. participate |
| ☐ 11. perceptive | ☐ 36. participation |
| ☐ 12. perceptible | ☐ 37. participle |
| ☐ 13. conceive | ☐ 38. emancipate |
| ☐ 14. conceivable | ☐ 39. emancipation |
| ☐ 15. conception | ☐ 40. manage |
| ☐ 16. concept | ☐ 41. management |
| ☐ 17. accept | ☐ 42. manager |
| ☐ 18. acceptable | ☐ 43. manipulate |
| ☐ 19. acceptance | ☐ 44. manipulation |
| ☐ 20. accepted | ☐ 45. maneuver |
| ☐ 21. except | ☐ 46. manifest |
| ☐ 22. exception | ☐ 47. festive |
| ☐ 23. exceptional | ☐ 48. festival |
| ☐ 24. precept | ☐ 49. manicure |
| ☐ 25. susceptible | ☐ 50. cure |

- [ ] 51. cure-all
- [ ] 52. curious
- [ ] 53. curio
- [ ] 54. radio
- [ ] 55. studio
- [ ] 56. curate
- [ ] 57. priest
- [ ] 58. advocate
- [ ] 59. delegate
- [ ] 60. pirate
- [ ] 61. magnate
- [ ] 62. secure
- [ ] 63. insecure
- [ ] 64. security
- [ ] 65. accurate
- [ ] 66. accuracy
- [ ] 67. procure
- [ ] 68. pedicure
- [ ] 69. pedal
- [ ] 70. peddler
- [ ] 71. pedestal
- [ ] 72. pedestrian
- [ ] 73. expedition
- [ ] 74. impede
- [ ] 75. impediment
- [ ] 76. centipede
- [ ] 77. cent
- [ ] 78. centigrade
- [ ] 79. centimeter
- [ ] 80. century
- [ ] 81. luxury
- [ ] 82. percent
- [ ] 83. percentage
- [ ] 84. centennial
- [ ] 85. bicentennial
- [ ] 86. expedite
- [ ] 87. expedient
- [ ] 88. expediency
- [ ] 89. pedometer
- [ ] 90. meter
- [ ] 91. barometer
- [ ] 92. diameter
- [ ] 93. thermometer
- [ ] 94. thermos
- [ ] 95. voltmeter
- [ ] 96. voltage
- [ ] 97. volt
- [ ] 98. odometer
- [ ] 99. symmetry
- [ ] 100. symmetrical
- [ ] 101. sympathy
- [ ] 102. antipathy
- [ ] 103. speedometer

# 劉毅老師「英文字根串聯記憶班」筆記 ⑤

1. <u>re</u> <u>ceive</u> 〔 rɪˋsiv 〕 *v.* 收到
   back｜take

| ceive |       |
|-------|-------|
| ceipt |       |
| cept  | ＝ take（拿）|
| cip   |       |
| cipate|       |

2. <u>receiv</u> er 〔 rɪˋsivɚ 〕 *n.* 收受人；
   ｜人　　　　　　　　接收器

3. <u>receiv</u> able 〔 rɪˋsivəb! 〕 *adj.*
   可收到的

4. re｜ceipt 〔 rɪˋsit 〕 *n.* 收據
   ＊p 不發音的字：
   corps 〔 kɔr 〕 *n.* 軍團　*pl.* 〔 kɔrz 〕
   【core 〔 kɔr 〕 *n.* 核心
   *Marine Corps* 海軍陸戰隊
   corpse 〔 kɔrps 〕 *n.* 屍體】
   cup｜board 〔ˋkʌbɚd 〕 *n.* 碗櫥
   rasp｜berry 〔ˋræzˏbɛrɪ 〕 *n.* 山莓；
   刺耳聲｜　　　　　　　　覆盆子

5. de｜ceive 〔 dɪˋsiv 〕 *v.* 欺騙
   away｜take

6. de｜ceit 〔 dɪˋsit 〕 *n.* 欺騙

7. ＝ de｜cept ion 〔 dɪˋsɛpʃən 〕 *n.*
   away｜take｜ *n.*
   　　　　　　　　欺騙

8. de｜cept ive 〔 dɪˋsɛptɪv 〕 *adj.*
   away｜take｜ *adj.*
   　　　　　　　　騙人的
   Don't listen to him. He is
   *deceptive*.
   不要聽他的，他騙人。

9. per｜ceive 〔 pɚˋsiv 〕 *v.* 感覺到；
   through｜take　　　（經過～得知）
   察覺（感官動詞）
   Did you *perceive* anyone <u>come</u>
   in?　　　　　　　　　　原形
   你有沒有察覺到任何人進來？

10. <u>per</u>｜<u>cept</u> ion 〔 pɚˋsɛpʃən 〕 *n.*
    知覺；理解力

11. <u>per</u>｜<u>cept</u> ive 〔 pɚˋsɛptɪv 〕 *adj.*
    有知覺的；有洞察力的

12. <u>per</u>｜<u>cept</u> ible 〔 pɚˋsɛptəb! 〕
    *adj.* 可知覺的；顯而易見的；看得出的
    Her interest in me is *perceptible*.
    顯而易見，她對我有興趣。

13. **con**｜<u>ceive</u> 〔 kənˋsiv 〕 *v.* 想到；
    together｜take　　構想到；懷（胎）
    Who *conceived* this idea?
    ＝ Who thought of this idea?
    誰想到這個點子？
    She has *conceived*. 她懷孕了。

14. **conceiv** **able** 〔 kən'sivəbḷ 〕
    *adj.* 可想像的

15. **con** **cept** **ion** 〔 kən'sɛpʃən 〕 *n.*
    概念

16. = **con** **cept** 〔 'kɑnsɛpt 〕 *n.* 概念；
    觀念

17. **ac** **cept** 〔 ək'sɛpt , æk- 〕 *v.* 接受；
    to｜take 同意

18. **accept** **able** 〔 ək'sɛptəbḷ 〕 *adj.*
    可接受的；合意的

19. **accept** **ance** 〔 ək'sɛptəns 〕 *n.*
    *n.* 接受；承認

20. **accepted** 〔 ək'sɛptɪd 〕 *adj.* 公認的
    ( = *recognized* )
    He is an *accepted* leader in our
    class. 他是我們班公認的班長。

21. **ex** **cept** 〔 ɪk'sɛpt 〕 *prep.* 除…之外
    out｜take
    besides 〔 bɪ'saɪdz 〕 *prep.* 除…之外
    ( 再加上 ) ( = *in addition to* )

22. **except** **ion** 〔 ɪk'sɛpʃən 〕 *n.*
    例外

23. **exceptional** 〔 ɪk'sɛpʃənḷ 〕 *adj.*
    例外的

24. **pre** **cept** 〔 'prisɛpt 〕 *n.* 教訓；
    before｜take 告誡
    Example is better than *precept*.
    身敎重於言敎。

25. **sus** **cept** **ible** 〔 sə'sɛptəbḷ 〕 *adj.*
    under｜take ｜ 〔 sə-'sɛp-tə-bḷ 〕
    易受影響的；易受感染的
    I'm *susceptible* to colds.
    = I get colds easily. 我容易感冒。
    I'm *susceptible* to cold. 我怕冷。
    = I'm sensitive to cold
    temperatures.

26. **inter** **cept** 〔 ˌɪntɚ'sɛpt 〕 *v.* 攔截；
    between｜take 偵聽

27. **interception** 〔 ˌɪntɚ'sɛpʃən 〕 *n.*
    攔截

28. **intercept** **or** 〔 ˌɪntɚ'sɛptɚ 〕 *n.*
    *n.* 攔截機

29. **re** **cept** **ion** 〔 rɪ'sɛpʃən 〕 *n.*
    back｜take｜ *n.*
    接待處；櫃臺 ( = *front desk* )

30. **re** **cept** **ive** 〔 rɪ'sɛptɪv 〕 *adj.*
    願意接受的
    She was always *receptive* to
    new ideas. 她總是願意接受新點子。

31. **re** **cept** **acle** 〔 rɪ'sɛptəkḷ 〕 *n.*
    back｜take｜物
    容器 ( = *container* )

32. **re** | **cip** | **ient** ﹙ rɪ'sɪpɪənt ﹚ *n.*
回 | 拿 | 人
 接受者
the *recipient* of a prize 領獎人
All the prize *recipients* get up
here. 所有領獎人請上前來。

33. **anti** | **cipate** ﹙ æn'tɪsə,pet ﹚ *v.*
before | take
以為
 預料；預期
 ﹙事前認為﹚
It is impossible to *anticipate*
when it will happen.
不可能預料何時發生。

34. **anti** | **cipat** | **ion** ﹙ æn,tɪsə'peʃən ﹚
before | take | *n.*
 *n.* 預料；預期

35. **part** | **i** | **cipate** ﹙ pə'tɪsə,pet ﹚ *v.*
part | in | take
 參加；參與
= take part in

36. **participation** ﹙ par,tɪsə'peʃən ﹚
*n.* 參加；參與

37. **part** | **i** | **cip** | **le** ﹙'partəsəpl﹚ *n.*
part | in | take | *n.*
 分詞
present participle 現在分詞
past participle 過去分詞
There are two types of participle
in English: the present participle
and the past participle.

38. **e** | **man** | **cipate** ﹙ ɪ'mænsə,pet ﹚
out | hand | take
 *v.* 解放；解除
The slaves were *emancipated*
in 1865. 1865 年黑奴被解放了。

39. **e** | **man** | **cip** | **ation**
 *n.*
﹙ ɪ,mænsə'peʃən ﹚ *n.* 解放

| man | |
|---|---|
| manu | } = hand （手） |

40. **man** | **age** ﹙'mænɪdʒ﹚ *v.* 經營；
hand | 行為
 管理

41. **manage** | **ment** ﹙'mænɪdʒmənt﹚
 *n.*
 *n.* 經營；管理

42. **manager** ﹙'mænɪdʒɚ﹚ *n.* 經理

43. **man** | **i** | **pul** | **ate** ﹙ mə'nɪpjə,let ﹚
hand | in | pull | *v.*
 *v.* 操作；操縱

44. **manipulation** ﹙ mə,nɪpjə'leʃən ﹚
*n.* 操作

45. **man** | **euver** ﹙ mə'nuvɚ ﹚ *n.* 策略；
手 | 操作
 手法；演習
army maneuvers 陸軍演習

46. **man** | **ifest** ﹙'mænə,fɛst ﹚ *v.*
手 | strike
顯示；表示 *adj.* 明白的；顯然的
Tears began to *manifest* in her
eyes. ‖
 appear
她開始掉眼淚。

47. **fest** | **ive** ﹙'fɛstɪv﹚ *adj.* 節日的；
strike |
 歡樂的

48. **festival** ﹙'fɛstəvl̩﹚ *n.* 節日；作樂
中秋節 the Moon Festival
 = the Mid-Autumn Festival
端午節 Dragon Boat Festival

49. **man ¦ icure** (ˈmænɪˌkjʊr ) *v., n.*
  hand ¦ care for      修指甲
  ( = *care for your hands and*
  *nails* )

50. **cure** ( kjʊr ) *n., v.* 治療

51. **cure-all** (ˈkjʊrˌɔl ) *n.* 萬靈藥

52. **cur ¦ ious** (ˈkjʊrɪəs ) *adj.* 好奇的
  take care
  小心

53. **cur ¦ io** (ˈkjʊrɪˌo ) *n.* 古董；珍品
  take care ¦ *n.*

54. **radio** (ˈredɪˌo ) *n.* 收音機

55. **studio** (ˈstjudɪˌo ) *n.* 工作室；攝影
  室；播音室；錄音室；練功室；畫室

56. **cur ¦ ate** (ˈkjʊrɪt ) *n.* 助理牧師
  take care ¦ 人
  小心

57. **priest** ( prist ) *n.* 牧師

58. **advoc ¦ ate** (ˈædvəkɪt ) *n.*
  ¦ 人      提倡者

59. **de ¦ leg ¦ ate** (ˈdɛləgɪt ) *n.* 代表者
  away ¦ send ¦ 人

60. **pir ¦ ate** (ˈpaɪrət ) *n.* 海盜
  attack ¦ 人

61. **magn ¦ ate** (ˈmægnet ) *n.* 要人；
  great ¦ 人      偉人；大企業家
  a steel magnate 鋼鐵大王
  a property magnate 房地產大亨
  * ate 表「人」的很少。

62. **se ¦ cure** ( sɪˈkjʊr ) *adj.* 安全的
  free from ¦ take care

63. **in ¦ secure** (ˌɪnsɪˈkjʊr ) *adj.*
  not ¦      不安全的

64. **secur ¦ ity** ( sɪˈkjʊrətɪ ) *n.* 安全

65. **ac ¦ cur ¦ ate** (ˈækjərɪt ) *adj.*
  to ¦ take ¦ *adj.*      精確的
  ¦ care

66. **ac ¦ cur ¦ acy** (ˈækjərəsɪ ) *n.* 正確
  ( 性 )；準確 ( 性 )

67. **pro ¦ cure** ( proˈkjʊr ) *v.* 取得；
  for ¦ take care      獲得
  爲了
  = obtain
  = acquire

68. **ped ¦ icure** (ˈpɛdɪˌkjʊr ) *n.* 修腳
  foot ¦ care      指甲

69. **ped ¦ al** (ˈpɛdḷ ) *n.* 踏板
  foot ¦ *n.*

70. **ped ¦ dler** (ˈpɛdḷɚ ) *n.* 小販
  foot

71. **ped** estal （'pɛdɪstl̩ ） *n.* （雕像、
    foot  座        燈）台座；底座；基礎

72. **ped** estr ian （ pə'dɛstrɪən ） *n.*
    foot 基礎 人        行人；步行者

73. ex **ped** ition （ˌɛkspɪ'dɪʃən ） *n.*
    out foot        *n.*
    探險隊；遠征隊

74. **im** **pede** （ ɪm'pid ） *v.* 妨礙；阻礙
    in    foot
    Don't *impede* my progress.
         ‖
         prevent
    不要阻礙我的進步。

75. **impediment** （ ɪm'pɛdəmənt ） *n.*
    障礙；語言障礙
    a speech impediment 口吃；結巴
    = stutter

76. centi **pede** （'sɛntəˌpid ） *n.* 蜈蚣
    100    ped

77. **cent** （ sɛnt ） *n.* 一分錢（元的百分
    之一）

78. **cent** igrade （'sɛntəˌgred ） *adj.*
    100    class      攝氏的；百分度
    The temperature is 20 degrees
    *centigrade*.
    溫度是攝氏二十度。

79. **cent** imeter （'sɛntəˌmitə ） *n.*
    100        公分（一公尺的百分之一）

80. **cent** ury （'sɛntʃərɪ ） *n.* 百年；
    100    *n.*              一世紀

81. **lux** ury （'lʌkʃərɪ ） *n.* 奢侈（品）
         *n.*

82. **per** **cent** （ pə'sɛnt ） *n.* 百分比
    每    100

83. **per** **cent** age （ pə'sɛntɪdʒ ） *n.*
    百分率
    * cent 表「百」「百分之一」「百倍」。

84. **cent** enn ial （ sɛn'tɛnɪəl ）
    100    year *adj.*
    *n.* 百年紀念 *adj.* 百年的

85. bi **cent** enn ial
    2  100  year *adj.*
    （ˌbaɪsɛn'tɛnɪəl ） *n.* 兩百年紀念
    *adj.* 二百年的

86. ex **ped** ite （'ɛkspɪˌdaɪt ） *v.*
    out foot *v.*        加快；加速
    = speed up
    Please *expedite* my order.
    請盡快交貨。

87. ex **ped** ient （ ɪk'spidɪənt ） *adj.*
    out foot *adj.*      方便的；權宜的
    It will be *expedient* to leave
    now. 現在離開是權宜之計。

88. **ex｜ped｜iency**〔 ɪk'spidɪənsɪ 〕
　　out｜foot　　*n.*

　　*n.* 權宜之計；應急辦法

　　He acted out of *expediency*, not
　　principle.

　　他的行為出於權宜之計，而非原則。

89. **ped｜ometer**〔 pɛ'damətə 〕 *n.*
　　foot｜測量器　　　計步器；步程計

90. **meter**〔'mitə〕 *n.* 公尺；測量器

91. **baro｜meter**〔 bə'ramətə 〕 *n.*
　　氣壓｜　　　　氣壓計；晴雨表

92. **dia｜meter**〔 daɪ'æmətə 〕 *n.* 直徑
　　across｜

93. **thermo｜meter**〔 θə'mamətə 〕
　　　　heat｜

　　*n.* 溫度計

94. **thermos**〔'θɜməs〕 *n.* 熱水瓶
　　( = *Thermos* )

95. **volt｜meter**〔'volt,mitə〕 *n.*
　　伏特計；電壓表

96. **volt｜age**〔'voltɪdʒ〕 *n.* 電壓；
　　　　　*n.*　　　　伏特數

97. **volt**〔 volt 〕 *n.* 伏；伏特（ V. ）

98. **odo｜meter**〔 o'damətə 〕 *n.* (汽
　　way｜measure　　　車的)里程表

99. **sym｜metry**〔'sɪmɪtrɪ〕 *n.*
　　the same｜測量　　　對稱；調和

100. **sym｜metr｜ical**〔 sɪ'mɛtrɪkḷ 〕
　　　　　　　　*adj.*

　　*adj.* 對稱的；均勻的

101. **sym｜pathy**〔'sɪmpəθɪ〕 *n.* 同情
　　the same｜feeling

102. **anti｜pathy**〔 æn'tɪpəθɪ 〕 *n.*
　　against｜feeling　　反感；厭惡

103. **speedo｜meter**〔 spi'damətə 〕

　　*n.* ( 汽車的 ) 速度計

*歸納①

　　**receive**〔 rɪ'siv 〕 *v.* 收到
　　**deceive**〔 dɪ'siv 〕 *v.* 欺騙
　　**perceive**〔 pə'siv 〕 *v.* 感覺到
　　**conceive**〔 kən'siv 〕 *v.* 想到

*歸納②

　　**pedometer**〔 pɛ'damətə 〕 *n.* 計步器
　　**odometer**〔 o'damətə 〕 *n.* ( 汽車的 )
　　里程表
　　**speedometer**〔 spi'damətə 〕 *n.* ( 汽車
　　的 ) 速度計

*歸納③

　　**participate**〔 pə'tɪsə,pet 〕 *v.* 參加
　　**anticipate**〔 æn'tɪsə,pet 〕 *v.* 預料
　　**emancipate**〔 ɪ'mænsə,pet 〕 *v.* 解放

背完後檢查：請看中文說出英文，並拼出字母，把不認識的單字，於空格中做記號。

| | | |
|---|---|---|
| ☐ 1. 收到 _____ | ☐ 26. 攔截；偵聽 _____ |
| ☐ 2. 收受人；接收器 _____ | ☐ 27. 攔截 _____ |
| ☐ 3. 可收到的 _____ | ☐ 28. 攔截機 _____ |
| ☐ 4. 收據 _____ | ☐ 29. 接待處；櫃臺 _____ |
| ☐ 5. 欺騙 _____ | ☐ 30. 願意接受的 _____ |
| ☐ 6. 欺騙 _____ | ☐ 31. 容器 _____ |
| ☐ 7. 欺騙 _____ | ☐ 32. 接受者 _____ |
| ☐ 8. 騙人的 _____ | ☐ 33. 預料；預期 _____ |
| ☐ 9. 感覺到；察覺 _____ | ☐ 34. 預料；預期 _____ |
| ☐ 10. 知覺；理解力 _____ | ☐ 35. 參加；參與 _____ |
| ☐ 11. 有知覺的 _____ | ☐ 36. 參加；參與 _____ |
| ☐ 12. 可知覺的 _____ | ☐ 37. 分詞 _____ |
| ☐ 13. 想到；懷（胎） _____ | ☐ 38. 解放；解除 _____ |
| ☐ 14. 可想像的 _____ | ☐ 39. 解放 _____ |
| ☐ 15. 概念 _____ | ☐ 40. 經營；管理 _____ |
| ☐ 16. 概念；觀念 _____ | ☐ 41. 經營；管理 _____ |
| ☐ 17. 接受；同意 _____ | ☐ 42. 經理 _____ |
| ☐ 18. 可接受的 _____ | ☐ 43. 操作；操縱 _____ |
| ☐ 19. 接受；承認 _____ | ☐ 44. 操作 _____ |
| ☐ 20. 公認的 _____ | ☐ 45. 策略；演習 _____ |
| ☐ 21. 除…之外 _____ | ☐ 46. 顯示；明白的 _____ |
| ☐ 22. 例外 _____ | ☐ 47. 節日的；歡樂的 _____ |
| ☐ 23. 例外的 _____ | ☐ 48. 節日；作樂 _____ |
| ☐ 24. 教訓；告誡 _____ | ☐ 49. 修指甲 _____ |
| ☐ 25. 易受影響的 _____ | ☐ 50. 治療 _____ |

□ 51. 萬靈藥 ＿＿＿＿＿＿

□ 52. 好奇的 ＿＿＿＿＿＿

□ 53. 古董；珍品 ＿＿＿＿＿＿

□ 54. 收音機 ＿＿＿＿＿＿

□ 55. 工作室；攝影室 ＿＿＿＿＿＿

□ 56. 助理牧師 ＿＿＿＿＿＿

□ 57. 牧師 ＿＿＿＿＿＿

□ 58. 提倡者 ＿＿＿＿＿＿

□ 59. 代表者 ＿＿＿＿＿＿

□ 60. 海盜 ＿＿＿＿＿＿

□ 61. 要人；偉人 ＿＿＿＿＿＿

□ 62. 安全的 ＿＿＿＿＿＿

□ 63. 不安全的 ＿＿＿＿＿＿

□ 64. 安全 ＿＿＿＿＿＿

□ 65. 精確的 ＿＿＿＿＿＿

□ 66. 正確（性） ＿＿＿＿＿＿

□ 67. 取得；獲得 ＿＿＿＿＿＿

□ 68. 修腳指甲 ＿＿＿＿＿＿

□ 69. 踏板 ＿＿＿＿＿＿

□ 70. 小販 ＿＿＿＿＿＿

□ 71. 台座；底座 ＿＿＿＿＿＿

□ 72. 行人；步行者 ＿＿＿＿＿＿

□ 73. 探險隊；遠征隊 ＿＿＿＿＿＿

□ 74. 妨礙；阻礙 ＿＿＿＿＿＿

□ 75. 障礙；語言障礙 ＿＿＿＿＿＿

□ 76. 蜈蚣 ＿＿＿＿＿＿

□ 77. 一分錢 ＿＿＿＿＿＿

□ 78. 攝氏的；百分度 ＿＿＿＿＿＿

□ 79. 公分 ＿＿＿＿＿＿

□ 80. 百年；一世紀 ＿＿＿＿＿＿

□ 81. 奢侈（品） ＿＿＿＿＿＿

□ 82. 百分比 ＿＿＿＿＿＿

□ 83. 百分率 ＿＿＿＿＿＿

□ 84. 百年紀念 ＿＿＿＿＿＿

□ 85. 兩百年紀念 ＿＿＿＿＿＿

□ 86. 加快；加速 ＿＿＿＿＿＿

□ 87. 方便的；權宜的 ＿＿＿＿＿＿

□ 88. 權宜之計 ＿＿＿＿＿＿

□ 89. 計步器；步程計 ＿＿＿＿＿＿

□ 90. 公尺；測量器 ＿＿＿＿＿＿

□ 91. 氣壓計；晴雨表 ＿＿＿＿＿＿

□ 92. 直徑 ＿＿＿＿＿＿

□ 93. 溫度計 ＿＿＿＿＿＿

□ 94. 熱水瓶 ＿＿＿＿＿＿

□ 95. 伏特計；電壓表 ＿＿＿＿＿＿

□ 96. 電壓；伏特數 ＿＿＿＿＿＿

□ 97. 伏；伏特 ＿＿＿＿＿＿

□ 98. 里程表 ＿＿＿＿＿＿

□ 99. 對稱；調和 ＿＿＿＿＿＿

□ 100. 對稱的；均勻的 ＿＿＿＿＿＿

□ 101. 同情 ＿＿＿＿＿＿

□ 102. 反感；厭惡 ＿＿＿＿＿＿

□ 103. 速度計 ＿＿＿＿＿＿

最後再複習：下面單字按照字母序排列，請把還不認識的單字做一記號。
第一次不會，做個記號，第二次再不會，再做個記號。

| | | |
|---|---|---|
| □□ accept | □□ except | □□ pedometer |
| □□ acceptable | □□ exception | □□ perceive |
| □□ acceptance | □□ exceptional | □□ percent |
| □□ accepted | □□ expediency | □□ percentage |
| □□ accuracy | □□ expedient | □□ perceptible |
| □□ accurate | □□ expedite | □□ perception |
| □□ advocate | □□ expedition | □□ perceptive |
| □□ anticipate | □□ festival | □□ pirate |
| □□ anticipation | □□ festive | □□ precept |
| □□ antipathy | □□ impede | □□ priest |
| □□ barometer | □□ impediment | □□ procure |
| □□ bicentennial | □□ insecure | □□ radio |
| □□ cent | □□ intercept | □□ receipt |
| □□ centennial | □□ interception | □□ receivable |
| □□ centigrade | □□ interceptor | □□ receive |
| □□ centimeter | □□ luxury | □□ receiver |
| □□ centipede | □□ magnate | □□ receptacle |
| □□ century | □□ manage | □□ reception |
| □□ conceivable | □□ management | □□ receptive |
| □□ conceive | □□ manager | □□ recipient |
| □□ concept | □□ maneuver | □□ secure |
| □□ conception | □□ manicure | □□ security |
| □□ curate | □□ manifest | □□ speedometer |
| □□ cure | □□ manipulate | □□ studio |
| □□ cure-all | □□ manipulation | □□ susceptible |
| □□ curio | □□ meter | □□ symmetrical |
| □□ curious | □□ odometer | □□ symmetry |
| □□ deceit | □□ participate | □□ sympathy |
| □□ deceive | □□ participation | □□ thermometer |
| □□ deception | □□ participle | □□ thermos |
| □□ deceptive | □□ pedal | □□ volt |
| □□ delegate | □□ peddler | □□ voltage |
| □□ diameter | □□ pedestal | □□ voltmeter |
| □□ emancipate | □□ pedestrian | |
| □□ emancipation | □□ pedicure | |

# 英文字根串聯單字記憶比賽 ⑥

- [ ] 1. benefactor
- [ ] 2. fact
- [ ] 3. factor
- [ ] 4. faction
- [ ] 5. factional
- [ ] 6. facile
- [ ] 7. facility
- [ ] 8. facilitate
- [ ] 9. facsimile
- [ ] 10. similar
- [ ] 11. faculty
- [ ] 12. difficulty
- [ ] 13. difficult
- [ ] 14. affect
- [ ] 15. affection
- [ ] 16. effect
- [ ] 17. effective
- [ ] 18. effectual
- [ ] 19. perfect
- [ ] 20. perfection
- [ ] 21. imperfect
- [ ] 22. infect
- [ ] 23. infection
- [ ] 24. infectious
- [ ] 25. disinfect
- [ ] 26. defect[1]
- [ ] 27. defective
- [ ] 28. defect[2]
- [ ] 29. defection
- [ ] 30. confection
- [ ] 31. confectionary
- [ ] 32. efficient
- [ ] 33. efficiency
- [ ] 34. sufficient
- [ ] 35. sufficiency
- [ ] 36. deficient
- [ ] 37. deficiency
- [ ] 38. proficient
- [ ] 39. proficiency
- [ ] 40. office
- [ ] 41. officer
- [ ] 42. official
- [ ] 43. suffice
- [ ] 44. sacrifice
- [ ] 45. sacred
- [ ] 46. feat
- [ ] 47. defeat
- [ ] 48. feature
- [ ] 49. feasible
- [ ] 50. unfeasible
- [ ] 51. counterfeit
- [ ] 52. forfeit

- [ ] 53. forfeiture
- [ ] 54. forum
- [ ] 55. forest
- [ ] 56. surfeit
- [ ] 57. survive
- [ ] 58. profit
- [ ] 59. profitable
- [ ] 60. benefit
- [ ] 61. beneficial
- [ ] 62. beneficiary
- [ ] 63. benevolent
- [ ] 64. benevolence
- [ ] 65. voluntary
- [ ] 66. volunteer
- [ ] 67. benediction
- [ ] 68. diction
- [ ] 69. dictionary
- [ ] 70. dictate
- [ ] 71. dictation
- [ ] 72. dictator
- [ ] 73. dictatorship
- [ ] 74. dictatorial
- [ ] 75. predict
- [ ] 76. prediction
- [ ] 77. verdict
- [ ] 78. verify
- [ ] 79. dedicate
- [ ] 80. dedication
- [ ] 81. abdicate
- [ ] 82. abdication
- [ ] 83. indicate
- [ ] 84. indication
- [ ] 85. vindicate
- [ ] 86. vindication
- [ ] 87. vinegar
- [ ] 88. sugar
- [ ] 89. edict
- [ ] 90. indict
- [ ] 91. indictment
- [ ] 92. jurisdiction
- [ ] 93. jury
- [ ] 94. jewel
- [ ] 95. contradict
- [ ] 96. contradiction
- [ ] 97. contrary
- [ ] 98. contrast
- [ ] 99. valedictorian
- [ ] 100. barbarian
- [ ] 101. magician
- [ ] 102. musician
- [ ] 103. guardian
- [ ] 104. historian
- [ ] 105. Indian
- [ ] 106. vegetarian
- [ ] 107. vegetable
- [ ] 108. Asian

# 劉毅老師「英文字根串聯記憶班」筆記⑥

1. **bene fact or** (ˈbɛnəˌfæktə ,
   well　do　人
   ˌbɛnəˈfæktə)【KK 音標字典有誤，最新
   發音爲 (ˈbɛnəfæktə)】
   *n.* 恩人；施主

2. **fact** ( fækt ) *n.* 事實（做出來→事實）

3. **factor** (ˈfæktə) *n.* 因素
   （做事的人、物）

4. **fact ion** (ˈfækʃən) *n.* 小圈子；
   do　小黨派；內訌（做事→內訌）

5. **factional** (ˈfækʃənl̩) *adj.* 小黨派
   的；派系的

6. **fac ile** (ˈfæsl̩ , -sɪl) *adj.* 容易的；
   do　能…的　【KK 發音字典有誤，
   易於…　美國人唸成 (ˈfæsaɪl)】
   熟練的 ( = *skilled* = *skillful* )
   This is a *facile* solution.
   這是個容易的解決辦法。
   You are a *facile* writer.
   你是個熟練的作家。

7. **fac il ity** ( fəˈsɪlətɪ ) *n. (pl.)*
   do　能　*n.*
   設備；(pl.) 廁所；方便；容易；熟練

   Excuse me a moment.
   對不起，我要離開一下。
   I'll be right back. 我馬上回來。
   I need to use the *facilities*.
   我必須去一下洗手間。

8. **fac ili tate** ( fəˈsɪləˌtet ) *v.* 使容
   do　能　*v.*　易；使便利（使能做）
   This *facilitates* things.
   = This makes things easier.
   這使事情更容易。

9. **fac simile** ( fækˈsɪməlɪ ) *n.*
   do　like　傳眞；複製品
   = fax = FAX
   This is real, not a *facsimile*.
   ‖
   copy
   這是眞的，不是複製品。

10. **similar** (ˈsɪmələ) *adj.* 相似的

11. **fac ul ty** (ˈfækl̩tɪ) *n.* 才能；
    do　能　*n.*　全體教職員
    （能做事的人或力量）
    You have a great *faculty* for
    English. 你有很強學英文的才能。

    Ladies and gentlemen.
    各位女士，各位先生。
    *Faculty* and students.
    各位老師，各位同學。
    It's an honor to be here.
    我很榮幸來到這裡。

12. **dif fic ul ty** (ˈdɪfəˌkʌltɪ , -kəltɪ)
    not　do　能　*n.*　*n.* 困難

13. **dif fic ult** (ˈdɪfəˌkʌlt , -kəlt)
    *adj.* 困難的

14. **af fect** ( əˈfɛkt ) *v.* 影響；感動
    to　do　= influence = move

15. **affection** 〔 ə'fɛkʃən 〕 *n.* ①影響
②感情；喜愛
I have a great *affection* for
Taipei. 我很喜歡台北。

16. **ef fect** 〔 ɪ'fɛkt 〕 *n.* 影響；效果
out  do
（做出來→效果）　　* *effection* (×)

> in effect  事實上
> = in fact
> = in reality

17. **ef fect ive** 〔 ə'fɛktɪv , ɪ- 〕 *adj.*
out  do  adj.
有效的

18. = **ef fect ual** 〔 ə'fɛktʃuəl , ɪ- 〕
out  do  adj.
*adj.* 有效的

19. **per fect** 〔 'pɝfɪkt 〕 *adj.*
thoroughly  do
完美的

20. **perfect ion** 〔 pə'fɛkʃən 〕 *n.* 完美

21. **im perfect** 〔 ɪm'pɝfɪkt 〕 *adj.*
not
不完美的；有缺點的

22. **in fect** 〔 ɪn'fɛkt 〕 *v.* 傳染；感染
into  do
（侵入內部起作用）
She is sick. Don't get *infected*.
她生病，不要被傳染。

23. **infection** 〔 ɪn'fɛkʃən 〕 *n.* 傳染；
感染

24. **infect ious** 〔 ɪn'fɛkʃəs 〕 *adj.*
adj.
有傳染性的

25. **dis infect** 〔 ,dɪsɪn'fɛkt 〕 *v.* 消毒；
not
淨化（使不被感染）

26. **de fect**[1] 〔 dɪ'fɛkt , 'difɛkt 〕 *n.*
off  do
（只有14%的人唸〔 dɪ'fɛkt 〕，1988年統計，
86%美國人唸〔'difɛkt 〕）
缺點；缺陷；毛病（一下做，一下休息）

> I have my *defect*. 我有缺點。
> I'm always changing my mind.
> 我老是改變主意。
> This is something I want to work on.
> 這是我要努力改善的。

> defect　缺點　　　= weakness
> = drawback　　　= flaw
> = shortcoming　　= deficiency

27. **defective** 〔 dɪ'fɛktɪv 〕 *adj.*
有缺點的

28. **defect**[2] 〔 dɪ'fɛkt 〕 *v.* 逃跑；背叛

29. **defection** 〔 dɪ'fɛkʃən 〕 *n.* 背叛；
脫黨

30. **con fect ion** 〔 kən'fɛkʃən 〕 *n.*
一起  make  n.　　（混在一起製作）
甜點；甜食；糖果；西點；蜜餞

> confections
> = desserts　　　= sweet food
> = sweetmeats　　= sweet stuff

**confectioner**'s sugar  糖粉
甜食商；甜食業
（ = *powdered sugar* ）

31. **confection ary**
〔 kən'fɛkʃən,ɛrɪ 〕 *n.* 糖果店
= sweet shop = candy store

| fact | fac | | |
|------|-----|---|---|
| fect | fic | = | make（製造） |
| feat | fit | | do（做） |
| fea | fice | | |

32. **ef** | **fic** | **ient** 〔 ə'fɪʃənt , ɪ- 〕 *adj.*
out | do | *adj.*                有效率的

33. **ef** | **fic** | **iency** 〔 ə'fɪʃənsɪ , ɪ- 〕 *n.*
效率

34. **suf** | **fic** | **ient** 〔 sə'fɪʃənt 〕 *adj.*
under | do | *adj.*              足夠的

35. **suf** | **fic** | iency 〔 sə'fɪʃənsɪ 〕 *n.*
足量；充足

36. **de** | **fic** | **ient** 〔 dɪ'fɪʃənt 〕 *adj.*
off | do | *adj.*               不足的；有缺點的

37. **de** | **fic** | **iency** 〔 dɪ'fɪʃənsɪ 〕 *n.*
缺乏；缺點；不足

> de = down; downward
> 往下 → 分離、否定、加強

\* 字尾是 ient, ience, iency 重音在字
尾的前一個音節上。

> efficient
> sufficient
> deficient 不足的 ( 所以少一個 f )

38. **pro** | **fic** | ient 〔 prə'fɪʃənt 〕 *adj.*
forward | do | *adj.*            熟練的
( 熟練後才能向前創新 )

39. **pro** | **fic** | **iency** 〔 prə'fɪʃənsɪ 〕 *n.*
熟練；精通

40. **of** | **fic** | **e** 〔 'ɔfɪs , 'ɑfɪs 〕 *n.* 辦公室
to | do | 地

41. **officer** 〔 'ɔfəsɚ , 'ɑfəsɚ 〕 *n.* 軍官

42. **of** | **fic** | ial 〔 ə'fɪʃəl 〕 *n.* 公務員
*adj.* 官方的；正式的

43. **suf** | **fice** 〔 sə'faɪs 〕 *v.* 足夠；
under | do                使滿足
Five dollars will **suffice**.
= Five dollars will do.
= Five dollars will be enough.
= Five dollars will be sufficient.
五元就夠了。

44. **sacri** | **fice** 〔 'sækrə,faɪs 〕 *v.* 犧牲
sacred | do

45. **sacred** 〔 'sekrɪd 〕 *adj.* 神聖的

46. **feat** 〔 fit 〕 *n.* 功績；業績；英勇；
事跡 ( 都是 do 出來的 )
Taipei 101 is a **feat** of
engineering.
            工程
台北 101 是工程業界了不起的事跡。

47. **de** | **feat** 〔 dɪ'fit 〕 *v.* 打敗；擊敗
down | do
= overcome = beat = win
I cannot be **defeated**. 我是無敵的。
= I am unbeatable.

48. **feat** | **ure** 〔 'fitʃɚ 〕 *n.* 特徵；特色
do | *n.*

49. **fea** | **sible** 〔 'fizəbḷ 〕 *adj.* 可行的；
do | possible             可能的
This plan is **feasible**.
= This is a **feasible** plan.
這個計劃是可行的。

50. **un** | **fea** | **sible** 〔 ʌn'fizəbḷ 〕
not |
*adj.* 不可行的；難以實現的

51. **counter** | **feit** (ˈkaʊntəˌfɪt)
   against | make
   *adj.* 仿冒的　*v.* 仿造　*n.* 仿冒品
   Her purse is *counterfeit*.
   她的皮包是仿冒的。

52. **for** | **feit** (ˈfɔrfɪt) *v.* 喪失；
   outdoors | do
   　戶外 | 　　　　　　　　被沒收
   （在外面做，被沒收）
   He *forfeited* his *counterfeit*
   watch. ‖
   　　　lost
   他的仿冒手錶被沒收。

53. **for** | **feit** | **ure** (ˈfɔrfɪtʃɚ) *n.*
   outdoors | do | *n.*
   喪失；沒收（物）　　　┌──────────┐
   　　　　　　　　　　　│ ˈforfeit │
   　　　　　　　　　　　│ ˈcounterfeit │
   　　　　　　　　　　　└──────────┘

54. **for** | **um** (ˈfɔrəm) *n.* 論壇；
   outdoors | 地
   　　　　　　　　　　　討論會
   the Boao Forum　博鰲論壇

55. **for** | **est** (ˈfɔrɪst) *n.* 森林
   outdoors | 最

56. **sur** | **feit** (ˈsɝfɪt) *n.* 過量；過食
   above | do
   There is a *surfeit* of food.
   = There is too much food.
   食物過多。

57. **sur** | **vive** (səˈvaɪv) *v.* 生存；
   above | live
   　　　　　　　　　　　生命較…長
   She *survived* her husband by
   twenty years.
   她丈夫去世後，她又活了二十年。

58. **pro** | **fit** (ˈprɑfɪt) *n.* 利潤
   forward | do　　（向前創新就有利潤）

59. **profitable** (ˈprɑfɪtəbḷ) *adj.*
   有利潤的

60. **bene** | **fit** (ˈbɛnəfɪt) *n.* 利益

61. **bene** | **fic** | **ial** (ˌbɛnəˈfɪʃəl) *adj.*
   well | do | *adj.*
   　　　　　　　　　　　有益的

62. **bene** | **fic** | **iary** (ˌbɛnəˈfɪʃɪɛrɪ) *n.*
   well | do | 人
   　　　　　　　　　　　受益人

63. **bene** | **vol** | **ent** (bəˈnɛvələnt)
   well | will | *adj.*
   *adj.* 仁慈的；慈善的；樂善好施的
   ( = *kind, helpful and generous* )

64. **bene** | **vol** | **ence** (bəˈnɛvələns)
   *n.* 善心；善意；善行
   I did it out of *benevolence*.
   我做這件事，出於善意。

65. **volunt** | **ary** (ˈvɑlənˌtɛrɪ)
   will | *adj.*
   *adj.* 自願的；志願的
   ┌────────────────────┐
   │ vol, volunt = free will │
   └────────────────────┘

66. **volunt** | **eer** (ˌvɑlənˈtɪr) *n.*
   free will
   自願者；志願者；義工
   ┌──────────────────────────────┐
   │ Any *volunteers*? 有自願者嗎？ │
   │ Any *volunteers* to give it a shot? │
   │ 有人自願試試嗎？ │
   │ Any *volunteers* to come up here? │
   │ 有人自願上來嗎？ │
   └──────────────────────────────┘

67. **bene** ¦ **dict** ¦ **ion** (ˌbɛnəˈdɪkʃən )
　　well ¦ say ¦ *n.*

*n.* 祝福；(飯前) 禱告

He made an emotional
　　　　　‖
　　　　　moving　感人的
***benediction***. 他說出感人的祝福。
　　‖
　　blessing

68. **dict** ¦ **ion** (ˈdɪkʃən ) *n.* 措辭；用字；
　　say ¦ *n.*　　　　　　　　　發音

You have excellent ***diction***.
= You speak well.　(無 an )
= You are very articulate.
你很會說話。　　　口才好的

69. **diction** ¦ **ary** (ˈdɪkʃənˌɛrɪ ) *n.*
　　　　　　 ¦ *n.*　　　　　字典；辭典

70. **dict** ¦ **ate** ( dɪkˈtet , ˈdɪktet ) *v.*
　　say ¦ *v.*　　　　口授；口述；命令

71. **dict** ¦ **ation** ( dɪkˈteʃən ) *n.* 聽寫

72. **dict** ¦ **ator** ( dɪkˈtetɚ ) *n.* 獨裁者
　　say ¦　　　　　　　　　　人

73. **dictator** ¦ **ship** ( dɪkˈtetɚˌʃɪp ) *n.*
　　　　　　 ¦ *n.*　　　獨裁；獨裁國家

74. **dictator** ¦ **ial** (ˌdɪktəˈtɔrɪəl ) *adj.*
獨裁的；自大的

75. **pre** ¦ **dict** ( prɪˈdɪkt ) *v.* 預言；
　　before ¦ say　　　　　　　　預測

76. **prediction** ( prɪˈdɪkʃən ) *n.* 預言

77. **ver** ¦ **dict** (ˈvɝdɪkt ) *n.* 判決
　　true ¦ say　　　　　　　( 説出實情 )

78. **ver** ¦ **ify** (ˈvɛrəˌfaɪ ) *n.* 證明；證實
　　true ¦ make
= prove

This ***verifies*** that what I said is
right. 這證明了我說的是對的。

79. **de** ¦ **dic** ¦ **ate** (ˈdɛdəˌket ) *v.* 奉獻；
　　加強 ¦ say ¦ *v.*　　　　　獻身；投入
***Dedicate*** yourselves. 要投入。

80. **de** ¦ **dic** ¦ **ation** (ˌdɛdəˈkeʃən ) *n.*
奉獻；獻身；投入
Success requires ***dedication***.
要投入才能成功。

81. **ab** ¦ **dic** ¦ **ate** (ˈæbdəˌket ) *v.* 退位；
　　off ¦ say ¦ *v.*　　　　辭職；放棄 ( 權利 )

82. **ab** ¦ **dic** ¦ **ation** (ˌæbdəˈkeʃən ) *n.*
退位；辭職；棄權

83. **in** ¦ **dic** ¦ **ate** (ˈɪndəˌket ) *v.* 表明；
　　to ¦ say ¦ *v.*　　　　　指出；顯示
= imply

84. **in** ¦ **dic** ¦ **ation** (ˌɪndəˈkeʃən ) *n.*
表示

85. **vin** ¦ **dic** ¦ **ate** (ˈvɪndəˌket ) *v.*
　　wine ¦ say
辯護；辯解；證明有理 ( 趁酒興而辯 )
The ***verdict*** "Not guilt"
***vindicated*** him.
無罪的判決，證明他的無辜。

86. **vin** ¦ **dic** ¦ **ation** (ˌvɪndəˈkeʃən )
　　　　　　　　　　　*n.* 證明無罪；辯護

87. **vine** ¦ **gar** (ˈvɪnɪgɚ ) *n.* 醋
　　wine ¦ sugar

88. **sugar**〔 'ʃʊgɚ 〕 *n.* 糖

89. **e dict** 〔 'idɪkt 〕 *n.* 命令；法令；
out say 官方命令
The president issued an *edict*.
總統發布一項命令。

90. **in dict** 〔 ɪn'daɪt 〕 *v.* 起訴；
against say （官方）控告
into
（ = *officially charge sb. with a*
*crime* ）（注意發音）

91. **indictment** 〔 ɪn'daɪtmənt 〕 *n.*
起訴（書）

92. **juris dict ion** 〔ˌdʒʊrɪs'dɪkʃən 〕
law say *n.*
*n.* 司法權；管轄權；裁判權

93. **jury** 〔 'dʒʊrɪ 〕 *n.* 陪審團

94. **jewel** 〔 'dʒuəl 〕 *n.* 寶石
Many jewelers are Jews.
　　　　珠寶商　　猶太人
許多珠寶商都是猶太人。

95. **contra dict** 〔ˌkɑntrə'dɪkt 〕 *v.*
against say
矛盾；否定；反駁
This information *contradicts*
what you said.
這項資訊和你說的互相矛盾。

96. **contra dict ion**
〔ˌkɑntrə'dɪkʃən 〕 *n.* 矛盾；否定；
反駁

97. **contr ary** 〔 'kɑntrɛrɪ 〕 *adj.*
against 相反的

98. **contra st** 〔 'kɑntræst 〕 *n.* 對照；
against stand 明顯差異
contrast 〔 kən'træst 〕 *v.* 對比；
顯出明顯差異；形成對比
Their interests *contrast* with
mine. 他們的興趣和我的差很大。
= We want different things.

99. **vale dic tor ian**
farewell say 人 人
〔ˌvælədɪk'torɪən 〕 *n.* ( 致告別辭的 )
畢業生代表

100. **barbar ian** 〔 bar'bɛrɪən 〕 *n.*
　　　　　　人 野人

101. **magic ian** 〔 mə'dʒɪʃən 〕 *n.*
　　　　　人 魔術師

102. **music ian** 〔 mju'zɪʃən 〕 *n.*
　　　　　人 音樂家

103. **guard ian** 〔 'gardɪən 〕 *n.*
　　　　　人 管理人；監護人

104. **histor ian** 〔hɪs'torɪən 〕 *n.* 歷史
　　　　　人 學家

105. **Indian** 〔 'ɪndɪən 〕 *n.* 印度人；
　　　　人 印地安人

106. **vegetarian** 〔ˌvɛdʒə'tɛrɪən 〕 *n.*
　　　　　人 素食者

107. **vegetable** 〔 'vɛdʒətəbl̩ 〕 *n.* 蔬菜

108. **Asian** 〔 'eʃən 〕 *n.* 亞洲人
　　　人

背完後檢查：請看中文說出英文，並拼出字母，把不認識的單字，於空格中做記號。

☐ 1. 恩人；施主 _____
☐ 2. 事實 _____
☐ 3. 因素 _____
☐ 4. 小圈子；小黨派 _____
☐ 5. 小黨派的 _____
☐ 6. 容易的；熟練的 _____
☐ 7. 設備；廁所 _____
☐ 8. 使容易；使便利 _____
☐ 9. 傳真；複製品 _____
☐ 10. 相似的 _____
☐ 11. 才能；全體教職員 _____
☐ 12. 困難 _____
☐ 13. 困難的 _____
☐ 14. 影響；感動 _____
☐ 15. ①影響 ②感情 _____
☐ 16. 影響；效果 _____
☐ 17. 有效的 _____
☐ 18. 有效的 _____
☐ 19. 完美的 _____
☐ 20. 完美 _____
☐ 21. 不完美的 _____
☐ 22. 傳染；感染 _____
☐ 23. 傳染；感染 _____
☐ 24. 有傳染性的 _____
☐ 25. 消毒；淨化 _____
☐ 26. 缺點；缺陷 _____

☐ 27. 有缺點的 _____
☐ 28. 逃跑；背叛 _____
☐ 29. 背叛；脫黨 _____
☐ 30. 甜點；甜食 _____
☐ 31. 糖果店 _____
☐ 32. 有效率的 _____
☐ 33. 效率 _____
☐ 34. 足夠的 _____
☐ 35. 足量；充足 _____
☐ 36. 不足的 _____
☐ 37. 缺乏；缺點 _____
☐ 38. 熟練的 _____
☐ 39. 熟練；精通 _____
☐ 40. 辦公室 _____
☐ 41. 軍官 _____
☐ 42. 公務員；官方的 _____
☐ 43. 足夠；使滿足 _____
☐ 44. 犧牲 _____
☐ 45. 神聖的 _____
☐ 46. 功績；業績 _____
☐ 47. 打敗；擊敗 _____
☐ 48. 特徵；特色 _____
☐ 49. 可行的；可能的 _____
☐ 50. 不可行的 _____
☐ 51. 仿冒的；仿造 _____
☐ 52. 喪失；被沒收 _____

□ 53. 喪失；沒收（物）＿＿＿＿＿

□ 54. 論壇；討論會　＿＿＿＿＿

□ 55. 森林　＿＿＿＿＿＿＿

□ 56. 過量；過食　＿＿＿＿＿

□ 57. 生存　＿＿＿＿＿＿＿

□ 58. 利潤　＿＿＿＿＿＿＿

□ 59. 有利潤的　＿＿＿＿＿＿

□ 60. 利益　＿＿＿＿＿＿＿

□ 61. 有益的　＿＿＿＿＿＿

□ 62. 受益人　＿＿＿＿＿＿

□ 63. 仁慈的；慈善的　＿＿＿＿

□ 64. 善心；善意　＿＿＿＿＿

□ 65. 自願的；志願的　＿＿＿＿

□ 66. 自願者；志願者　＿＿＿＿

□ 67. 祝福；（飯前）禱告　＿＿＿

□ 68. 措辭；用字　＿＿＿＿＿

□ 69. 字典；辭典　＿＿＿＿＿

□ 70. 口授；口述　＿＿＿＿＿

□ 71. 聽寫　＿＿＿＿＿＿＿

□ 72. 獨裁者　＿＿＿＿＿＿

□ 73. 獨裁；獨裁國家　＿＿＿＿

□ 74. 獨裁的；自大的　＿＿＿＿

□ 75. 預言；預測　＿＿＿＿＿

□ 76. 預言　＿＿＿＿＿＿＿

□ 77. 判決　＿＿＿＿＿＿＿

□ 78. 證明；證實　＿＿＿＿＿

□ 79. 奉獻；獻身　＿＿＿＿＿

□ 80. 奉獻；獻身　＿＿＿＿＿

□ 81. 退位；辭職　＿＿＿＿＿

□ 82. 退位；辭職　＿＿＿＿＿

□ 83. 表明；指出　＿＿＿＿＿

□ 84. 表示　＿＿＿＿＿＿＿

□ 85. 辯護；辯解　＿＿＿＿＿

□ 86. 證明無罪；辯護　＿＿＿＿

□ 87. 醋　＿＿＿＿＿＿＿＿

□ 88. 糖　＿＿＿＿＿＿＿＿

□ 89. 命令；法令　＿＿＿＿＿

□ 90. 起訴　＿＿＿＿＿＿＿

□ 91. 起訴（書）　＿＿＿＿＿

□ 92. 司法權；管轄權　＿＿＿＿

□ 93. 陪審團　＿＿＿＿＿＿

□ 94. 寶石　＿＿＿＿＿＿＿

□ 95. 矛盾；否定　＿＿＿＿＿

□ 96. 矛盾；否定　＿＿＿＿＿

□ 97. 相反的　＿＿＿＿＿＿

□ 98. 對照；明顯差異　＿＿＿＿

□ 99. 畢業生代表　＿＿＿＿＿

□ 100. 野人　＿＿＿＿＿＿＿

□ 101. 魔術師　＿＿＿＿＿＿

□ 102. 音樂家　＿＿＿＿＿＿

□ 103. 管理人；監護人　＿＿＿＿

□ 104. 歷史學家　＿＿＿＿＿

□ 105. 印度人；印地安人　＿＿＿

□ 106. 素食者　＿＿＿＿＿＿

□ 107. 蔬菜　＿＿＿＿＿＿＿

□ 108. 亞洲人　＿＿＿＿＿＿

最後再複習：下面單字按照字母序排列，請把還不認識的單字做一記號。
第一次不會，做個記號，第二次再不會，再做個記號。

□□ abdicate
□□ abdication
□□ affect
□□ affection
□□ Asian
□□ barbarian
□□ benediction
□□ benefactor
□□ beneficial
□□ beneficiary
□□ benefit
□□ benevolence
□□ benevolent
□□ confection
□□ confectionary
□□ contradict
□□ contradiction
□□ contrary
□□ contrast
□□ counterfeit
□□ dedicate
□□ dedication
□□ defeat
□□ defect[1]
□□ defect[2]
□□ defection
□□ defective
□□ deficiency
□□ deficient
□□ dictate
□□ dictation
□□ dictator
□□ dictatorial
□□ dictatorship
□□ diction
□□ dictionary

□□ difficult
□□ difficulty
□□ disinfect
□□ edict
□□ effect
□□ effective
□□ effectual
□□ efficiency
□□ efficient
□□ facile
□□ facilitate
□□ facility
□□ facsimile
□□ fact
□□ faction
□□ factional
□□ factor
□□ faculty
□□ feasible
□□ feat
□□ feature
□□ forest
□□ forfeit
□□ forfeiture
□□ forum
□□ guardian
□□ historian
□□ imperfect
□□ Indian
□□ indicate
□□ indication
□□ indict
□□ indictment
□□ infect
□□ infection
□□ infectious

□□ jewel
□□ jurisdiction
□□ jury
□□ magician
□□ musician
□□ office
□□ officer
□□ official
□□ perfect
□□ perfection
□□ predict
□□ prediction
□□ proficiency
□□ proficient
□□ profit
□□ profitable
□□ sacred
□□ sacrifice
□□ similar
□□ suffice
□□ sufficiency
□□ sufficient
□□ sugar
□□ surfeit
□□ survive
□□ unfeasible
□□ valedictorian
□□ vegetable
□□ vegetarian
□□ verdict
□□ verify
□□ vindicate
□□ vindication
□□ vinegar
□□ voluntary
□□ volunteer

# Required Synonyms 4-6

1. **defer** 〔 dɪˈfɝ 〕 v. ①聽從；順從；
服從 < to > ②延期

① ⎡ = comply with
⎣ = accede to

⎡ = give way to
⎣ = give in to

⎡ = bow to
⎣ = yield to

⎡ = submit to
⎣ = capitulate to
　（除了第一個 with，剩下都 to。）

② ⎡ = delay 〔 dɪˈle 〕
⎢ = postpone 〔 postˈpon 〕
⎣ = procrastinate 〔 proˈkræstɪˌnet 〕
　（後兩個 p 開頭。）

⎡ = put off
⎣ = hold over

2. **transient** 〔ˈtræzɪənt , ˈtrænʃənt〕
adj. (逗留) 短暫的

⎡ = momentary 〔ˈmomənˌtɛrɪ 〕
⎢ = temporary 〔ˈtɛmpəˌrɛrɪ 〕
⎣ = transitory 〔ˈtrænsəˌtorɪ 〕
　（都是 ry 結尾，容易背。）

⎡ = brief 〔 brif 〕
⎢ = fleeting 〔ˈflitɪŋ 〕
⎣ = ephemeral 〔 əˈfɛmərəl 〕

3. **nonchalant** 〔ˈnɑnʃələnt ,
ˌnɑnʃəˈlɑnt〕 adj. 冷淡的；漠不
關心的

⎡ = unemotional 〔ˌʌnɪˈmoʃənḷ 〕
⎣ = unconcerned 〔ˌʌnkənˈsɝnd 〕
　（都是 un 開頭）

⎡ = dispassionate 〔 dɪsˈpæʃənɪt 〕
⎣ = detached 〔 dɪˈtætʃt 〕
　（都是 d 開頭）

⎡ = indifferent 〔 ɪnˈdɪfərənt 〕
⎢ = casual 〔ˈkæʒʊəl 〕
⎣ = apathetic 〔ˌæpəˈθɛtɪk 〕

4. **cure-all** 〔ˈkjʊrˌɔl 〕 n. 萬靈藥

⎡ = elixir 〔 ɪˈlɪksə 〕
⎢ = panacea 〔ˌpænəˈsiə 〕
⎣ = nostrum 〔ˈnɑstrəm 〕

5. **forfeit** 〔ˈfɔrfɪt 〕 v. 喪失；
被沒收

⎡ = relinquish 〔 rɪˈlɪŋkwɪʃ 〕
⎣ = renounce 〔 rɪˈnaʊns 〕
　（都是 re 開頭）

⎡ = be deprived of
⎣ = be stripped of
　（被動的片語兩個）

# 英文字根串聯單字記憶比賽 ⑦

| | | | |
|---|---|---|---|
| ☐ 1. autobiography | ☐ 26. astronomy |
| ☐ 2. biography | ☐ 27. astronomer |
| ☐ 3. biographer | ☐ 28. astronaut |
| ☐ 4. biochemistry | ☐ 29. nautical |
| ☐ 5. chemistry | ☐ 30. asterisk |
| ☐ 6. biopsy | ☐ 31. disaster |
| ☐ 7. autopsy | ☐ 32. catastrophe |
| ☐ 8. biology | ☐ 33. apostrophe |
| ☐ 9. technology | ☐ 34. catalog(ue) |
| ☐ 10. technique | ☐ 35. dialog(ue) |
| ☐ 11. antique | ☐ 36. diagram |
| ☐ 12. anthropology | ☐ 37. diagnosis |
| ☐ 13. anthropotomy | ☐ 38. ignore |
| ☐ 14. philanthropy | ☐ 39. ignorant |
| ☐ 15. philanthropist | ☐ 40. ignorance |
| ☐ 16. philosophy | ☐ 41. theology |
| ☐ 17. philosopher | ☐ 42. theist |
| ☐ 18. misanthropy | ☐ 43. atheist |
| ☐ 19. misanthropist | ☐ 44. atheism |
| ☐ 20. etymology | ☐ 45. psychology |
| ☐ 21. etymon | ☐ 46. psychologist |
| ☐ 22. etymologist | ☐ 47. psychopath |
| ☐ 23. meteorology | ☐ 48. psycho |
| ☐ 24. meteor | ☐ 49. psyche |
| ☐ 25. astrology | ☐ 50. psych |

- [ ] 51. psyched
- [ ] 52. archeology
- [ ] 53. archeologist
- [ ] 54. architect
- [ ] 55. archetype
- [ ] 56. archives
- [ ] 57. geology
- [ ] 58. geometry
- [ ] 59. geography
- [ ] 60. calligraphy
- [ ] 61. calligrapher
- [ ] 62. stenography
- [ ] 63. stenographer
- [ ] 64. graph
- [ ] 65. photograph
- [ ] 66. photo
- [ ] 67. photographer
- [ ] 68. photography
- [ ] 69. telegraph
- [ ] 70. paragraph
- [ ] 71. autograph
- [ ] 72. signature
- [ ] 73. automobile
- [ ] 74. automatic
- [ ] 75. automation
- [ ] 76. autocrat
- [ ] 77. autocracy
- [ ] 78. democrat
- [ ] 79. democracy
- [ ] 80. autocratic
- [ ] 81. democratic
- [ ] 82. autonomy
- [ ] 83. economy
- [ ] 84. authentic
- [ ] 85. author
- [ ] 86. authority
- [ ] 87. authorize
- [ ] 88. organize
- [ ] 89. organ
- [ ] 90. organization
- [ ] 91. specialize
- [ ] 92. special
- [ ] 93. specialty
- [ ] 94. utilize
- [ ] 95. utility
- [ ] 96. utensil
- [ ] 97. civilize
- [ ] 98. civil
- [ ] 99. civilian
- [ ] 100. civilization
- [ ] 101. symbolize
- [ ] 102. symbol
- [ ] 103. generalize
- [ ] 104. general

# 劉毅老師「英文字根串聯記憶班」筆記 ⑦

1. **auto** : **bio** : **graphy**
   self : life : writing
   〔͵ɔtəbaɪˈɑgrəfɪ〕 *n.* 自傳
   * 字尾是 **phy, try, gy, cy** 重音在倒數
     第三音節上。

2. **bio** : **graphy** 〔 baɪˈɑgrəfɪ 〕 *n.*
   life : writing
   傳記

3. **bio** : **graph** : **er** 〔 baɪˈɑgrəfɚ 〕 *n.*
   life : write : 人
   傳記作家

4. **bio** : **chemistry**
   life :
   〔͵baɪoˈkɛmɪstrɪ〕 *n.* 生物化學

5. **chemistry** 〔ˈkɛmɪstrɪ〕 *n.* 化學

6. **bio** : **psy** 〔 baɪˈɑpsɪ 〕 *n.* ( 活體 ) 切
   life : sight
   片檢查

7. **auto** : **psy** 〔ˈɔtɑpsɪ , ˈɔtəpsɪ〕 *n.*
   self : sight
   察看 ; 細看   驗屍 ; 屍體解剖 ;
   親自勘察 ( *seeing with one's own eyes* )

8. **bio** : **logy** 〔 baɪˈɑlədʒɪ 〕 *n.* 生物學
   life : study

9. **techno** : **logy** 〔 tɛkˈnɑlədʒɪ 〕 *n.*
   技巧 : 學
   工業技術 ; 科技 ; 工藝學

10. **techn** : **ique** 〔 tɛkˈnik 〕 *n.* 技巧
    技巧 : 技藝

11. **ant** : **ique** 〔 ænˈtik 〕 *n.* 古董
    before : 技藝

12. **anthropo** : **logy**
    man : study
    〔͵ænθrəˈpɑlədʒɪ〕 *n.* 人類學

    | anthrop |
    |---|
    | anthropo } = man 人 ; 人類 |
    | anthropy |

13. **anthropo** : **tomy**
    man : cut
    〔͵ænθrəˈpɑtəmɪ〕 *n.* 人體解剖 ( 學 )

14. **phil** : **anthropy** 〔 fɪˈlænθrəpɪ 〕
    love : man   *n.* 博愛 ; 慈善 ; 仁慈
    = benevolence 〔 bəˈnɛvələns 〕

15. **phil** : **anthrop** : **ist**
    love : man : 人
    〔 fɪˈlænθrəpɪst 〕 *n.* 博愛主義者 ;
    慈善家

16. **phil** : **osophy** 〔 fəˈlɑsəfɪ 〕
    love : 智
    *n.* 哲學

17. **phil** : **osoph** : **er** 〔 fəˈlɑsəfɚ 〕 *n.*
    love : 智 : 人
    哲學家

18. **mis** : **anthropy** 〔 mɪsˈænθrəpɪ 〕
    hate : man
    *n.* 性情孤僻 ; 不願與人往來

19. **mis** : **anthrop** : **ist**
    hate : man : 人
    〔 mɪsˈænθrəpɪst 〕 *n.* 性情孤僻的人 ;
    討厭與人交往者 ( 有些字典翻「厭世
    者」是錯誤的,應是「厭世人者」)
    ↔ philanthropist

20. <u>etymo</u> <u>logy</u> 〔ˌɛtə'malədʒɪ〕 *n.*
字根　學　字根學；語源學

21. **etymon** 〔'ɛtə,man 〕 *n.* 字根
= word root

22. **etymo** **log** **ist** 〔ˌɛtə'malədʒɪst 〕
字根　學　人　　*n.* 語源學家

23. **meteoro** **logy** 〔ˌmitɪə'ralədʒɪ 〕
流星　　學　　　　*n.* 氣象學

24. **meteor** 〔'mitɪɚ 〕 *n.* 流星

25. <u>astro</u> <u>logy</u> 〔ə'stralədʒɪ 〕 *n.*
star　study　占星術；占星學

26. **astro** **nomy** 〔ə'stranəmɪ 〕 *n.*
star　law　天文學

27. **astro** **nom** **er** 〔ə'stranəmɚ 〕 *n.*
star　law　人　天文學家

28. **astro** **naut** 〔'æstrə,nɔt 〕 *n.*
star　駕駛員　太空人；航天員

29. **nautical** 〔'nɔtɪkḷ 〕 *n.* 航海的；
海員的

NAUTICA 　（衣服名牌）
（它的廣告都與海有關）

30. **aster** **isk** 〔'æstə,rɪsk 〕 *n.* 星號
star　risk　　　　（ * ）
risk *n.* 危險

astro
aster ＝ star（星星）

31. **dis** **aster** 〔dɪz'æstɚ 〕 *n.* 災難
away　star

32. ＝ **cata** **strophe** 〔kə'tæstrəfɪ 〕 *n.*
down　turning　大災難

33. **apo** **strophe** 〔ə'pastrəfɪ 〕 *n.*
away　turning
撇號；上標點（'）；省略符號；
所有格符號

34. <u>cata</u> <u>log(ue)</u> 〔'kætḷ,ag , -,ɔg 〕 *n.*
down　say　目錄

35. **dia** **log(ue)** 〔'daɪə,lɔg 〕 *n.* 對話
A↔B　say

36. **dia** **gram** 〔'daɪə,græm 〕 *n.* 圖表；
across　write　圖解

37. <u>dia</u> <u>gno</u> **sis** 〔ˌdaɪəg'nosɪs 〕 *n.*
across　know　行為　診斷；診斷書
（全部都知道 → 診斷）

gno
gnor ＝ know

38. **i** **gnor** **e** 〔 ɪg'nor 〕 *v.* 不知道
不　知　*v.*

39. **i** **gnor** **ant** 〔'ɪgnərənt 〕 *adj.*
不　知　*adj.*　無知的
be ignorant of 不知道
＝ don't know

40. **i** **gnor** **ance** 〔'ɪgnərəns 〕
not　know　*n.*　無知
***Ignorance*** is <u>bliss</u>.
極大的幸福
【諺】無知就是福。

41. **theo**｜**logy**〔θɪˈɑlədʒɪ〕*n.* 神學
　　神　　學

```
the   ｜
theo  ｜ ⎫ = god（神）
the 和神一樣，無所不在
```

42. **the**｜**ist**〔ˈθiɪst〕*n.* 有神論者
　　god｜人

43. **a**｜**the**｜**ist**〔ˈeθiɪst〕*n.* 無神
　without｜god｜人　　　　論者

Are you *a theist* or *an atheist*?
你是有神論者還是無神論者？

44. **a**｜**the**｜**ism**〔ˈeθɪˌɪzəm〕*n.* 無神論
＊ ism, izm 表「主義」、「學說」、「特性」。

45. **psycho**｜**logy**〔saɪˈkɑlədʒɪ〕*n.*
　　mind｜study　　　　心理學

46. **psycho**｜**log**｜**ist**〔saɪˈkɑlədʒɪst〕
　　mind｜　　｜人　　*n.* 心理學家

```
psych   ｜
psyche  ⎫ = soul; mind
psycho  ｜  靈魂；心智
```

47. **psycho**｜**path**〔ˈpaɪkəˌpæθ〕*n.*
　　mind｜suffering　　精神病人

48. ＝**psycho**〔ˈsaɪko〕*n.* 精神病人

49. **psyche**〔ˈsaɪkɪ〕*n.* 靈魂；精神；心靈

50. **psych**〔saɪk〕*v.* 使…不安；嚇住（*out*）
Don't *psych* me out. 不要嚇我。
Pressure doesn't *psych* me.
壓力嚇不倒我。

51. **psyched**〔saɪkt〕*adj.* 興奮的

I'm *psyched*. 我非常興奮。
I'm very excited.
I'm all fired up.
我全身都被點燃了。（一口氣背會話 p.576）

52. **archeo**｜**logy**〔ˌɑrkɪˈɑlədʒɪ〕*n.*
　古老的｜study　　　　考古學
＝ archaeology

53. **archeo**｜**log**｜**ist**〔ˌɑrkɪˈɑlədʒɪst〕
*n.* 考古學家
＝ archaeologist

```
arch    ｜
archi   ｜
arche   ⎫ ① ancient  古代的
archeo  ｜ ② first in time  原始的
archaeo ｜
```

54. **archi**｜**tect**〔ˈɑrkəˌtɛkt〕*n.* 建築師
　原始｜builder
（建築師是原始的 builder）

55. **arche**｜**type**〔ˈɑrkəˌtaɪp〕*n.* 原型；
　first　　　　　　　　　　　　典型
His father is the *archetype* of the
middle class.
他父親是典型的中產階級。

56. **archi**｜**ves**〔ˈɑrkaɪvz〕*n. pl.* 檔案；
　　　｜地　　　　　　　　　　檔案室
＝ files
＝ records

57. **geo**｜**logy**〔dʒiˈɑlədʒɪ〕*n.* 地質學
　earth｜study

58. **geo** | **metry** 〔 dʒɪ'ɑmətrɪ 〕 *n.*
earth | measure
幾何學

59. **geo** | **graphy** 〔 dʒɪ'ɑgrəfɪ 〕 *n.*
earth | writing
地理學

60. **calli** | **graphy** 〔 kə'lɪgrəfɪ 〕
beautiful | writing （寫得漂亮）
*n.* 書法

61. **calli** | **graph** | **er** 〔 kə'lɪgrəfə 〕 *n.*
| write | 人
書法家

62. **steno** | **graphy** 〔 stə'nɑgrəfɪ 〕 *n.*
small |
速記

63. **steno** | **graph** | **er**
〔 stə'nɑgrəfə 〕 速記員

64. **graph** 〔 græf 〕 *n.* 圖表
= diagram

65. **photo** | **graph** 〔 'fotə,græf 〕 *n.*
light | write
照片
* 字尾 graph, gram 重音在倒數第三音
節上。

66. **photo** 〔 'foto 〕 *n.* 照片

67. **photo** | **graph** | **er** 〔 fə'tɑgrəfə 〕
light | write | 人
*n.* 攝影師

68. **photo** | **graphy** 〔 fə'tɑgrəfɪ 〕 *n.*
light | writing
攝影

69. **tele** | **graph** 〔 'tɛlə,græf 〕 *n.* 電報
far | write
= telegram

70. **para** | **graph** 〔 'pærə,græf 〕 *n.*
beside | write
段落
（把段落符號寫在旁邊）

71. **auto** | **graph** 〔 'ɔtə,græf 〕 *n.* 親筆
self | write
簽名；（名人）簽名
May I have your *autograph*?
我可以請你為我簽名嗎？

72. **sign** | **ature** 〔 'sɪgnətʃə 〕 *n.* （文件）
簽名 | *n.*
簽名
Could we have your *signature*
on this document?
你能在這個文件上簽名嗎？

73. **auto** | **mo** | **bile** 〔 'ɔtəmə,bil 〕 *n.*
self | move | 能
汽車

74. **auto** | **mat** | **ic** 〔,ɔtə'mætɪk 〕 *adj.*
self | thinking | *adj.*
自動的

75. **auto** | **mat** | **ion** 〔,ɔtə'meʃən 〕 *n.*
自動控制；自動操作

76. **auto** | **crat** 〔 'ɔtə,kræt 〕 *n.* 獨裁者
self | ruler
= dictator
= ruler

77. **auto** | **cracy** 〔 ɔ'takrəsɪ 〕 *n.* 獨裁
self | rule
政治；獨裁政府
= dictatorship

78. **demo** | **crat** 〔 'dɛmə,kræt 〕 *n.*
people | ruler
民主主義者

79. **demo** | **cracy** 〔 də'makrəsɪ 〕 *n.*
people | rule
民主政治

80. **auto｜crat｜ic** 〔ˌɔtə'krætɪk 〕 *adj.*
self｜rule｜*adj.* 獨裁的；專制的

81. **demo｜crat｜ic** 〔ˌdɛmə'krætɪk 〕
people｜rule｜*adj.* *adj.* 民主的
Democratic Progressive Party
= DPP 民進黨

82. **auto｜nomy** 〔 ɔ'tɑnəmɪ 〕 *n.* 自治
self｜law 權；自主權

83. **eco｜nomy** 〔 ɪ'kɑnəmɪ 〕 *n.* 經濟；
家｜法則 節約

84. **aut｜hent｜ic** 〔 ɔ'θɛntɪk 〕 *adj.*
self｜doer｜*adj.* 真正的；可靠的
= true = real
= genuine
authentic Italian Food
道地的義大利食物

85. **author** 〔'ɔθɚ 〕 *n.* 作者

86. **authority** 〔 ə'θɔrətɪ 〕 *n.* 權威；
當局

87. **author｜ize** 〔'ɔθə,raɪz 〕 *v.* 授權；
｜make 使合法

88. **organ｜ize** 〔'ɔrgən,aɪz 〕 *v.* 組織

89. **organ** 〔'ɔrgən 〕 *n.* 器官；機關

90. **organiz｜ation** 〔ˌɔrgənə'zeʃən 〕
｜*n.* *n.* 組織；機關

91. **special｜ize** 〔'spɛʃəl,aɪz 〕 *v.*
專攻；專門研究

92. **special** 〔'spɛʃəl 〕 *adj.* 特別的

93. **special｜ty** 〔,spɛʃəltɪ 〕 *n.* 專長
｜*n.*
= speciality 〔,spɛʃɪ'ælətɪ 〕

94. **util｜ize** 〔'jutḷ,aɪz 〕 *v.* 利用；使用
use｜make

95. **util｜ity** 〔 ju'tɪlətɪ 〕 *n.* 公用事業；
use｜*n.* 實用；有用
= usefulness = use

96. **utensil** 〔 ju'tɛnsḷ 〕 *n.* 用具；器具
= tool = device

97. **civil｜ize** 〔'sɪvḷ,aɪz 〕 *v.* 使開化；
｜make 使文明化

98. **civil** 〔'sɪvḷ 〕 *adj.* 市民的；國民的；
公民的

99. **civilian** 〔 sə'vɪljən 〕 *n.* 平民；
人 百姓

100. **civilization** 〔,sɪvḷə'zeʃən 〕 *n.*
文明

101. **symbol｜ize** 〔'sɪmbḷ,aɪz 〕 *v.* 象徵
｜make

102. **symbol** 〔'sɪmbḷ 〕 *n.* 象徵；符號

103. **general｜ize** 〔'dʒɛnərəl,aɪz 〕 *v.*
｜make 歸納；使普及

104. **general** 〔'dʒɛnərəl 〕 *adj.* 一般的
*n.* 將軍
in general 一般來說

背完後檢查：請看中文説出英文，並拼出字母，把不認識的單字，於空格中做記號。

| | |
|---|---|
| □　1. 自傳　＿＿＿＿＿ | □　26. 天文學　＿＿＿＿＿ |
| □　2. 傳記　＿＿＿＿＿ | □　27. 天文學家　＿＿＿＿＿ |
| □　3. 傳記作家　＿＿＿＿＿ | □　28. 太空人；航天員　＿＿＿＿＿ |
| □　4. 生物化學　＿＿＿＿＿ | □　29. 航海的；海員的　＿＿＿ |
| □　5. 化學　＿＿＿＿＿ | □　30. 星號　＿＿＿＿＿ |
| □　6. （活體）切片檢查　＿＿ | □　31. 災難　＿＿＿＿＿ |
| □　7. 驗屍；屍體解剖　＿＿ | □　32. 大災難　＿＿＿＿＿ |
| □　8. 生物學　＿＿＿＿＿ | □　33. 撇號；上標點　＿＿＿ |
| □　9. 工業技術；科技　＿＿＿ | □　34. 目錄　＿＿＿＿＿ |
| □　10. 技巧　＿＿＿＿＿ | □　35. 對話　＿＿＿＿＿ |
| □　11. 古董　＿＿＿＿＿ | □　36. 圖表；圖解　＿＿＿＿＿ |
| □　12. 人類學　＿＿＿＿＿ | □　37. 診斷；診斷書　＿＿＿ |
| □　13. 人體解剖（學）　＿＿＿ | □　38. 不知道　＿＿＿＿＿ |
| □　14. 博愛；慈善　＿＿＿ | □　39. 無知的　＿＿＿＿＿ |
| □　15. 博愛主義者　＿＿＿ | □　40. 無知　＿＿＿＿＿ |
| □　16. 哲學　＿＿＿＿＿ | □　41. 神學　＿＿＿＿＿ |
| □　17. 哲學家　＿＿＿＿＿ | □　42. 有神論者　＿＿＿＿＿ |
| □　18. 性情孤僻　＿＿＿ | □　43. 無神論者　＿＿＿＿＿ |
| □　19. 性情孤僻的人　＿＿＿ | □　44. 無神論　＿＿＿＿＿ |
| □　20. 字根學；語源學　＿＿ | □　45. 心理學　＿＿＿＿＿ |
| □　21. 字根　＿＿＿＿＿ | □　46. 心理學家　＿＿＿＿＿ |
| □　22. 語源學家　＿＿＿＿＿ | □　47. 精神病人　＿＿＿＿＿ |
| □　23. 氣象學　＿＿＿＿＿ | □　48. 精神病人　＿＿＿＿＿ |
| □　24. 流星　＿＿＿＿＿ | □　49. 靈魂；精神　＿＿＿ |
| □　25. 占星術；占星學　＿＿ | □　50. 使…不安　＿＿＿＿＿ |

| | | |
|---|---|---|
| □ 51. 興奮的 ——————— | □ 78. 民主主義者 ——————— |
| □ 52. 考古學 ——————— | □ 79. 民主政治 ——————— |
| □ 53. 考古學家 ——————— | □ 80. 獨裁的；專制的 ——————— |
| □ 54. 建築師 ——————— | □ 81. 民主的 ——————— |
| □ 55. 原型；典型 ——————— | □ 82. 自治權；自主權 ——————— |
| □ 56. 檔案；檔案室 ——————— | □ 83. 經濟；節約 ——————— |
| □ 57. 地質學 ——————— | □ 84. 真正的；可靠的 ——————— |
| □ 58. 幾何學 ——————— | □ 85. 作者 ——————— |
| □ 59. 地理學 ——————— | □ 86. 權威；當局 ——————— |
| □ 60. 書法 ——————— | □ 87. 授權；使合法 ——————— |
| □ 61. 書法家 ——————— | □ 88. 組織 ——————— |
| □ 62. 速記 ——————— | □ 89. 器官；機關 ——————— |
| □ 63. 速記員 ——————— | □ 90. 組織；機關 ——————— |
| □ 64. 圖表 ——————— | □ 91. 專攻；專門研究 ——————— |
| □ 65. 照片 ——————— | □ 92. 特別的 ——————— |
| □ 66. 照片 ——————— | □ 93. 專長 ——————— |
| □ 67. 攝影師 ——————— | □ 94. 利用；使用 ——————— |
| □ 68. 攝影 ——————— | □ 95. 公用事業；實用 ——————— |
| □ 69. 電報 ——————— | □ 96. 用具；器具 ——————— |
| □ 70. 段落 ——————— | □ 97. 使開化 ——————— |
| □ 71. 親筆簽名 ——————— | □ 98. 市民的 ——————— |
| □ 72.（文件）簽名 ——————— | □ 99. 平民；百姓 ——————— |
| □ 73. 汽車 ——————— | □ 100. 文明 ——————— |
| □ 74. 自動的 ——————— | □ 101. 象徵 ——————— |
| □ 75. 自動控制 ——————— | □ 102. 象徵；符號 ——————— |
| □ 76. 獨裁者 ——————— | □ 103. 歸納；使普及 ——————— |
| □ 77. 獨裁政治 ——————— | □ 104. 一般的；將軍 ——————— |

最後再複習：下面單字按照字母序排列，請把還不認識的單字做一記號。
第一次不會，做個記號，第二次再不會，再做個記號。

| | | |
|---|---|---|
| ☐☐ anthropology | ☐☐ calligrapher | ☐☐ organization |
| ☐☐ anthropotomy | ☐☐ calligraphy | ☐☐ organize |
| ☐☐ antique | ☐☐ catalog(ue) | ☐☐ paragraph |
| ☐☐ apostrophe | ☐☐ catastrophe | ☐☐ philanthropist |
| ☐☐ archeologist | ☐☐ chemistry | ☐☐ philanthropy |
| ☐☐ archeology | ☐☐ civil | ☐☐ philosopher |
| ☐☐ archetype | ☐☐ civilian | ☐☐ philosophy |
| ☐☐ architect | ☐☐ civilization | ☐☐ photo |
| ☐☐ archives | ☐☐ civilize | ☐☐ photograph |
| ☐☐ asterisk | ☐☐ democracy | ☐☐ photographer |
| ☐☐ astrology | ☐☐ democrat | ☐☐ photography |
| ☐☐ astronaut | ☐☐ democratic | ☐☐ psych |
| ☐☐ astronomer | ☐☐ diagnosis | ☐☐ psyche |
| ☐☐ astronomy | ☐☐ diagram | ☐☐ psyched |
| ☐☐ atheism | ☐☐ dialog(ue) | ☐☐ psycho |
| ☐☐ atheist | ☐☐ disaster | ☐☐ psychologist |
| ☐☐ authentic | ☐☐ economy | ☐☐ psychology |
| ☐☐ author | ☐☐ etymologist | ☐☐ psychopath |
| ☐☐ authority | ☐☐ etymology | ☐☐ signature |
| ☐☐ authorize | ☐☐ etymon | ☐☐ special |
| ☐☐ autobiography | ☐☐ general | ☐☐ specialize |
| ☐☐ autocracy | ☐☐ generalize | ☐☐ specialty |
| ☐☐ autocrat | ☐☐ geography | ☐☐ stenographer |
| ☐☐ autocratic | ☐☐ geology | ☐☐ stenography |
| ☐☐ autograph | ☐☐ geometry | ☐☐ symbol |
| ☐☐ automatic | ☐☐ graph | ☐☐ symbolize |
| ☐☐ automation | ☐☐ ignorance | ☐☐ technique |
| ☐☐ automobile | ☐☐ ignorant | ☐☐ technology |
| ☐☐ autonomy | ☐☐ ignore | ☐☐ telegraph |
| ☐☐ autopsy | ☐☐ meteor | ☐☐ theist |
| ☐☐ biochemistry | ☐☐ meteorology | ☐☐ theology |
| ☐☐ biographer | ☐☐ misanthropist | ☐☐ utensil |
| ☐☐ biography | ☐☐ misanthropy | ☐☐ utility |
| ☐☐ biology | ☐☐ nautical | ☐☐ utilize |
| ☐☐ biopsy | ☐☐ organ | |

背以前先檢查：請先看英文說出中文，把不認識的單字，於空格中做記號。

- [ ] 1. apply
- [ ] 2. ply
- [ ] 3. three-ply
- [ ] 4. pliable
- [ ] 5. pliers
- [ ] 6. plight
- [ ] 7. pleat
- [ ] 8. plait
- [ ] 9. applied
- [ ] 10. appliance
- [ ] 11. application
- [ ] 12. applicant
- [ ] 13. applicable
- [ ] 14. applicability
- [ ] 15. supply
- [ ] 16. supplement
- [ ] 17. supplemental
- [ ] 18. supplementary
- [ ] 19. supple
- [ ] 20. supper
- [ ] 21. supplicate
- [ ] 22. supplicant
- [ ] 23. supplication
- [ ] 24. reply
- [ ] 25. replica
- [ ] 26. replicate
- [ ] 27. replication
- [ ] 28. imply
- [ ] 29. implicit
- [ ] 30. implicate
- [ ] 31. implication
- [ ] 32. explicit
- [ ] 33. explicate
- [ ] 34. explication
- [ ] 35. explicable
- [ ] 36. exploit
- [ ] 37. exploitation
- [ ] 38. comply
- [ ] 39. compliant
- [ ] 40. compliance
- [ ] 41. complicate
- [ ] 42. complication
- [ ] 43. complicity
- [ ] 44. complex
- [ ] 45. complexity
- [ ] 46. complexion
- [ ] 47. multiply
- [ ] 48. multiplication
- [ ] 49. multiplication table
- [ ] 50. multiplicity
- [ ] 51. perplex
- [ ] 52. perplexed
- [ ] 53. perplexity
- [ ] 54. employ

- [ ] 55. employment
- [ ] 56. deploy
- [ ] 57. deployment
- [ ] 58. simple
- [ ] 59. duple
- [ ] 60. triple
- [ ] 61. simplify
- [ ] 62. simpleton
- [ ] 63. simplicity
- [ ] 64. duplex
- [ ] 65. duplex apartment
- [ ] 66. duplicate
- [ ] 67. duplication
- [ ] 68. diploma
- [ ] 69. certificate
- [ ] 70. diplomacy
- [ ] 71. diplomat
- [ ] 72. diplomatic
- [ ] 73. plenty
- [ ] 74. plenteous
- [ ] 75. plentiful
- [ ] 76. replenish
- [ ] 77. complete
- [ ] 78. completion
- [ ] 79. complement
- [ ] 80. complementary
- [ ] 81. compliment
- [ ] 82. complimentary
- [ ] 83. deplete
- [ ] 84. replete
- [ ] 85. accomplish
- [ ] 86. accomplishment
- [ ] 87. implement
- [ ] 88. ample
- [ ] 89. amplify
- [ ] 90. amplifier
- [ ] 91. magnifier
- [ ] 92. magnitude
- [ ] 93. major
- [ ] 94. majority
- [ ] 95. majesty
- [ ] 96. majestic
- [ ] 97. mayor
- [ ] 98. climax
- [ ] 99. maxim
- [ ] 100. maximum
- [ ] 101. minimum
- [ ] 102. minister
- [ ] 103. youngster
- [ ] 104. gangster
- [ ] 105. monster
- [ ] 106. master
- [ ] 107. rooster
- [ ] 108. oyster
- [ ] 109. lobster
- [ ] 110. spinster
- [ ] 111. spin

# 劉毅老師「英文字根串聯記憶班」筆記 ⑧

1. **ap** | **ply** 〔 ə'plaɪ 〕 v. 申請；應用
   to | fold

2. **ply** 〔 plaɪ 〕 n. 一層　 v. 定時往返

3. **three-ply** 〔'θri,plaɪ 〕 n. 三夾板

4. **pli** | **able** 〔'plaɪəbḷ 〕 adj. 易折的；
   fold | 易…的　　　　　　柔軟的
   His attitude is *pliable*.
   他的姿態很柔軟。

5. **pli** | **ers** 〔'plaɪəz 〕 n. pl. 鉗子
   fold | n.

6. **pli** | **ght** 〔 plaɪt 〕 n. ①婚約
   fold | n.　　　　　　②困境；苦境
   Higher gas and electric rates
   　　　　　　　　　　　　　　　費用
   worsen the people's *plight*.
   油電雙漲，人民苦不堪言。

7. **pleat** 〔 plit 〕 v. ( 衣服 ) 打褶
   n. 褶子

8. **plait** 〔 plet 〕 n. 辮子

9. **applied** 〔 ə'plaɪd 〕 adj. 應用的；
   實用的
   = practical
   applied English　應用英文

10. **appli** | **ance** 〔 ə'plaɪəns 〕 n.
    | n.　　　　　　用品；用具

11. **applic** | **ation** 〔,æplə'keʃən 〕 n.
    申請

12. **applic** | **ant** 〔'æpləkənt 〕 n. 申請人
    | 人

13. **applic** | **able** 〔'æplɪkəbḷ 〕 adj.
    可應用的；合適的
    The same rules are *applicable* to
    all *applicants*.
    同樣的規定適用於所有申請人。

14. **applic** | **ability** 〔,æplɪkə'bɪlətɪ 〕
    n. 應用性；適用性

15. **sup** | **ply** 〔 sə'plaɪ 〕 v. 供給；補充
    under | fill
    下面 | 滿足

16. **supple** | **ment** 〔'sʌpləmənt 〕 n.
    補充物；補給品；副刊
    a diet supplement　飲食補給品

17. **supple** | **mental** 〔,sʌplə'mɛntḷ 〕
    adj. 補充的

18. = **supple** | **mentary**
    〔,sʌplə'mɛntərɪ 〕 adj. 補充的
    supplementary reading　補充讀物

19. **sup** | **ple** 〔'sʌpḷ 〕 adj. 柔軟的；
    under | fold　　　　　　順從的
    = pliable = flexible
    Your body is very *supple*.
    你的身體很柔軟。

20. **supper** (ˈsʌpɚ) *n.* 晚餐

21. **sup** | **plic** | **ate** (ˈsʌplɪˌket) *v.*
under | fold | *v.*
懇求；請求
I *supplicate* your forgiveness.
我請求你原諒。

22. **supplic** | **ant** (ˈsʌplɪkənt) *n.*
人
懇求者

23. **supplication** (ˌsʌplɪˈkeʃən) *n.*
懇求

24. **re** | **ply** (rɪˈplaɪ) *v.* 回答
back | fold

25. **re** | **plic** | **a** (ˈrɛplɪkə) *n.* 複製品
again | fold | *n.*
（一再折疊）

26. **replic** | **ate** (ˈrɛplɪˌket) *v.* 複製
*v.*

27. **replic** | **ation** (ˌrɛplɪˈkeʃən) *n.*
複製品
replication > replica

28. **im** | **ply** (ɪmˈplaɪ) *v.* 暗示
in | fold

29. **im** | **plic** | **it** (ɪmˈplɪsɪt) *adj.*
in | fold | *adj.*
暗示的

30. **im** | **plic** | **ate** (ˈɪmplɪˌket) *v.*
in | fold | *v.*
牽連；涉入
= involve
implicate > imply

31. **implic** | **ation** (ˌɪmplɪˈkeʃən) *n.*
牽連；暗示

32. **ex** | **plic** | **it** (ɪkˈsplɪsɪt) *adj.*
out | fold | *adj.*
明白的；清楚的（= *clear*）

Don't be *implicit*. 不要暗示。
Please be more *explicit*.
請說清楚一點。

33. **ex** | **plic** | **ate** (ˈɛksplɪˌket) *v.*
out | fold | *v.*
詳細說明
explicate > explain

34. **explic** | **ation** (ˌɛksplɪˈkeʃən) *n.*
詳細說明
I want your *explication*.
我需要你的說明。

35. **explic** | **able** (ɪkˈsplɪkəbl̩) *adj.*
可說明的；可理解的
The problem is not *explicable*.
此問題無法理解。

36. **ex** | **ploit** (ɪksˈplɔɪt) *v.* 利用；
out | fold
開發
I'm willing to be *exploited*.
我很樂意被利用。

37. **exploit** | **ation** (ˌɛksplɔɪˈteʃən)
*n.* 利用；開發

38. **com** | **ply** (kəmˈplaɪ) *v.* 服從；
遵從；遵守
You must *comply* with the rules.
你必須遵守規定。

39. **compli** | **ant** (kəmˈplaɪənt) *adj.*
服從的；百依百順的

40. **compli** **ance** 〔 kəm'plaɪəns 〕
　　　　　　　　*n.*
　　　　　　　　　　　　　*n.* 順從

41. **com** **plic** **ate** 〔'kɑmplə,ket 〕*v.*
　　all　　fold　*v.*
　　　　　　　　　　使複雜

42. **complication** 〔,kɑmplə'keʃən 〕
　　*n.* 複雜

43. **com** **plic** **ity** 〔 kəm'plɪsətɪ 〕*n.*
　　一起　fold　*n.*　　共謀；共犯
　　= **con** spiracy
　　　一起　breath
　　＊特別的詞類變化，有特別的意思。

44. **com** **plex** 〔 kəm'plɛks ,
　　all　　fold
　　'kɑmplɛks 〕*adj.* 複雜的
　　= complicated

45. **complex** **ity** 〔 kəm'plɛksətɪ 〕
　　　　　　*n.*
　　　　　　　　　　*n.* 複雜
　　= complication

46. **complex** **ion** 〔 kəm'plɛkʃən 〕*n.*
　　膚色；臉色
　　You have a nice **complexion**.
　　你的皮膚很好。

47. **multi** **ply** 〔'mʌltə,plaɪ 〕*v.* 乘；
　　many　fold　　　　　　　繁殖

48. **multi** **plic** **ation**
　　many　fold　　*n.*
　　〔,mʌltəplə'keʃən 〕*n.* 乘法

49. **multiplication table** *n.*
　　乘法表

50. **multi** **plic** **ity** 〔,mʌltə'plɪsətɪ 〕
　　*n.* 多種；多樣 ( = *variety* )
　　We have a **multiplicity** of
　　students in class.
　　我們班上有各種不同的學生。

| apply | imply |
| supply | comply |
| reply | multiply |

51. **per** **plex** 〔 pɚ'plɛks 〕*v.*
　　thoroughly　fold　　（完全被摺入）
　　使困惑；困惑
　　perplex > complex
　　Something **complex** will **perplex**
　　you. 複雜的事會使你困惑。

| ply | plic | |
| pli | plex | ⎫ = fold |
| ple | ploy | ⎭ |

52. **perplexed** 〔 pɚ'plɛkst 〕*adj.*
　　困惑的

　　be ⎧ perplexed ⎫
　　　　⎪ confused　⎪ about
　　　　⎨ puzzled　　⎬
　　　　⎩ bewildered ⎭
　　對…感到困惑

53. **per** **plex** **ity** 〔 pɚ'plɛksətɪ 〕*n.*
　　困惑

54. **em** **ploy** 〔 ɪm'plɔɪ 〕*v.* 雇用
　　in　fold　　　　　（捲入工作）
　　( = *hire* )

55. **employ** **ment** 〔 ɪm'plɔɪmənt 〕
　　　　　　　*n.*
　　　　　*n.* 職業；工作 ( = *job* )

56. **de ⟨ ploy** ﹝ dɪˈplɔɪ ﹞ v. 部署
apart ⟨ fold
= arrange

57. **deploy ⟨ ment** ﹝ dɪˈplɔɪmənt ﹞ n.
*n.*          部署

58. **sim ⟨ ple** ﹝ˈsɪmpl̩﹞ *adj.* 簡單的
one ⟨ fold

59. **du ⟨ ple** ﹝ˈdjupl̩﹞ *adj.* 兩倍的
two ⟨ fold

60. **tri ⟨ ple** ﹝ˈtrɪpl̩﹞ *adj.* 三倍的
three ⟨ fold

61. **simpl ⟨ ify** ﹝ˈsɪmpləˌfaɪ﹞ *v.* 簡化
⟨ make

62. **simple ⟨ ton** ﹝ˈsɪmpl̩tən﹞ *n.* 呆子；
⟨ 人       笨蛋
= fool = idiot

63. **sim ⟨ plic ⟨ ity** ﹝ sɪmˈplɪsətɪ ﹞ *n.*
簡單
No matter what you do,
*simplicity* is the key.
無論你做什麼，簡單就對了。

64. **du ⟨ plex** ﹝ˈdjuplɛks﹞ *adj.* 雙重的；
two ⟨ fold          兩倍的

65. **duplex apartment** *n.* 二聯式
公寓；佔兩層樓的公寓

66. **du ⟨ plic ⟨ ate** ﹝ˈdjupləˌket﹞ *v.*
複製 = replicate = copy

67. **du ⟨ plic ⟨ ation** ﹝ˌdjupləˈkeʃən﹞
*n.* 複製（品）
    = replication
    = replica
    = facsimile ﹝ fækˈsɪməlɪ ﹞
    = copy

68. **di ⟨ plo ⟨ ma** ﹝ dɪˈplomə ﹞ *n.* 畢業
two ⟨ fold ⟨ *n.*        證書

69. **cert ⟨ ifi ⟨ cate** ﹝ səˈtɪfəkɪt ﹞ *n.*
sure ⟨ make ⟨ *n.*
certain           證明書

70. **di ⟨ plo ⟨ macy** ﹝ dɪˈploməsɪ ﹞ *n.*
外交

71. **di ⟨ plo ⟨ mat** ﹝ˈdɪpləˌmæt﹞ *n.*
*n.*          外交官

72. **di ⟨ plo ⟨ mat ⟨ ic** ﹝ˌdɪpləˈmætɪk﹞
two ⟨ fold ⟨ *n.* ⟨ *adj.*    *adj.* 外交的

73. **plen ⟨ ty** ﹝ˈplɛntɪ﹞ *n.* 豐富；大量
full ⟨ *n.*

74. **plent ⟨ eous** ﹝ˈplɛntɪəs﹞ *adj.* 豐富
⟨ *adj.*       的；大量的

75. = **plenti ⟨ ful** ﹝ˈplɛntəfəl﹞ *adj.*
⟨ *adj.*     豐富的；很多的

76. **re ⟨ plen ⟨ ish** ﹝ rɪˈplɛnɪʃ ﹞ *v.* 再
again ⟨ fill ⟨ *v.*      裝滿；補充
The bucket needs to be
*replenished* with water.
這水桶必須再裝滿水。

77. **com** | **plete**〔kəm'plit〕v. 完成
all | fill
adj. 完全的；完成的；結束的

$$\left.\begin{array}{l}\text{plen}\\\text{plete}\end{array}\right\} = \text{fill}$$

78. **completion**〔kəm'pliʃən〕n.
完成；圓滿

79. **com** | **ple** | **ment**（'kɑmpləmənt）
一起 | fill | n.
n. 補語；補充物
= supplement

80. **com** | **ple** | **ment** | **ary**
（ˌkɑmplə'mɛntərɪ）adj. 互補的；
相配的
You and I are very
*complementary*. We get along
very well.
你和我很相配。我們處得很好。

81. **com** | **pli** | **ment**（'kɑmpləmənt）
一起 | fill | n.　　（相互滿足）
n. 稱讚；(pl.)問候（和79同音）

82. **com** | **pli** | **ment** | **ary**
　　　　 n. 　 adj.
（ˌkɑmplə'mɛntərɪ）adj. ①讚美的
②贈送的（與80同音）
Do you have a *complimentary*
breakfast? 你們有贈送早餐嗎？

83. **de** | **plete**〔dɪ'plit〕v. 用盡；耗盡
away | fill
= use up

84. **re** | **plete**〔rɪ'plit〕adj. 充滿的；
again | fill　　　充實的；吃飽喝足的
This class is almost *complete*.
We have almost
*depleted* our energy.
But we feel *replete*.

complete
deplete
replete

這節課快要上完了。我們幾乎耗盡精
力。但我們覺得很充實。

85. **ac** | **com** | **pli** | **sh**〔ə'kɑmplɪʃ〕v.
to | all | fill | v. 　 完成；達成
= complete
= achieve

86. **accomplish** | **ment**
　　　　　　　 n.
〔ə'kɑmplɪʃmənt〕n. 完成；成就

87. **im** | **ple** | **ment**（'ɪmpləmənt）n.
in | fill | n. 　　　　工具
（充滿在家中的東西）

$$\left\{\begin{array}{l}\text{= tool}\\\text{= device}\end{array}\right.$$

$$\left\{\begin{array}{l}\text{= appliance}\\\text{= utensil}\end{array}\right.$$

88. **am** | **ple**〔'æmpl̩〕adj. 富足的；
around | full　　　　充分的
She has an *ample* income.
她收入很高。

89. **ampl** | **ify**（'æmplə,faɪ）v. 放大
　　　 v.

90. **ampli** | **fier**（'æmplə,faɪɚ）n.
擴音器

91. **magn** **ifi** **er** (ˈmægnəˌfaɪɚ) *n.*
great　make　物
放大鏡

92. **magn** **i** **tude** (ˈmægnəˌtjud) *n.*
great
*n.* 巨大；重大；大小；震級
A 6.7 *magnitude* earthquake
rocked Taiwan yesterday.
昨天台灣發生 6.7 級地震。

93. **maj** **or** (ˈmedʒɚ) *n.* 成年人；
great　人
少校　*adj.* 主要的

94. **major** **ity** (məˈdʒɔrətɪ) *n.*
*n.*
大多數

95. **maj** **esty** (ˈmædʒəstɪ) *n.* 威嚴；
great　最
雄偉；壯麗
Your Majesty 陛下

96. **majestic** (məˈdʒɛstɪk) *adj.*
有威嚴的

```
magn
maj
max    } = great（大）
may
```

97. **mayor** (ˈmeɚ) *n.* 市長
（源自 major）

98. **cli** **max** (ˈklaɪmæks) *n.* 頂點；
climb　great
高潮
= highest point

99. **max** **im** (ˈmæksɪm) *n.* 格言
great　主張
= saying = proverb
= motto (ˈmato)

100. **maxi** **mum** (ˈmæksəməm) *adj.*
great　est
最大的；最多的

101. **mini** **mum** (ˈmɪnəməm) *adj.*
小　最
最小的；最少的
*Minimum* tuition, *maximum*
results. 學費最低，效果最佳。

102. **mini** **ster** (ˈmɪnɪstɚ) *n.* 牧師；
small　人
部長

103. **young** **ster** (ˈjʌŋstɚ) *n.* 青少年
人

104. **gang** **ster** (ˈgæŋstɚ) *n.* 歹徒
人

105. **mon** **ster** (ˈmɑnstɚ) *n.* 怪物
人

106. **ma** **ster** (ˈmæstɚ) *n.* 主人
人

107. **roo** **ster** (ˈrustɚ) *n.* 公雞
人

108. **oy** **ster** (ˈɔɪstɚ) *n.* 牡蠣
人

109. **lob** **ster** (ˈlabstɚ) *n.* 龍蝦
人

110. **spin** **ster** (ˈspɪnstɚ) *n.* 老處女
人

111. **spin** (spɪn) *v.* 紡（線）；紡（紗）

背完後檢查：請看中文說出英文，並拼出字母，把不認識的單字，於空格中做記號。

☐ 1. 申請；應用 ＿＿＿＿＿

☐ 2. 一層；定時往返 ＿＿＿＿

☐ 3. 三夾板 ＿＿＿＿＿

☐ 4. 易折的；柔軟的 ＿＿＿

☐ 5. 鉗子 ＿＿＿＿＿

☐ 6. ①婚約 ②困境 ＿＿＿＿

☐ 7. 打褶；褶子 ＿＿＿＿

☐ 8. 辮子 ＿＿＿＿＿

☐ 9. 應用的；實用的 ＿＿＿

☐ 10. 用品；用具 ＿＿＿＿

☐ 11. 申請 ＿＿＿＿＿

☐ 12. 申請人 ＿＿＿＿＿

☐ 13. 可應用的 ＿＿＿＿

☐ 14. 應用性；適用性 ＿＿＿

☐ 15. 供給；補充 ＿＿＿＿

☐ 16. 補充物；副刊 ＿＿＿

☐ 17. 補充的 ＿＿＿＿＿

☐ 18. 補充的 ＿＿＿＿＿

☐ 19. 柔軟的；順從的 ＿＿＿

☐ 20. 晚餐 ＿＿＿＿＿

☐ 21. 懇求；請求 ＿＿＿＿

☐ 22. 懇求者 ＿＿＿＿＿

☐ 23. 懇求 ＿＿＿＿＿

☐ 24. 回答 ＿＿＿＿＿

☐ 25. 複製品 ＿＿＿＿

☐ 26. 複製 ＿＿＿＿＿

☐ 27. 複製品 ＿＿＿＿

☐ 28. 暗示 ＿＿＿＿＿

☐ 29. 暗示的 ＿＿＿＿＿

☐ 30. 牽連；涉入 ＿＿＿＿

☐ 31. 牽連；暗示 ＿＿＿＿

☐ 32. 明白的；清楚的 ＿＿＿

☐ 33. 詳細說明 ＿＿＿＿

☐ 34. 詳細說明 ＿＿＿＿

☐ 35. 可說明的 ＿＿＿＿

☐ 36. 利用；開發 ＿＿＿＿

☐ 37. 利用；開發 ＿＿＿＿

☐ 38. 服從；遵從 ＿＿＿＿

☐ 39. 服從的 ＿＿＿＿＿

☐ 40. 順從 ＿＿＿＿＿

☐ 41. 使複雜 ＿＿＿＿＿

☐ 42. 複雜 ＿＿＿＿＿

☐ 43. 共謀；共犯 ＿＿＿＿

☐ 44. 複雜的 ＿＿＿＿＿

☐ 45. 複雜 ＿＿＿＿＿

☐ 46. 膚色；臉色 ＿＿＿＿

☐ 47. 乘；繁殖 ＿＿＿＿

☐ 48. 乘法 ＿＿＿＿＿

☐ 49. 乘法表 ＿＿＿＿＿

☐ 50. 多種；多樣 ＿＿＿＿

☐ 51. 使困惑；困惑 ＿＿＿

☐ 52. 困惑的 ＿＿＿＿＿

☐ 53. 困惑 ＿＿＿＿＿

☐ 54. 雇用 ＿＿＿＿＿

□ 55. 職業；工作 _____
□ 56. 部署 _____
□ 57. 部署 _____
□ 58. 簡單的 _____
□ 59. 兩倍的 _____
□ 60. 三倍的 _____
□ 61. 簡化 _____
□ 62. 呆子；笨蛋 _____
□ 63. 簡單 _____
□ 64. 雙重的；兩倍的 _____
□ 65. 二聯式公寓 _____
□ 66. 複製 _____
□ 67. 複製（品） _____
□ 68. 畢業證書 _____
□ 69. 證明書 _____
□ 70. 外交 _____
□ 71. 外交官 _____
□ 72. 外交的 _____
□ 73. 豐富；大量 _____
□ 74. 豐富的；大量的 _____
□ 75. 豐富的；很多的 _____
□ 76. 再裝滿；補充 _____
□ 77. 完成；完全的 _____
□ 78. 完成；圓滿 _____
□ 79. 補語；補充物 _____
□ 80. 互補的；相配的 _____
□ 81. 稱讚；問候 _____
□ 82. ①讚美的 ②贈送的 _____
□ 83. 用盡；耗盡 _____

□ 84. 充滿的；充實的 _____
□ 85. 完成；達成 _____
□ 86. 完成；成就 _____
□ 87. 工具 _____
□ 88. 富足的；充分的 _____
□ 89. 放大 _____
□ 90. 擴音器 _____
□ 91. 放大鏡 _____
□ 92. 巨大；重大；震級 _____
□ 93. 成年人；主要的 _____
□ 94. 大多數 _____
□ 95. 威嚴；雄偉 _____
□ 96. 有威嚴的 _____
□ 97. 市長 _____
□ 98. 頂點；高潮 _____
□ 99. 格言 _____
□ 100. 最大的；最多的 _____
□ 101. 最小的；最少的 _____
□ 102. 牧師；部長 _____
□ 103. 青少年 _____
□ 104. 歹徒 _____
□ 105. 怪物 _____
□ 106. 主人 _____
□ 107. 公雞 _____
□ 108. 牡蠣 _____
□ 109. 龍蝦 _____
□ 110. 老處女 _____
□ 111. 紡（線）；紡（紗） _____

最後再複習：下面單字按照字母序排列，請把還不認識的單字做一記號。
第一次不會，做個記號，第二次再不會，再做個記號。

☐☐ accomplish
☐☐ accomplishment
☐☐ ample
☐☐ amplifier
☐☐ amplify
☐☐ appliance
☐☐ applicable
☐☐ applicability
☐☐ applicant
☐☐ application
☐☐ applied
☐☐ apply
☐☐ certificate
☐☐ climax
☐☐ complement
☐☐ complementary
☐☐ complete
☐☐ completion
☐☐ complex
☐☐ complexion
☐☐ complexity
☐☐ compliance
☐☐ compliant
☐☐ complicate
☐☐ complication
☐☐ complicity
☐☐ compliment
☐☐ complimentary
☐☐ comply
☐☐ deplete
☐☐ deploy
☐☐ deployment
☐☐ diploma
☐☐ diplomacy
☐☐ diplomat
☐☐ diplomatic
☐☐ duple
☐☐ duplex

☐☐ duplex
apartment
☐☐ duplicate
☐☐ duplication
☐☐ employ
☐☐ employment
☐☐ explicable
☐☐ explicate
☐☐ explication
☐☐ explicit
☐☐ exploit
☐☐ exploitation
☐☐ gangster
☐☐ implement
☐☐ implicate
☐☐ implication
☐☐ implicit
☐☐ imply
☐☐ lobster
☐☐ magnifier
☐☐ magnitude
☐☐ majestic
☐☐ majesty
☐☐ major
☐☐ majority
☐☐ master
☐☐ maxim
☐☐ maximum
☐☐ mayor
☐☐ minimum
☐☐ minister
☐☐ monster
☐☐ multiplication
☐☐ multiplication
table
☐☐ multiplicity
☐☐ multiply
☐☐ oyster

☐☐ perplex
☐☐ perplexed
☐☐ perplexity
☐☐ plait
☐☐ pleat
☐☐ plenteous
☐☐ plentiful
☐☐ plenty
☐☐ pliable
☐☐ pliers
☐☐ plight
☐☐ ply
☐☐ replenish
☐☐ replete
☐☐ replica
☐☐ replicate
☐☐ replication
☐☐ reply
☐☐ rooster
☐☐ simple
☐☐ simpleton
☐☐ simplicity
☐☐ simplify
☐☐ spin
☐☐ spinster
☐☐ supper
☐☐ supple
☐☐ supplement
☐☐ supplemental
☐☐ supplementary
☐☐ supplicant
☐☐ supplicate
☐☐ supplication
☐☐ supply
☐☐ three-ply
☐☐ triple
☐☐ youngster

背以前先檢查：請先看英文說出中文，把不認識的單字，於空格中做記號。

1. serve
2. serf
3. serfdom
4. freedom
5. kingdom
6. wisdom
7. boredom
8. sergeant
9. conserve
10. conservation
11. conservative
12. progressive
13. conservatory
14. observe
15. observation
16. observance
17. preserve
18. preservation
19. preservative
20. reserve
21. reserved
22. reservation
23. reservoir
24. deserve
25. disservice
26. service
27. servile
28. subservient
29. subject
30. subjective
31. object[1]
32. objective
33. objectivity
34. object[2]
35. objection
36. project
37. projector
38. reject
39. rejection
40. inject
41. injection
42. eject
43. ejection
44. deject
45. dejected
46. abject
47. conjecture
48. interject
49. interjection
50. jet

- [ ] 51. submit
- [ ] 52. submission
- [ ] 53. submissive
- [ ] 54. emit
- [ ] 55. emission
- [ ] 56. emissary
- [ ] 57. omit
- [ ] 58. omission
- [ ] 59. admit
- [ ] 60. admission
- [ ] 61. admittance
- [ ] 62. permit
- [ ] 63. permission
- [ ] 64. premise
- [ ] 65. commit
- [ ] 66. committee
- [ ] 67. coffee
- [ ] 68. commission
- [ ] 69. commissioner
- [ ] 70. remit
- [ ] 71. remittance
- [ ] 72. remission
- [ ] 73. transmit
- [ ] 74. transmission
- [ ] 75. transmitter
- [ ] 76. intermission
- [ ] 77. intermittent
- [ ] 78. dismiss

- [ ] 79. dismissal
- [ ] 80. promise
- [ ] 81. pro-American
- [ ] 82. promising
- [ ] 83. promissory
- [ ] 84. remiss
- [ ] 85. surmise
- [ ] 86. surface
- [ ] 87. compromise
- [ ] 88. missile
- [ ] 89. mission
- [ ] 90. missionary
- [ ] 91. message
- [ ] 92. messenger
- [ ] 93. passenger
- [ ] 94. pass
- [ ] 95. passage
- [ ] 96. pastime
- [ ] 97. recreation
- [ ] 98. bypass
- [ ] 99. surpass
- [ ] 100. trespass
- [ ] 101. passer-by
- [ ] 102. standby
- [ ] 103. nearby
- [ ] 104. hereby
- [ ] 105. thereby

# 劉毅老師「英文字根串聯記憶班」筆記 ⑨

1. <u>serve</u> 〔 sɜv 〕 *v.* 服務

2. **serf** 〔 sɜf 〕 *n.* 農奴

3. **serf｜dom** 〔'sɜfdəm 〕 *n.* 農奴制度
   state 狀況

4. **free｜dom** 〔'fridəm 〕 *n.* 自由

5. **king｜dom** 〔'kɪŋdəm 〕 *n.* 王國

6. **wis｜dom** 〔'wɪzdəm 〕 *n.* 智慧
   wise

7. **bore｜dom** 〔'bordəm 〕 *n.* 厭倦
   使厭煩 *n.*

8. **serge｜ant** 〔'sɑrdʒənt 〕 *n.* 士官
   serve 人

9. **con｜serve** 〔 kən'sɜv 〕 *v.* 保存；
   all keep 節約
   Please *Conserve* Water
   請節約用水

10. **conserv｜ation** 〔ˌkɑnsə'veʃən 〕
    *n.*
    *n.* 保存；( 對自然資源的 ) 保護

11. **conserv｜ative** 〔 kən'sɜvətɪv 〕
    *adj.* 保守的；保存的

12. ↔ **pro｜gress｜ive** 〔 prə'grɛsɪv 〕
    forward go
    *adj.* 進步的

13. <u>**conserva｜tory**</u>
    地
    〔 kən'sɜvəˌtorɪ 〕 *n.* 溫室；音樂學校

14. **ob｜serve** 〔 əb'zɜv 〕 *n.* ①觀察
    eye keep ②遵守

15. <u>**observ｜ation**</u> 〔ˌɑbzə'veʃən 〕
    *n.* 觀察

16. <u>**observ｜ance**</u> 〔 əb'zɜvəns 〕 *n.*
    *n.* 遵守

    | serve<br>serv | = | serve 服務<br>keep 保持 |
    |---|---|---|

17. **pre｜serve** 〔 prɪ'zɜv 〕 *v.* 保存；
    before keep （保存在以前的狀態）
    醃 ( 菜 ) *n.* ① *pl.* 果醬；蜜餞
    ②保護區；禁獵區

18. <u>**preserv｜ation**</u> 〔ˌprɛzə'veʃən 〕
    *n.* 保存；保藏；防腐；維護
    * 字典上 conserve 和 confection 有作
    「果醬；蜜餞」解，但美國人多不用，
    而用 preserves 和 jam。

19. <u>**preserv｜ative**</u> 〔 prɪ'zɜvətɪv 〕
    *n.* 防腐劑 *adj.* 保存的

20. **re｜serve** 〔 rɪ'zɜv 〕 *v.* 保存；
    back keep 保留；預約
    （保存到以後再用）

21. <u>**reserved**</u> 〔 rɪ'zɜvd 〕 *adj.* 保留的；
    預定的

22. **reserv｜ation**〔,rɛzə'veʃən〕 n.
保留；預定

> I'd like to make a ***reservation***.
> 我想要預約。
> I need it for tonight. 我今晚要住。
> What are your rates（價格）?
> 你們的價格是多少?

23. **reserv｜oir**〔'rɛzə‚vɔr〕 n.
　　　　地　　　　水庫；蓄水池
〔'rɛ-zə-‚vɔr〕

> conserve
> preserve
> reserve

24. **de｜serve**〔dɪ'zɝv〕 v. 應得
加強 serve　　　　　（賞罰）

25. **dis｜service**〔dɪs'sɝvɪs〕 n. 損害；
away　服務　　　　傷害；危害
= harm = injury
By being angry, you will do
yourself a ***disservice***.
生氣會使你自己受傷。

26. **service**〔'sɝvɪs〕 n. 服務

27. **serv｜ile**〔'sɝvḷ, 'sɝvaɪl〕 adj.
serve｜adj.　　　　奴性的；恭順的

28. = **sub｜serv｜ient**〔sʌb'sɝvɪənt〕
under｜serve｜adj.
adj. 恭順的；畢恭畢敬的；聽話的
You should ***be subservient to***
your mother.　‖
你應該聽媽媽的話。　listen to

29. **sub｜ject**〔'sʌbdʒɪkt〕 n. 主題；
under｜throw　　　　科目；主詞
（扔到下面給人討論）

30. **subject｜ive**〔səb'dʒɛktɪv〕
adj. 主觀的

31. **ob｜ject**[1]〔'ɑbdʒɪkt〕 n. 物體；
before｜throw　　　　目標；目的
（擲在前面的東西）

32. **object｜ive**〔əb'dʒɛktɪv〕 adj.
客觀的　n. 目標；目的（= object）

33. **object｜iv｜ity**〔,ɑbdʒɛk'tɪvətɪ〕 n.
　　　　　n.　　　　客觀性

34. **ob｜ject**[2]〔əb'dʒɛkt〕 v. 反對
against｜throw　　　（投向反對者）

35. **object｜ion**〔əb'dʒɛkʃən〕 n. 反對

> ject = throw 投擲

36. **pro｜ject**〔'prɑdʒɪkt〕 n. 計劃；
forward｜throw　　　　方案
〔prə'dʒɛkt〕 v. 計畫；投射；放映

37. **project｜or**〔prə'dʒɛktə〕 n.
放映機
a slide projector 幻燈機
幻燈片

38. **re｜ject**〔rɪ'dʒɛkt〕 v. 拒絕
back｜throw　　　　（= refuse）

39. **reject｜ion**〔rɪ'dʒɛkʃən〕 n. 拒絕

40. **in｜ject**〔ɪn'dʒɛkt〕 v. 注射
in｜throw

41. **inject｜ion**〔ɪn'dʒɛkʃən〕 n.
注射；注射劑

42. **e** | **ject** 〔ɪ'dʒɛkt〕*v.* 噴出；彈出
out | throw

43. **eject** | **ion** 〔ɪ'dʒɛkʃən〕*n.* 噴出；
*n.* 噴出物

44. **de** | **ject** 〔dɪ'dʒɛkt〕*adj.* 使灰心；
down | throw 使沮喪（球向下擲）
Such news *dejects* me.
這種消息使我沮喪。

45. **deject** | **ed** 〔dɪ'dʒɛktɪd〕*adj.*
沮喪的；灰心的（= *depressed*）
What's wrong? 怎麼了？
You look *dejected* today.
你今天看起來很沮喪。

46. **ab** | **ject** 〔'æbdʒɛkt〕*adj.* 完全的
away | throw （= *complete*）
（用於強調非常糟或嚴重）

abject poverty 一貧如洗；赤貧

abject failure 慘敗

\* 一般字典翻成「悲慘絕望的；自卑的」
= miserable = hopeless（×）

47. **con** | **ject** | **ure** 〔kən'dʒɛktʃɚ〕
together | throw | 行為
*n.* 猜測；推測（= *guess*）
What I said was pure *conjecture*.
我所說的純粹是猜測。

48. **inter** | **ject** 〔ˌɪntɚ'dʒɛkt〕*v.* 插話；
between | throw 插嘴
Please don't *interject* while I'm
talking. 我在說話時請不要插嘴。

49. **interject** | **ion** 〔ˌɪntɚ'dʒɛkʃən〕
| *n.*
*n.* 感嘆詞；插入語

50. **jet** 〔dʒɛt〕*v.* 噴射　*n.* 噴射機

Let's jet. = Let's go. 我們走吧。
Let's get out of here.
我們離開這裡吧。

51. **sub** | **mit** 〔səb'mɪt〕*v.* 屈服；
under | let go 投降；提交；呈遞

52. **sub** | **miss** | **ion** 〔səb'mɪʃən〕*n.*
屈服；投降

53. **sub** | **miss** | **ive** 〔səb'mɪsɪv〕*adj.*
屈服的；順從的；聽話的
= meek
= com | pliant 服從的；百依百順的
= pliant = pliable = obedient
= de | fer | ent | ial 恭敬的；恭順的
down | carry
under |
= servile = subservient

54. **e** | **mit** 〔ɪ'mɪt〕*v.* 發出；射出
out | let go

55. **e** | **miss** | **ion** 〔ɪ'mɪʃən〕*n.* 發出；
射出

56. **e** | **miss** | **ary** 〔'ɛməˌsɛrɪ〕*n.* 密使；
out | send | 人 特使

miss
mit
mis
mise
} = send（送）
let go（釋放）

57. **o** ┆ **mit**〔 o'mɪt , ə- 〕v. 省略；
　　ob ┆ send　　　　　　刪除
　　away ┆

58. **o** ┆ **miss** ┆ **ion**〔 o'mɪʃən 〕n. 省略；
　　刪除

59. **ad** ┆ **mit**〔 əd'mɪt 〕v. 承認；入場
　　to ┆ let go　　　　　　許可

60. **ad** ┆ **mission**〔 əd'mɪʃən 〕n.
　　承認；入場費
　　Admission free　免費入場

61. **admit** ┆ **tance**〔 əd'mɪtn̩s 〕n.
　　　　　　　　n.　　　進入權；入場權

62. **per** ┆ **mit**〔 pə'mɪt 〕v. 許可；
　　through ┆ let go　　　　准許

63. **permission**〔 pə'mɪʃən 〕n. 許可

64. **pre** ┆ **mise**〔'prɛmɪs 〕n. ①前提
　　before ┆ send
　　　② pl. 場所；房屋連同附屬建築、
　　土地等
　　Keep off the *premises*.
　　禁止入內。

65. **com** ┆ **mit**〔 kə'mɪt 〕v. 委託；
　　together ┆ let go　　　　犯（罪）
　　（委託帶東西，見財起意）
　　commit sui ┆ cide　自殺
　　　　　　self ┆ cut
　　commit a crime　犯罪
　　commit an error　犯錯

66. **committee**〔 kə'mɪtɪ 〕n.
　　委員會；委員
　　＊字尾 ee 重音在 ee，但 coffee、
　　　committee 例外。

67. **coffee**〔'kɔfɪ 〕n. 咖啡

68. **com** ┆ **miss** ┆ **ion**〔 kə'mɪʃən 〕n.
　　委託；佣金

69. **commission** ┆ **er**〔 kə'mɪʃənɚ 〕
　　n. 專員；特派員；首長

70. **re** ┆ **mit**〔 rɪ'mɪt 〕n. 匯寄；匯款；
　　back ┆ send　　　寬恕；免除；減輕
　　Are you going to *remit* money to
　　your wife?　你要匯款給你太太嗎？

71. **remit** ┆ **tance**〔 rɪ'mɪtn̩s 〕n. 匯款
　　= payment = fee　　　　金額

72. **re** ┆ **miss** ┆ **ion**〔 rɪ'mɪʃən 〕n.
　　back ┆ send
　　減輕；免除；寬恕；減刑
　　（匯款→寬恕、減刑）
　　It has been raining all day
　　without *remission*.
　　一整天雨下個不停，雨勢沒有減緩。
　　He got six months *remission*
　　for good behavior.
　　他表現良好，獲得減刑六個月。

73. **trans** ┆ **mit**〔 træns'mɪt 〕v. 傳送；
　　A→B ┆ send　　　　　　傳達
　　（美國人重音常唸錯）

74. **trans│miss│ion**〔træns'mɪʃən〕
*n.* 傳送；傳達

75. **transmit│ter**〔træns'mɪtɚ〕*n.*
發射機（ ↔ receiver *n.* 接收機 ）

76. **inter│miss│ion**〔ˌɪntɚ'mɪʃən〕
between│send
*n.* 中間休息；中場休息

77. **inter│mit│tent**〔ˌɪntɚ'mɪtn̩t〕
*adj.* 間歇的；斷斷續續的
There has been *intermittent* rain
all day. 雨斷斷續續下了一整天。

78. **dis│miss**〔dɪs'mɪs〕*n.* 解散；
apart│let go　　　　　開除
Class *dismissed*. 下課。（慣用語）
= This class is dismissed.

79. **dis│miss│al**〔dɪs'mɪsl̩〕*n.* 解雇；
away│send│*n.*　　　　開除

80. **pro│mise**〔'prɑmɪs〕*v.* 答應
for│send
贊成

81. **pro│-American** *adj.* 親美的
for
〔pro〕
pro-KMT 親國民黨的
pro-Chinese 親中的

82. **promis│ing**〔'prɑmɪsɪŋ〕*adj.*
有前途的；有希望的

83. **promis│sory**〔'prɑmə,sorɪ,
　　　　　　*adj.*
-,sɔrɪ〕*adj.* 約好的；約定的
promissory note 本票
　　　　　　　票據

84. **re│miss**〔rɪ'mɪs〕*adj.* 不小心的；
back│send　　　無精打采的；疏忽的
（錢匯回去，就會鬆懈）
Come back to class in ten
minutes. Don't be *remiss*. 十分
鐘後回來上課，要注意，不要忘記。

85. **sur│mise**〔sɚ'maɪz〕*v.* 猜測；
above│send　　　　　　　推測
= de│duce = in│fer
away│lead　　in│carry
= guess
I *surmise* that prices will go up.
我推測物價會上漲。

86. **sur│face**〔'sɝfɪs, -fəs〕*n.* 表面
above

87. **com│promise**〔'kɑmprə,maɪz〕
together│答應
　　　　　　　　*v., n.* 妥協

88. **miss│ile**〔'mɪsl̩, -ɪl〕*n.* 飛彈
send│*n.*

89. **miss│ion**〔'mɪʃən〕*n.* 使命；任務
= duty

90. **mission│ary**〔'mɪʃən,ɛrɪ〕*n.*
　　　　　　*n.*　　　　　傳教士
= preacher

91. **mess** ¦ **age** 〔'mɛsɪdʒ 〕 *n.* 消息；
　　　　　　 *n.* 　　　　　　信息；口信

> Any *message* for me?
> 有沒有人留話給我？
> Any calls to return?
> 有沒有電話要回？
> What needs to be done?
> 有什麼需要做的？

92. **mess** ¦ **enger** 〔'mɛsṇdʒɚ 〕 *n.*
　　　　　　 人　　　　　　送信人；使者
　　= emissary
　　\* *messager* ( 無此字 )

93. **pass** ¦ **enger** 〔'pæsṇdʒɚ 〕 *n.* 乘客
　　　　　　 人

94. **pass** 〔 pæs 〕 *v.* 通過

95. **pass** ¦ **age** 〔'pæsɪdʒ 〕 *n.* 通道；
　　（文章）一段

96. **pas** ¦ **time** 〔'pæs,taɪm 〕 *n.* 消遣；
　　pass ¦ 　　　　　　娛樂 ( 注意拼字 )

97. = **re** ¦ **creation** 〔,rɛkrɪ'eʃən 〕 *n.*
　　again ¦ 創造　　　　　　　　娛樂

98. **by** ¦ **pass** 〔'baɪ,pæs 〕 *v.* 繞道
　　旁邊 ¦ 走過　　　　　　 *n.* 旁道
　　There is traffic ahead.
　　( = *There is a traffic jam ahead.* )
　　We should *bypass* it.
　　前面塞車，我們應該繞道。

99. **sur** ¦ **pass** 〔 sɚ'pæs 〕 *v.* 超越；
　　above ¦ 　　　　　　　　勝過
　　I want to *surpass* others in our
　　class.
　　我要超越我們班上其他人。

100. **tres** ¦ **pass** 〔'trɛspəs 〕 *v.* 侵入；
　　 trans ¦ 　　　　　　　擅自闖入
　　 A→B ¦
　　 No *trespassing*!
　　 不得擅自闖入！

101. **passer-by** 〔'pæsɚ,baɪ 〕 *n.*
　　 路人；過路人 ( 注意重音 )

102. **standby** 〔'stænd,baɪ 〕 *n.* 代用品；
　　 後備人員；候補旅客
　　 = stand-**by**

103. **nearby** 〔'nɪr,baɪ 〕 *adj.* 附近的

104. **hereby** 〔 hɪr'baɪ 〕 *adv.* 特此；
　　 由此；因此

105. = **thereby** 〔 ðɛr'baɪ 〕 *adv.* 藉此
　　 I *thereby* pronounce you
　　　　hereby　　　　　　間受
　　 a qualified teacher.
　　　　　　直受
　　 我特此宣布，你是合格的老師。

背完後檢查：請看中文說出英文，並拼出字母，把不認識的單字，於空格中做記號。

| | | | | | |
|---|---|---|---|---|---|
| ☐ | 1. 服務 | _____ | ☐ | 26. 服務 | _____ |
| ☐ | 2. 農奴 | _____ | ☐ | 27. 奴性的；恭順的 | _____ |
| ☐ | 3. 農奴制度 | _____ | ☐ | 28. 恭順的 | _____ |
| ☐ | 4. 自由 | _____ | ☐ | 29. 主題；科目 | _____ |
| ☐ | 5. 王國 | _____ | ☐ | 30. 主觀的 | _____ |
| ☐ | 6. 智慧 | _____ | ☐ | 31. 物體；目標 | _____ |
| ☐ | 7. 厭倦 | _____ | ☐ | 32. 客觀的；目標 | _____ |
| ☐ | 8. 士官 | _____ | ☐ | 33. 客觀性 | _____ |
| ☐ | 9. 保存；節約 | _____ | ☐ | 34. 反對 | _____ |
| ☐ | 10. 保存；保護 | _____ | ☐ | 35. 反對 | _____ |
| ☐ | 11. 保守的；保存的 | _____ | ☐ | 36. 計劃；方案 | _____ |
| ☐ | 12. 進步的 | _____ | ☐ | 37. 放映機 | _____ |
| ☐ | 13. 溫室；音樂學校 | _____ | ☐ | 38. 拒絕 | _____ |
| ☐ | 14. ①觀察 ②遵守 | _____ | ☐ | 39. 拒絕 | _____ |
| ☐ | 15. 觀察 | _____ | ☐ | 40. 注射 | _____ |
| ☐ | 16. 遵守 | _____ | ☐ | 41. 注射；注射劑 | _____ |
| ☐ | 17. 保存；醃（菜） | _____ | ☐ | 42. 噴出；彈出 | _____ |
| ☐ | 18. 保存；保藏 | _____ | ☐ | 43. 噴出；噴出物 | _____ |
| ☐ | 19. 防腐劑；保存的 | _____ | ☐ | 44. 使灰心；使沮喪 | _____ |
| ☐ | 20. 保存；預約 | _____ | ☐ | 45. 沮喪的；灰心的 | _____ |
| ☐ | 21. 保留的；預定的 | _____ | ☐ | 46. 完全的 | _____ |
| ☐ | 22. 保留；預定 | _____ | ☐ | 47. 猜測；推測 | _____ |
| ☐ | 23. 水庫；蓄水池 | _____ | ☐ | 48. 插話；插嘴 | _____ |
| ☐ | 24. 應得（賞罰） | _____ | ☐ | 49. 感嘆詞；插入語 | _____ |
| ☐ | 25. 損害；傷害 | _____ | ☐ | 50. 噴射；噴射機 | _____ |

☐ 51. 屈服；投降 ─────

☐ 52. 屈服；投降 ─────

☐ 53. 屈服的；順從的 ─────

☐ 54. 發出；射出 ─────

☐ 55. 發出；射出 ─────

☐ 56. 密使；特使 ─────

☐ 57. 省略；刪除 ─────

☐ 58. 省略；刪除 ─────

☐ 59. 承認；入場許可 ─────

☐ 60. 承認；入場費 ─────

☐ 61. 進入權；入場權 ─────

☐ 62. 許可；准許 ─────

☐ 63. 許可 ─────

☐ 64. ①前提 ②場所 ─────

☐ 65. 委託；犯（罪） ─────

☐ 66. 委員會；委員 ─────

☐ 67. 咖啡 ─────

☐ 68. 委託；佣金 ─────

☐ 69. 專員；特派員 ─────

☐ 70. 匯寄；寬恕 ─────

☐ 71. 匯款金額 ─────

☐ 72. 減輕；免除 ─────

☐ 73. 傳送；傳達 ─────

☐ 74. 傳送；傳達 ─────

☐ 75. 發射機 ─────

☐ 76. 中間休息 ─────

☐ 77. 間歇的 ─────

☐ 78. 解散；開除 ─────

☐ 79. 解雇；開除 ─────

☐ 80. 答應 ─────

☐ 81. 親美的 ─────

☐ 82. 有前途的 ─────

☐ 83. 約好的；約定的 ─────

☐ 84. 不小心的 ─────

☐ 85. 猜測；推測 ─────

☐ 86. 表面 ─────

☐ 87. 妥協 ─────

☐ 88. 飛彈 ─────

☐ 89. 使命；任務 ─────

☐ 90. 傳教士 ─────

☐ 91. 消息；信息 ─────

☐ 92. 送信人；使者 ─────

☐ 93. 乘客 ─────

☐ 94. 通過 ─────

☐ 95. 通道；（文章）一段 ─────

☐ 96. 消遣；娛樂 ─────

☐ 97. 娛樂 ─────

☐ 98. 繞道；旁道 ─────

☐ 99. 超越；勝過 ─────

☐ 100. 侵入；擅自闖入 ─────

☐ 101. 路人；過路人 ─────

☐ 102. 代用品；後備人員 ─────

☐ 103. 附近的 ─────

☐ 104. 特此；由此 ─────

☐ 105. 藉此 ─────

最後再複習：下面單字按照字母序排列，請把還不認識的單字做一記號。
第一次不會，做個記號，第二次再不會，再做個記號。

| | | | |
|---|---|---|---|
| ☐☐ abject | ☐☐ intermittent | ☐☐ promising |
| ☐☐ admission | ☐☐ jet | ☐☐ promissory |
| ☐☐ admit | ☐☐ kingdom | ☐☐ recreation |
| ☐☐ admittance | ☐☐ message | ☐☐ reject |
| ☐☐ boredom | ☐☐ messenger | ☐☐ rejection |
| ☐☐ bypass | ☐☐ missile | ☐☐ remiss |
| ☐☐ coffee | ☐☐ mission | ☐☐ remission |
| ☐☐ commission | ☐☐ missionary | ☐☐ remit |
| ☐☐ commissioner | ☐☐ nearby | ☐☐ remittance |
| ☐☐ commit | ☐☐ object¹ | ☐☐ reservation |
| ☐☐ committee | ☐☐ object² | ☐☐ reserve |
| ☐☐ compromise | ☐☐ objection | ☐☐ reserved |
| ☐☐ conjecture | ☐☐ objective | ☐☐ reservoir |
| ☐☐ conservation | ☐☐ objectivity | ☐☐ serfdom |
| ☐☐ conservative | ☐☐ observance | ☐☐ sergeant |
| ☐☐ conservatory | ☐☐ observation | ☐☐ serve |
| ☐☐ conserve | ☐☐ observe | ☐☐ service |
| ☐☐ deject | ☐☐ omission | ☐☐ servile |
| ☐☐ dejected | ☐☐ omit | ☐☐ standby |
| ☐☐ deserve | ☐☐ pass | ☐☐ subject |
| ☐☐ dismiss | ☐☐ passage | ☐☐ subjective |
| ☐☐ dismissal | ☐☐ passenger | ☐☐ submission |
| ☐☐ disservice | ☐☐ passer-by | ☐☐ submissive |
| ☐☐ eject | ☐☐ pastime | ☐☐ submit |
| ☐☐ ejection | ☐☐ permission | ☐☐ subservient |
| ☐☐ emissary | ☐☐ permit | ☐☐ serf |
| ☐☐ emission | ☐☐ premise | ☐☐ surface |
| ☐☐ emit | ☐☐ preservation | ☐☐ surmise |
| ☐☐ freedom | ☐☐ preservative | ☐☐ surpass |
| ☐☐ hereby | ☐☐ preserve | ☐☐ thereby |
| ☐☐ inject | ☐☐ pro-American | ☐☐ transmission |
| ☐☐ injection | ☐☐ progressive | ☐☐ transmit |
| ☐☐ interject | ☐☐ project | ☐☐ transmitter |
| ☐☐ interjection | ☐☐ projector | ☐☐ trespass |
| ☐☐ intermission | ☐☐ promise | ☐☐ wisdom |

# Required Synonyms  7-9

1. **utilize**〔'jutḷ͵aɪz〕*v.* 利用；使用

   = use〔juz〕
   = employ〔ɪm'plɔɪ〕

   = make the most of
   = make use of

   = take advantage of
   = avail *oneself* of
      （後面四個都是 of 結尾的片語，
      容易背。）

2. **symbolize**〔'sɪmbḷ͵aɪz〕*v.* 象徵

   = represent〔͵rɛprɪ'zɛnt〕
   = signify〔'sɪgnə͵faɪ〕
   = stand for

3. **implicit**〔ɪm'plɪsɪt〕*adj.* 暗示的

   = implied〔ɪm'plaɪd〕
   = suggested〔səg'dʒɛstɪd〕
      （ed 結尾）

   = inferred〔ɪn'fɝd〕（in 開頭）
   = insinuated〔ɪn'sɪnju͵etɪd〕

   = tacit〔'tæsɪt〕（t 結尾）
   = indirect〔͵ɪndə'rɛkt〕

4. **comply**〔kəm'plaɪ〕*v.* 服從；
遵從；遵守 < *with* >

   = obey〔o'be〕
   = follow〔'fɑlo〕
   = observe〔əb'zɝv〕

   = conform to（to 結尾的片語）
   = adhere to
   = submit to

   = defer to
   = abide by

5. **object**〔əb'dʒɛkt〕*v.* 反對 < *to* >

   = oppose〔ə'poz〕
   = be opposed to
   = raise objections to
      （前兩組為 oppose 的變化）

   = protest against
   = argue against
   = cry out against
      （皆為接 against 的片語）

6. **pastime**〔'pæs͵taɪm〕*n.* 消遣；
娛樂

   = entertainment
     〔͵ɛntə'tenmənt〕
   = recreation〔͵rɛkrɪ'eʃən〕
   = diversion〔daɪ'vɝʒən〕
      （後兩者皆為 ion 結尾）

# 英文字根串聯單字記憶比賽 ⑩

背以前先檢查：請先看英文說出中文，把不認識的單字，於空格中做記號。

| | |
|---|---|
| ☐ 1. insist | ☐ 26. constitutional |
| ☐ 2. insistent | ☐ 27. institute |
| ☐ 3. insistence | ☐ 28. institution |
| ☐ 4. persist | ☐ 29. substitute |
| ☐ 5. persistent | ☐ 30. substitution |
| ☐ 6. persistence | ☐ 31. prostitute |
| ☐ 7. assist | ☐ 32. prostitution |
| ☐ 8. assistant | ☐ 33. destitute |
| ☐ 9. assistance | ☐ 34. destitution |
| ☐ 10. consist | ☐ 35. restitution |
| ☐ 11. consistent | ☐ 36. stable |
| ☐ 12. consistence | ☐ 37. stabilize |
| ☐ 13. subsist | ☐ 38. stability |
| ☐ 14. subsistence | ☐ 39. stage |
| ☐ 15. exist | ☐ 40. stance |
| ☐ 16. exit | ☐ 41. circumstance |
| ☐ 17. existent | ☐ 42. circumstantial |
| ☐ 18. existence | ☐ 43. station |
| ☐ 19. resist | ☐ 44. stationary |
| ☐ 20. resistant | ☐ 45. stationery |
| ☐ 21. resistance | ☐ 46. statue |
| ☐ 22. resistible | ☐ 47. statute |
| ☐ 23. irresistible | ☐ 48. stature |
| ☐ 24. constitute | ☐ 49. status |
| ☐ 25. constitution | ☐ 50. state |

☐ 51. stately

☐ 52. statement

☐ 53. statesman

☐ 54. politician

☐ 55. state of the art

☐ 56. estate

☐ 57. real estate

☐ 58. real

☐ 59. reality

☐ 60. realty

☐ 61. realtor

☐ 62. restore

☐ 63. install

☐ 64. stall

☐ 65. installation

☐ 66. installment

☐ 67. destine

☐ 68. destiny

☐ 69. destination

☐ 70. constant

☐ 71. distant

☐ 72. distance

☐ 73. instant

☐ 74. instantly

☐ 75. instance

☐ 76. substance

☐ 77. substantial

☐ 78. substantiate

☐ 79. sustain

☐ 80. maintain

☐ 81. maintenance

☐ 82. detain

☐ 83. detention

☐ 84. attain

☐ 85. attainable

☐ 86. retain

☐ 87. contain

☐ 88. container

☐ 89. content

☐ 90. abstain

☐ 91. abstinence

☐ 92. entertain

☐ 93. entertainment

☐ 94. tenor

☐ 95. tenure

☐ 96. tenacity

☐ 97. tenacious

☐ 98. lieutenant

☐ 99. lieu

☐ 100. continent

☐ 101. continental

☐ 102. continental breakfast

# 劉毅老師「英文字根串聯記憶班」筆記 ⑩

1. **in ¦ sist** 〔 ɪn'sɪst 〕 v. 堅持；要求
   in ¦ stand
   （古時房子小，要堅持才能站在裡面）

2. **insist ¦ ent** 〔 ɪn'sɪstənt 〕 adj.
   ¦ adj.                堅持的

3. **insist ¦ ence** 〔 ɪn'sɪstəns 〕 n. 堅持
   ¦ n.

4. **per ¦ sist** 〔 pɚ'sɪst , pɚ'zɪst 〕 v.
   through ¦ stand （美國人唸）
   堅持；持續（堅持一直站著）
   ┌ insist on 堅持
   ┤ = persist in
   └ = stick to

5. **persist ¦ ent** 〔 pɚ'zɪstənt 〕 adj.
   ¦ adj.        堅持的；持續性的

6. **persist ¦ ence** 〔 pɚ'zɪstəns 〕 n.
   ¦ n.           堅持；持續

7. **as ¦ sist** 〔 ə'sɪst 〕 v. 幫助
   to ¦ stand
       （站在一旁）（to 在近旁）

8. **assist ¦ ant** 〔 ə'sɪstənt 〕 n. 助手
   ¦ 人
                   adj. 幫助的

9. **assist ¦ ance** 〔 ə'sɪstəns 〕 n. 幫助
   ¦ n.

10. **con ¦ sist** 〔 kən'sɪst 〕 v. 組成；
    together ¦ stand       在於；一致
      （站在一起組成）

*consist of* 由…所組成
  ( = *be composed of* )
*consist in* 在於
*consist with* 與…一致

11. **consist ¦ ent** 〔 kən'sɪstənt 〕 adj.
    一致的

12. **consist ¦ ence** 〔 kən'sɪstəns 〕 n.
    一致性；連續性
    = consistency

13. **sub ¦ sist** 〔 səb'sɪst 〕 v. 生存；
    under ¦ stand          活下去
    = live
    = survive     （站在下面，才能生存）
    = exist

    A school cannot *subsist* without
    students. 學校沒有學生就不能生存。

14. **subsist ¦ ence** 〔 səb'sɪstəns 〕
    ¦ n.
    n. 生存；生活；生計

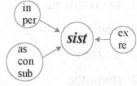

    What does he do for a
    *subsistence*? 他靠什麼為生？

15. **e ¦ xist** 〔 ɪg'zɪst 〕 v. 存在；生存；
    out ¦ sist            活著
      （站在外面→存在）

16. **ex ¦ it** (ˈɛksɪt) *n.* 出口；太平門
out ¦ go

**trans ¦ it** (ˈtrænsɪt) *n.* 過境
A→B ¦ go

17. **exist ¦ ent**〔ɪgˈzɪstənt〕*adj.*
現在的；現行的

18. **exist ¦ ence**〔ɪgˈzɪstəns〕*n.*
存在；生存

19. **re ¦ sist**〔rɪˈzɪst〕*v.* 抵抗；反抗
back¦ stand　　( 站在後面，表示抵抗 )

20. **resist ¦ ant**〔rɪˈzɪstənt〕*adj.*
抵抗的

21. **resist ¦ ance**〔rɪˈzɪstəns〕*n.* 抵抗

22. **resist ¦ ible**〔rɪˈzɪstəbl̩〕*adj.*
可抵抗的

23. **ir¦ resist ¦ ible**〔ˌɪrɪˈzɪstəbl̩〕*adj.*
not¦　　　　　　　　無法抵抗的

24. **con ¦ stitute**〔ˈkɑnstəˌtut , -ˌtjut〕
一起 ¦ stand
*v.* 組成；構成

25. **constitut ¦ ion**〔ˌkɑnstəˈtuʃən ,
ˌ-ˈtju-〕*n.* 憲法

26. **constitution ¦ al**
〔ˌkɑnstəˈtuʃənl̩ , -ˈtju-〕*adj.* 憲法的

```
sist
stitut  } = stand ( 站 )
sta
st
```

27. **in ¦ stitute** (ˈɪnstəˌtut) *v.* 制定；
in ¦ stand
建立　*n.* 機構；學院；學會

28. **institut ¦ ion**〔ˌɪnstəˈtuʃən〕*n.*
¦　　*n.*　　　設立；制定

29. **sub ¦ stitute** (ˈsʌbstəˌtut) *v.* 代替
under ¦　　　*n.* 代理人；代替物

30. **substitut ¦ ion**〔ˌsʌbstəˈtuʃən〕
¦　　*n.*　　*n.* 代替

31. **pro ¦ stitute** (ˈprɑstəˌtut) *v.* 賣身
forth ¦ stand　*n.* 娼妓 ( 向前拉客 )

32. **prostitut ¦ ion**〔ˌprɑstəˈtuʃen〕
¦　　*n.*　　*n.* 賣淫

33. **de ¦ stitute** (ˈdɛstəˌtjut) *adj.*
away ¦ stand　( 離開房子而站 )
缺乏的；貧困的 ( = *poor* )
This place is ***destitute*** of trees.
這個地方沒有樹。
He is ***destitute***. 他很窮。
= He is poor.
I'm ***destitute*** of money. 我沒有錢。

34. **de ¦ stitut ¦ ion**〔ˌdɛstəˈtuʃən〕*n.*
away¦ stand
貧困；缺乏

```
'in|stitute    'pro|stitute
'con|stitute   'de|stitute
'sub|stitute
```

35. **re ¦ stitut ¦ ion**〔ˌrɛstəˈtjuʃən〕*n.*
back¦ stand ¦　賠償 ( 站回原位 )
The victims are demanding
***restitution***. 受害者要求賠償。

36. **sta ble** (ˋstebḷ) *adj.* 穩定的
    stand
             *n.* 馬棚

37. **stabilize** (ˋstebḷˌaɪz) *v.* 使穩定
    The government tried to *stabilize*
    prices. 政府努力要穩定物價。

38. **stability** (stəˋbɪlətɪ) *n.* 穩定

39. **stage** (stedʒ) *n.* 舞台；階段

40. **st ance** (stæns) *n.* 立場；
    stand *n.*
             觀點；態度
    People object to the president's
    *stance* on the stock market gains
    tax. 人民反對總統對證所稅的立場。

41. **circum stance** (ˋsɝkəmˌstæns)
    around   stand
             *n.* 情況；環境

42. **circumstan tial**
    (ˌsɝkəmˋstænʃəl) *adj.* 按情況推測
    的；間接的

43. **sta tion** (ˋsteʃən) *n.* 位置；
    stand *n.*
             火車站 (站立的地方)

44. **station ary** (ˋsteʃənˌɛrɪ) *adj.*
    *adj.*
             固定的；不動的

45. **station ery** *n.* 文具；信紙
    *n.*
             (與44同音)

46. **stat ue** (ˋstætʃu) *n.* 雕像
    stand *n.*
             (站立的東西)
    the *Statue* of Liberty 自由女神像

47. **stat ute** (ˋstætʃut) *n.* 法令；法規
    stand      (站起來表決的法令)
    = law = rule

48. **stat ure** (ˋstætʃɚ) *n.* 身材；
    身高；聲望
    She is small in *stature*.
    = She is small, short, and thin.
    她身材瘦小。

49. **stat us** (ˋstetəs) *n.* 地位；身份
    (站著的抽象狀態)

50. **sta te** (stet) *n.* 狀態；狀況；國家
    stand *v. n.*     *v.* 陳述

51. **stately** (ˋstetlɪ) *adj.* 壯觀的；
    高貴的；堂皇的 (= *impressive in
    size, appearance, or manner*)
    She is a *stately* woman.
    她是位高貴的女士。

52. **statement** (ˋstetmənt) *n.* 陳述；
    聲明；(銀行) 結算單

53. **statesman** (ˋstetsmən) *n.* 政治家

54. **politic ian** (ˌpɑləˋtɪʃən) *n.* 政客
    political   人
    政治的

55. **state of the art** *adj.* 最先進的
    latest state     技術
    = most advanced
    The root word connection
    method is *state of the art* in
    memorizing words. 字根串聯
    記憶法是背單字最先進的方法。

56. **e ┊ state** 〔 ə'stet 〕 *n.* 地產
    out ┊ stand

57. **real estate** *n.* 房地產；不動產

58. **real** 〔'riəl, ril, 'rɪəl 〕 *adj.* 真正的；
    不動產的

59. **reality** 〔 rɪ'ælətɪ 〕 *n.* 事實

60. **realty** 〔'riəltɪ 〕 *n.* 不動產
    = real estate

61. **realtor** 〔'riəltə 〕 *n.* 房地產經紀人
    = estate agent

62. **re ┊ store** 〔 rɪ'stor 〕 *v.* 恢復
    again ┊ stand
    My energy is ***restored***.
    = I got my second wind.
    我的精力恢復了。
    * 過去式表現在（文實 p.330）
    I got a problem. 我有一個問題。
    = I've got a problem.
    = I have a problem.

63. **in ┊ stall** 〔 ɪn'stɔl 〕 *v.* 安裝
    in ┊ stand

64. **stall** 〔 stɔl 〕 *n.* 攤位（ = *stand* ）

65. **installation** 〔,ɪnstə'leʃən 〕 *n.*
    安裝

66. **installment** 〔 ɪn'stɔlmənt 〕 *n.*
    分期付款（小物件）

I bought a car on an ***installment***
plan. 我以分期付款的方式買車。
I have a mortgage on my house.
　　　　　　　 貸款
我的房子有貸款。

67. **de ┊ stine** 〔'dɛstɪn 〕 *v.* 命中註定
    down ┊ stand
    （站著或跌倒，命中註定）
    You're ***destined*** to succeed.
    = You're ***destined*** for success.
    你註定會成功。

68. **destin ┊ y** 〔'dɛstənɪ 〕 *n.* 命運

69. **destin ┊ ation** 〔,dɛstə'neʃən 〕 *n.*
    目的地
    Speedy legs reach ***destination***
    快速的
    first. 捷足先登。

70. **con ┊ stant** 〔'kɑnstənt 〕 *adj.*
    一起 ┊ 站立　　　不變的；不停的

71. **di ┊ stant** 〔'dɪstənt 〕 *adj.* 遙遠的；
    分開 ┊ stand　　　遠離的；久遠的

72. **di ┊ stance** 〔'dɪstəns 〕 *n.* 距離

73. **instant** 〔'ɪnstənt 〕 *adj.* 立刻的
    instant noodles 速食麵

74. **instantly** 〔'ɪnstəntlɪ 〕 *adv.* 立刻
    = at once

75. **in ┊ stance** 〔'ɪnstəns 〕 *n.* 例子
    in ┊ stand
    for instance = for example 例如

76. **sub**┊**stance** (ˋsʌbstəns ) *n.*
under ┊ stand
（站在表面之下）
物質；實質；本質
She looks good but lacks
*substance*. 她只是外表好看。

77. **substan**┊**tial** ( səbˋstænʃəl ) *adj.*
實質的；相當多的；豐盛的
I had a *substantial* meal.
我吃了豐盛的一餐。

78. **substan**┊**tiate** ( səbˋstænʃɪ‚et )
┊ *v.*
*v.* 證實；證明
（說明表面下的物質）

79. **sus**┊**tain** ( səˋsten ) *v.* 支撐；
under ┊ hold
支持；維持
（在下面頂住）

80. **= main**┊**tain** ( menˋten ) *v.*
主要的 ┊ hold
維持；保持
（握住主要部份）

81. **main**┊**ten**┊**ance** (ˋmentənəns )
主要的 ┊ hold ┊ *n.*   *n.* 維持；保持

| tain | |
|------|---|
| ten | = hold; keep |
| tent | 握住；保持 |
| tin | |

82. **de**┊**tain** ( dɪˋten ) *v.* 拘留；留住
away ┊ hold
（抓住後，離開別人）

83. **de**┊**ten**┊**tion** ( dɪˋtenʃən ) *n.* 拘留
detention center 拘留所

84. **at**┊**tain** ( əˋten ) *v.* 達到；獲得
向 ┊ hold

85. **at**┊**tain**┊**able** ( əˋtenəbḷ ) *adj.*
可達到的；可獲得的

You must have a goal.
你必須有目標。
It must be clear-out.
這個目標必須很明確。
It must be *attainable*.
這個目標必須可以達成。

86. **re**┊**tain** ( rɪˋten ) *v.* 保留
back ┊ keep
= keep = hold

Things ⌐ hardly *attained* ¬ are
long *retained*.
得來不易的東西，保留得久。

87. **con**┊**tain** ( kənˋten ) *v.* 包含
all ┊ hold
= include = hold

88. **contain**┊**er** ( kənˋtenɚ ) *n.* 容器

89. **con**┊**tent**[1] ( kənˋtɛnt ) *adj.* 滿足的
all ┊ hold
*n.* 滿足   *v.* 使滿足
*Content* is all. 知足常樂。
*Content* is happiness.
*Content* is better than riches.
I'm *content*. = I'm *contented*.
= I'm satisfied. 我很滿足。

**content**[2] (ˋkɑntɛnt ) *n. (pl.)* 內容；
目錄

90. **abs**⌈**tain** 〔əb'sten〕 v. 戒除；
from ⌈ keep            避免（從…抽身）
= refuse
= avoid
You should ***abstain*** from
smoking. 你應該戒煙。

91. **abs**⌈**tin**⌈**ence** 〔'æbstənəns〕 n.
               n.
禁食；禁酒；禁慾
After six months of ***abstinence***,
he started drinking again.
戒酒六個月之後，他又再度喝酒。

92. **enter**⌈**tain** 〔͵ɛntɚ'ten〕 v. 娛樂；
between ⌈ hold            款待

93. **entertain**⌈**ment**
       〔͵ɛntɚ'tenmənt〕 n. 娛樂；款待

94. **tenor** 〔'tɛnɚ〕 n. 男高音；要旨；
大意
I forgot the ***tenor*** of her reply.
我忘了她回答的大意了。

95. **ten**⌈**ure** 〔'tɛnjɚ〕 n. 任期；任職；
hold ⌈ n.              保有權
In Taiwan, the President serves
a four-year ***tenure***.
           ‖
         term
在台灣，總統的任期是四年。

96. **ten**⌈**acity** 〔tɪ'næsətɪ〕 n. 堅持
hold ⌈ 傾向
= persistence = perseverance
You cannot achieve anything
without ***tenacity***.
如果沒有堅持，你就無法達成任何事。

97. **ten**⌈**acious** 〔tɪ'neʃəs〕 adj.
堅持的；緊握的；不鬆手的
Japanese girls are very
***tenacious***. Once they like you,
they will never let you go.
日本女孩非常黏人。一旦她們喜歡
你，她們就不會讓你走。

98. **lieu**⌈**ten**⌈**ant** 〔lu'tɛnənt〕 n.
place ⌈ hold ⌈ 人          中尉

99. **lieu** 〔lu , liu〕 n. 場所
in ***lieu*** of 取代
= in place of = instead of

100. **con**⌈**tin**⌈**ent** 〔'kɑntənənt〕 n.
all ⌈ hold ⌈ n.          大陸；洲

101. **con**⌈**tin**⌈**ental** 〔͵kɑntə'nɛntl̩〕
adj. 大陸的；歐洲大陸的；
北美大陸的

102. **continental breakfast** 歐式
早餐；簡易早餐（早期大陸是指歐洲）

背完後檢查：請看中文說出英文，並拼出字母，把不認識的單字，於空格中做記號。

☐ 1. 堅持；要求 _____

☐ 2. 堅持的 _____

☐ 3. 堅持 _____

☐ 4. 堅持；持續 _____

☐ 5. 堅持的 _____

☐ 6. 堅持；持續 _____

☐ 7. 幫助 _____

☐ 8. 助手；幫助的 _____

☐ 9. 幫助 _____

☐ 10. 組成；在於 _____

☐ 11. 一致的 _____

☐ 12. 一致性；連續性 _____

☐ 13. 生存；活下去 _____

☐ 14. 生存；生活 _____

☐ 15. 存在；生存 _____

☐ 16. 出口；太平門 _____

☐ 17. 現在的；現行的 _____

☐ 18. 存在；生存 _____

☐ 19. 抵抗；反抗 _____

☐ 20. 抵抗的 _____

☐ 21. 抵抗 _____

☐ 22. 可抵抗的 _____

☐ 23. 無法抵抗的 _____

☐ 24. 組成；構成 _____

☐ 25. 憲法 _____

☐ 26. 憲法的 _____

☐ 27. 制定；機構 _____

☐ 28. 設立；制定 _____

☐ 29. 代替；代理人 _____

☐ 30. 代替 _____

☐ 31. 賣身；娼妓 _____

☐ 32. 賣淫 _____

☐ 33. 缺乏的；貧困的 _____

☐ 34. 貧困；缺乏 _____

☐ 35. 賠償 _____

☐ 36. 穩定的；馬棚 _____

☐ 37. 使穩定 _____

☐ 38. 穩定 _____

☐ 39. 舞台；階段 _____

☐ 40. 立場；觀點 _____

☐ 41. 情況；環境 _____

☐ 42. 按情況推測的 _____

☐ 43. 位置；火車站 _____

☐ 44. 固定的；不動的 _____

☐ 45. 文具；信紙 _____

☐ 46. 雕像 _____

☐ 47. 法令；法規 _____

☐ 48. 身材；身高 _____

☐ 49. 地位；身份 _____

☐ 50. 狀態；陳述 _____

□ 51. 壯觀的；高貴的 _____
□ 52. 陳述；聲明 _____
□ 53. 政治家 _____
□ 54. 政客 _____
□ 55. 最先進的 _____
□ 56. 地產 _____
□ 57. 房地產；不動產 _____
□ 58. 眞正的；不動產的 _____
□ 59. 事實 _____
□ 60. 不動產 _____
□ 61. 房地產經紀人 _____
□ 62. 恢復 _____
□ 63. 安裝 _____
□ 64. 攤位 _____
□ 65. 安裝 _____
□ 66. 分期付款 _____
□ 67. 命中註定 _____
□ 68. 命運 _____
□ 69. 目的地 _____
□ 70. 不變的；不停的 _____
□ 71. 遙遠的；遠離的 _____
□ 72. 距離 _____
□ 73. 立刻的 _____
□ 74. 立刻 _____
□ 75. 例子 _____
□ 76. 物質；實質 _____

□ 77. 實質的；相當多的 ____
□ 78. 證實；證明 _____
□ 79. 支撐；支持 _____
□ 80. 維持；保持 _____
□ 81. 維持；保持 _____
□ 82. 拘留；留住 _____
□ 83. 拘留 _____
□ 84. 達到；獲得 _____
□ 85. 可達到的 _____
□ 86. 保留 _____
□ 87. 包含 _____
□ 88. 容器 _____
□ 89. 滿足的；內容 _____
□ 90. 戒除；避免 _____
□ 91. 禁食；禁酒 _____
□ 92. 娛樂；款待 _____
□ 93. 娛樂；款待 _____
□ 94. 男高音；要旨 _____
□ 95. 任期；任職 _____
□ 96. 堅持 _____
□ 97. 堅持的；緊握的 ____
□ 98. 中尉 _____
□ 99. 場所 _____
□ 100. 大陸；洲 _____
□ 101. 大陸的 _____
□ 102. 歐式早餐 _____

最後再複習：下面單字按照字母序排列，請把還不認識的單字做一記號。
第一次不會，做個記號，第二次再不會，再做個記號。

| | | |
|---|---|---|
| abstain | exist | restitution |
| abstinence | existence | restore |
| assist | existent | retain |
| assistance | exit | stability |
| assistant | insist | stabilize |
| attain | insistence | stable |
| attainable | insistent | stage |
| circumstance | install | stall |
| circumstantial | installation | stance |
| consist | installment | state |
| consistence | instance | state of the art |
| consistent | instant | stately |
| constant | instantly | statement |
| constitute | institute | statesman |
| constitution | institution | station |
| constitutional | irresistible | stationary |
| contain | lieu | stationery |
| container | lieutenant | statue |
| content | maintain | stature |
| continent | maintenance | status |
| continental | persist | statute |
| continental breakfast | persistence | subsist |
| destination | persistent | subsistence |
| destine | politician | substance |
| destiny | prostitute | substantial |
| destitute | prostitution | substantiate |
| destitution | real | substitute |
| detain | real estate | substitution |
| detention | reality | sustain |
| distance | realtor | tenacious |
| distant | realty | tenacity |
| entertain | resist | tenor |
| entertainment | resistance | tenure |
| estate | resistant | |
| | resistible | |

背以前先檢查：請先看英文説出中文，把不認識的單字，於空格中做記號。

1. lecture
2. lecturer
3. lectern
4. elect
5. election
6. select
7. selection
8. collect
9. collection
10. recollect
11. recollection
12. intellect
13. intellectual
14. intelligent
15. intelligence
16. intelligible
17. neglect
18. neglectful
19. negligence
20. negligent
21. negligible
22. sacrilege
23. diligent
24. diligence
25. elegant

26. elegance
27. eligible
28. legend
29. legendary
30. legible
31. legion
32. region
33. legislate
34. legislation
35. legislative
36. legislator
37. legislature
38. legal
39. legitimate
40. illegal
41. illegitimate
42. allege
43. privilege
44. privileged
45. private
46. privacy
47. privately
48. privy
49. deprive
50. deprivation

☐ 51. version
☐ 52. versatile
☐ 53. vertical
☐ 54. vertigo
☐ 55. vortex
☐ 56. tornado
☐ 57. divorce
☐ 58. avert
☐ 59. averse
☐ 60. aversion
☐ 61. advert
☐ 62. inadvertently
☐ 63. inadvertence
☐ 64. advertise
☐ 65. advertisement
☐ 66. adverse
☐ 67. adversary
☐ 68. rival
☐ 69. arrival
☐ 70. adversity
☐ 71. subvert
☐ 72. subversion
☐ 73. subversive
☐ 74. introvert
☐ 75. extrovert
☐ 76. controvert
☐ 77. controversy

☐ 78. controversial
☐ 79. convert
☐ 80. conversion
☐ 81. convertible
☐ 82. converse
☐ 83. conversation
☐ 84. conversant
☐ 85. pervert[1]
☐ 86. pervert[2]
☐ 87. perversion
☐ 88. perverse
☐ 89. divert
☐ 90. diversion
☐ 91. diverse
☐ 92. diversify
☐ 93. diversity
☐ 94. revert
☐ 95. reversion
☐ 96. reverse
☐ 97. reversal
☐ 98. reversible
☐ 99. universe
☐ 100. traverse
☐ 101. invert
☐ 102. inversion
☐ 103. inverse

# 劉毅老師「英文字根串聯記憶班」筆記 ⑪

1. **lect** | **ure**〔ˈlɛktʃɚ〕*n., v.* 演講
read | *n., v.*

2. **lectur** | **er**〔ˈlɛktʃərɚ〕*n.* 講師；
人　　演講者

3. **lect** | **ern**〔ˈlɛktən〕*n.*（桌面傾斜
地　　　 的）講台
= **pod** | **ium**〔ˈpodɪəm〕
foot | 地
（腳站的地方）

4. **e** | **lect**〔ɪˈlɛkt , ə-〕*v.* 選擇
out | choose

5. **e** | **lect** | **ion**〔ɪˈlɛkʃən , ə-〕*n.* 選擇
*n.*

6. **se** | **lect**〔səˈlɛkt〕*v.* 選擇；挑選
apart | choose

7. **se** | **lect** | **ion**〔səˈlɛkʃən〕*n.*
選擇；精選品

8. **col** | **lect**〔kəˈlɛkt〕*v.* 收集
together | choose

9. **col** | **lect** | **ion**〔kəˈlɛkʃən〕*n.*
收集；收藏物

10. **re** | **collect**〔ˌrɛkəˈlɛkt〕*v.* 想起；
again | 收集　　　 記起
= recall
= remember

I don't *recollect* what you said.
我想不起你說過什麼。

11. **re** | **collection**〔ˌrɛkəˈlɛkʃən〕*n.*
記憶
I have no *recollection*.
= I don't remember.
我不記得。

12. **intel** | **lect**〔ˈɪntḷˌɛk〕*n.* 智力；
between | choose
理解力；知識份子（選擇善惡的能力）
He's a man of *intellect*.
他是一個才智出眾的人。

13. **intel** | **lect** | **ual**〔ˌɪntḷˈɛktʃʊəl〕
*adj.* 智力的；腦力的；需用智慧的
intellectual property rights
智慧產權
an intellectual novel　推理小說

14. = **intel** | **lig** | **ent**
between | choose | *adj.*
read
〔ɪnˈtɛlədʒənt〕*adj.* 有智力的；聰明的
an intelligent person　聰明人
‖
intellectual

15. **intel** | **lig** | **ence**〔ɪnˈtɛlədʒəns〕
between | read | *n.*
*n.* 智力；理解力；情報
intelligence test　智力測驗

16. **intel** | **lig** | **ible** ( ɪn'tɛlɪdʒəbl̩ )
between | read |

*adj.* 易理解的；易懂的

= understandable

Our lecture is very ***intelligible***
to all students.

我們的講課，所有學生很容易易聽懂。

| lect | } | choose 選擇 |
|------|---|-------------|
| leg  |   | = gather 收集 |
| lig  |   | read 閱讀 |

17. **neg** | **lect** ( nɪ'glɛkt ) *v.* 疏忽
not | choose

Business ***neglected*** is

business lost.

【諺】疏忽事業，就等於丟掉事業。

18. **neg** | **lect** | **ful** ( nɪ'glɛktfəl )
not | choose |
*adj.* 疏忽的

19. **neg** | **lig** | **ence** ( 'nɛglədʒəns ) *n.*
疏忽；過失

20. **neg** | **lig** | **ent** ( 'nɛglədʒənt ) *adj.*
疏忽的；忽略的

21. **neg** | **lig** | **ible** ( 'nɛglədʒəbl̩ ) *adj.*
可疏忽的；不重要的

22. **sacri** | **lege** ( 'sækrəlɪdʒ ) *n.* 褻瀆
sacred | choose
（聖物）；不尊敬神靈

Wearing a hat in a temple is a
***sacrilege***.

在廟裡戴帽子是對神的一種褻瀆。

23. **di** | **lig** | **ent** ( 'dɪlədʒənt ) *adj.*
apart | choose | 勤勉的
（一個一個分開選擇）

24. **di** | **lig** | **ence** ( 'dɪlədʒəns ) *n.* 勤勉

25. **e** | **leg** | **ant** ( 'ɛləgənt ) *adj.*
out | choose |
高雅的 = graceful

26. **e** | **leg** | **ance** ( 'ɛləgəns ) *n.* 高雅；
優雅

27. **e** | **lig** | **ible** ( 'ɛlɪdʒəbl̩ ) *adj.*
| 能~
合格的 = qualified

28. **leg** | **end** ( 'lɛdʒənd ) *n.* 傳奇；傳說
read | *n.*
（被人閱讀之物）

29. **legend** | **ary** ( 'lɛdʒənd,ɛrɪ ) *adj.*
*adj.* 傳說的；有名的

Her beauty is ***legendary***.

她的美麗是有名的。

30. **leg** | **ible** ( 'lɛdʒəbl̩ ) *adj.* 易讀的；
read | can | 清楚的
= easy to read = clear

The signature was still ***legible***.

簽名仍清晰可辨。

31. **leg** | **ion** ( 'lidʒən ) *n.* 軍隊；
choose | *n.* 古羅馬軍團
= army

32. **reg** | **ion** ( 'ridʒən ) *n.* 地區
rule |
（和 31 比較）

33. **legis｜late** 〔ˈlɛdʒɪsˏlet〕 *v.* 立法
　　law｜bring

```
leg
legis  } = law （法律）
lege
```

34. **legislat｜ion** 〔ˏlɛdʒɪsˈleʃən〕 *n.*
　　　　　｜*n.*　　　　　　　立法

35. **legislative** 〔ˈlɛdʒɪsˏletɪv〕 *adj.*
　　立法的

36. **legis｜lat｜or** 〔ˈlɛdʒɪsˏletɚ〕 *n.*
　　law｜bring｜人　　　　立法委員
　　= lawmaker 〔ˈlɔˏmekɚ〕

37. **legislature** 〔ˈlɛdʒɪsˏletʃɚ〕 *n.*
　　立法院

38. **leg｜al** 〔ˈligḷ〕 *adj.* 合法的
　　law｜

39. = **leg｜itim｜ate** 〔lɪˈdʒɪtəmɪt〕
　　law｜most｜*adj.*
　　*adj.* 合法的；正當的
　　= lawful

40. **il｜leg｜al** 〔ɪˈligḷ〕 *adj.* 不合法的

41. = **il｜leg｜itim｜ate**
　　〔ˏɪlɪˈdʒɪtəmɪt〕 *adj.* 非法的
　　= unlawful = under-the-table

42. **al｜lege** 〔əˈlɛdʒ〕 *v.* 斷言；宣稱
　　to｜law　　　　　　（宣稱合法）
　　= assert = declare

43. **privi｜lege** 〔ˈprɪvḷɪdʒ〕 *n.* 特權
　　private｜law
　　　　　　　　　*v.* 給予特權

```
priv
privi  } = private 私人的
prive
```

44. **privileged** 〔ˈprɪvḷɪdʒd〕 *adj.*
　　有特權的；幸運的
　　We are *privileged* to welcome
　　you as our speaker this evening.
　　我們榮幸地歡迎你今晚來演講。

45. **private** 〔ˈpraɪvɪt〕 *adj.* 私人的

46. **priv｜acy** 〔ˈpraɪvəsɪ〕 *n.* 隱私

47. **priv｜ately** 〔ˈpraɪvɪtlɪ〕 *adv.*
　　私下地

48. **privy** 〔ˈprɪvɪ〕 *adj.* 私下知情的
　　Only three people were *privy* to
　　the facts. 只有三人私下知情。
　　be privy to　知道 = be aware of

49. **de｜prive** 〔dɪˈpraɪv〕 *v.* 剝奪
　　from｜私人

50. **de｜priva｜tion** 〔ˏdɪprɪˈveʃən〕
　　*n.* 剝奪；損失 = loss
　　That is a great *deprivation*.
　　那可是一大損失。

51. **vers｜ion** 〔ˈvɝʒən , ˈvɝʃən〕 *n.*
　　turn｜*n.*　　　　譯本；版本；說法
　　the Chinese version　中譯本

52. **vers** | **atile** 〔'vɜsətḷ〕 *adj.*
    turn | 有能力的
    多才多藝的；多功能的
    She is a **versatile** teacher.
    她是個多才多藝的老師。

53. **vert** | **ical** 〔'vɜtɪkḷ〕 *adj.* 垂直的
    turn | *adj.* （垂直向下轉動）

54. **vert** | **igo** 〔'vɜtɪ,go〕 *n.* 頭暈
    turn | （= *dizziness*）

55. **vort** | **ex** 〔'vɔrtɛks〕 *n.* 旋風；漩渦
    | *n.*

56. **tor** | **nado** 〔tor'nedo〕 *n.* 龍捲風
    twist |
    扭曲 |
    Tornado is a type of **vortex**.
    龍捲風是一種旋風。

57. **di** | **vorce** 〔də'vɔrs〕 *n., v.* 離婚
    分開 | turn

| vert |
| vers | ⎫
| vort | ⎬ = turn（轉變；轉移；轉向）
| vorce | ⎭

58. **a** | **vert** 〔ə'vɜt〕 *v.* 防止；避開
    away | turn
    = turn away = **avoid** = prevent
    Many accidents can be **averted**
    by courtesy.
    禮讓可以避免許多事故。

59. **a** | **verse** 〔ə'vɜs〕 *adj.* 反對的；
    away | turn 不願意的；嫌惡的
    She is **averse** to coming.
    她不願來。

60. **a** | **version** 〔ə'vɜʒən, -ʃən〕 *n.*
    厭惡；討厭的人（事）
    I have an **aversion** to getting up
    early. 我很討厭早起。

61. **ad** | **vert** 〔əd'vɜt〕 *v.* 注意；談到
    to | turn （使注意力轉向）
    I **adverted** to the problem.
    我注意到了這個問題。

62. **in** | **advert** | **ent** | **ly**
    not | 注意 | *adj.* | *adv.*
    〔,ɪnəd'vɜtṇtlɪ〕 *adv.* 無意中；無意地
    = by accident
    I'm afraid I **inadvertently** took
    your bag when I left.
    我恐怕離開時，不小心拿了你的包包。

63. **in** | **advert** | **ence** 〔,ɪnəd'vɜtṇs〕
    not | 注意 | *n.*
    *n.* 不注意；疏失
    His error was a mere
    **inadvertence**.
    他的錯誤只是一時疏忽。

64. **ad** | **vert** | **ise** 〔'ædvɚ,taɪz〕 *v.*
    to | turn | make
    登廣告（使注意力轉向）

65. **ad** | **vert** | **ise** | **ment**
    | *v.* | *n.*
    〔,ædvɚ'taɪzmənt〕 *n.* 廣告
    = ad〔æd〕

66. **ad** **verse** (ˈædvɝs , ədˈvɝs ) *adj.*
　　 away　 turn
　　不利的；有害的；逆向的
　　adverse winds　逆風

67. **ad** **vers** **ary** (ˈædvɚˌsɛrɪ ) *n.*
　　　　　　人　　　對手；敵人

68. = **rival** (ˈraɪvḷ ) *n.* 對手

69. **ar** **rival** ( əˈraɪvḷ ) *n.* 到達
　　 ( 和 68 比較 )

70. **ad** **vers** **ity** ( ədˈvɝsətɪ ) *n.*
　　 away　 turn　　不幸；逆境；困境
　　*Adversity* reveals genius.
　　　　　　　顯出　　天才
　　窮而後工。逆境展露天才。

71. **sub** **vert** ( səbˈvɝt ) *v.* 推翻；
　　 under　 turn　　破壞 ( 下面人造反 )

72. **sub** **vers** **ion** ( səbˈvɝʃən ) *n.*
　　推翻；破壞

73. **sub** **vers** **ive** ( səbˈvɝsɪv ) *adj.*
　　顛覆性的；破壞的
　　subversive activities　顛覆活動

74. **intro** **vert** (ˈɪntrəˌvɝt ) *n.*
　　 within　 turn　　內向的人

75. **extro** **vert** (ˈɛkstroˌvɝt ) *n.*
　　 extra　 turn　　外向的人
　　outside

76. **contro** **vert** (ˈkɑntrəˌvɝt )
　　 against　 turn
　　*v.* 否認；反駁；辯論

77. **contro** **versy** (ˈkɑntrəˌvɝsɪ ) *n.*
　　 against　 turn　　辯論；爭論
　　( 注意重音 )

78. **contro** **vers** **ial**
　　 (ˌkɑntrəˈvɝʃəl ) *adj.* 有爭議的

79. **con** **vert** ( kənˈvɝt ) *v.* 轉變
　　 all　 turn
　　= change = transform

80. **con** **vers** **ion** ( kənˈvɝʒən ,
　　　　　　　　　　　*n.*
　　kənˈvɝʃən ) *n.* 轉變；轉換

81. **con** **vert** **ible** ( kənˈvɝtəbḷ )
　　　　 change　　能
　　*adj.* 可以改變的 = changeable
　　*n.* 活動頂篷式汽車；敞篷車

82. **con** **verse** ( kənˈvɝs ) *v.* 談話
　　 together　 turn　　　　( = *talk* )
　　We *conversed* for hours on the
　　phone. 我們在電話裡談了幾個小時。

83. **con** **vers** **ation**
　　 together　 turn
　　 (ˌkɑnvɚˈseʃən ) *n.* 會話

84. **con** **vers** **ant** (ˈkɑnvɚsṇt ) *adj.*
　　 all　 turn　 *adj.*　熟悉的；精通的
　　be conversant with　精通於
　　= be familiar with

85. **per** **vert**[1] ( pɚˈvɝt ) *v.*
　　 thoroughly　　　　曲解；歪曲
　　 非常
　　Don't *pervert* what I said.
　　= Don't get me wrong.
　　不要誤會我。

86. **per** | **vert**[2]〔'pɜvɜt〕*n.* 性變態者
（注意發音）

87. **per** | **vers** | **ion**〔pə'vɜʒən〕*n.*
曲解；變態

88. **per** | **verse**〔pə'vɜs〕*adj.*
thoroughly | turn　　任性的
= stubborn 頑固的
You are so **perverse**. 你很頑固。

89. **di** | **vert**〔daɪ'vɜt〕*v.* 使轉向；
apart | turn　　使改道
（= *turn in another direction*）

90. **di** | **vers** | **ion**〔daɪ'vɜʒən〕*n.*
　　　　*n.*　　轉向；改道

91. **di** | **verse**〔də'vɜs , daɪ-〕*adj.*
apart | turn
（分開一個個轉變）
不同的；各式各樣的

92. **divers** | **ify**〔də'vɜsə,faɪ , daɪ-〕*v.*
| make　　使多樣性

93. **divers** | **ity**〔də'vɜsətɪ , daɪ-〕*n.*
| *n.*　　多樣性
a great diversity of interests
多方面的興趣

94. **re** | **vert**〔rɪ'vɜt〕*v.* 恢復（原狀）；
back | turn　　回歸
We must **revert** to plan A.
我們必須回到 A 計畫。

95. **re** | **vers** | **ion**〔rɪ'vɜʒən ,
-'vɜʃən〕*n.* 倒退；回復；回歸

96. **re** | **verse**〔rɪ'vɜs〕*n.* 翻轉；
back | turn　　顛倒
後面　　　*adj.* 背面的；相反的
**Reverse** the chair. 把椅子翻過來。
**Reverse** the tape. 倒帶。
**Reverse** the car. 倒車。

97. **re** | **vers** | **al**〔rɪ'vɜsl̩〕*n.* 顛倒；
徹底轉變
a sudden reversal of policy
政策突然轉變

98. **re** | **vers** | **ible**〔rɪ'vɜsəbl̩〕*adj.*
可翻轉的；可兩面穿的
Some jackets are **reversible**.
有些外套可兩面穿。

99. **uni** | **verse**〔'junə,vɜs〕*n.* 宇宙；
one | turn　　全世界（繞地球旋轉）

100. **tra** | **verse**〔'trævəs , trə'vɜs〕*v.*
A→B　　橫越；橫過；橫渡；穿過
trans
We **traversed** the continent.
我們穿過大陸。

101. **in** | **vert**〔ɪn'vɜt〕*v.* 顛倒；
up | turn　　前後倒置
= reverse = turn upside down
= turn inside out

102. **in** | **vers** | **ion**〔ɪn'vɜʃən , -ʒən〕
*n.* 倒置；倒裝句（文法）
= reversal = opposite

103. **in** | **verse**〔ɪn'vɜs〕*adj.* 相反的
not | turn
= reverse = opposite = contrary

背完後檢查：請看中文説出英文，並拼出字母，把不認識的單字，於空格中做記號。

□ 1. 演講　＿＿＿＿＿＿

□ 2. 講師；演講者　＿＿＿＿＿

□ 3. 講台　＿＿＿＿＿＿

□ 4. 選擇　＿＿＿＿＿＿

□ 5. 選擇　＿＿＿＿＿＿

□ 6. 選擇；挑選　＿＿＿＿＿

□ 7. 選擇；精選品　＿＿＿＿

□ 8. 收集　＿＿＿＿＿＿

□ 9. 收集；收藏物　＿＿＿＿

□ 10. 想起；記起　＿＿＿＿＿

□ 11. 記憶　＿＿＿＿＿＿

□ 12. 智力；理解力　＿＿＿＿

□ 13. 智力的；腦力的　＿＿＿

□ 14. 有智力的　＿＿＿＿＿

□ 15. 智力；理解力　＿＿＿＿

□ 16. 易理解的　＿＿＿＿＿

□ 17. 疏忽　＿＿＿＿＿＿

□ 18. 疏忽的　＿＿＿＿＿

□ 19. 疏忽；過失　＿＿＿＿

□ 20. 疏忽的；忽略的　＿＿＿

□ 21. 可疏忽的　＿＿＿＿＿

□ 22. 褻瀆（聖物）　＿＿＿＿

□ 23. 勤勉的　＿＿＿＿＿

□ 24. 勤勉　＿＿＿＿＿＿

□ 25. 高雅的　＿＿＿＿＿

□ 26. 高雅；優雅　＿＿＿＿＿

□ 27. 合格的　＿＿＿＿＿＿

□ 28. 傳奇；傳說　＿＿＿＿＿

□ 29. 傳說的；有名的　＿＿＿

□ 30. 易讀的；清楚的　＿＿＿

□ 31. 軍隊；古羅馬軍團　＿＿

□ 32. 地區　＿＿＿＿＿＿

□ 33. 立法　＿＿＿＿＿＿

□ 34. 立法　＿＿＿＿＿＿

□ 35. 立法的　＿＿＿＿＿＿

□ 36. 立法委員　＿＿＿＿＿

□ 37. 立法院　＿＿＿＿＿＿

□ 38. 合法的　＿＿＿＿＿＿

□ 39. 合法的；正當的　＿＿＿

□ 40. 不合法的　＿＿＿＿＿

□ 41. 非法的　＿＿＿＿＿＿

□ 42. 斷言；宣稱　＿＿＿＿＿

□ 43. 特權；給予特權　＿＿＿

□ 44. 有特權的　＿＿＿＿＿

□ 45. 私人的　＿＿＿＿＿＿

□ 46. 隱私　＿＿＿＿＿＿

□ 47. 私下地　＿＿＿＿＿＿

□ 48. 私下知情的　＿＿＿＿

□ 49. 剝奪　＿＿＿＿＿＿

□ 50. 剝奪；損失　＿＿＿＿＿

- [ ] 51. 譯本；版本 _____
- [ ] 52. 多才多藝的 _____
- [ ] 53. 垂直的 _____
- [ ] 54. 頭暈 _____
- [ ] 55. 旋風；漩渦 _____
- [ ] 56. 龍捲風 _____
- [ ] 57. 離婚 _____
- [ ] 58. 防止；避開 _____
- [ ] 59. 反對的；不願意的 _____
- [ ] 60. 厭惡 _____
- [ ] 61. 注意；談到 _____
- [ ] 62. 無意中；無意地 _____
- [ ] 63. 不注意；疏失 _____
- [ ] 64. 登廣告 _____
- [ ] 65. 廣告 _____
- [ ] 66. 不利的；有害的 _____
- [ ] 67. 對手；敵人 _____
- [ ] 68. 對手 _____
- [ ] 69. 到達 _____
- [ ] 70. 不幸；逆境 _____
- [ ] 71. 推翻；破壞 _____
- [ ] 72. 推翻；破壞 _____
- [ ] 73. 顛覆性的；破壞的 _____
- [ ] 74. 內向的人 _____
- [ ] 75. 外向的人 _____
- [ ] 76. 否認；反駁 _____
- [ ] 77. 辯論；爭論 _____
- [ ] 78. 有爭議的 _____
- [ ] 79. 轉變 _____
- [ ] 80. 轉變；轉換 _____
- [ ] 81. 可以改變的；敞篷車 _____
- [ ] 82. 談話 _____
- [ ] 83. 會話 _____
- [ ] 84. 熟悉的；精通的 _____
- [ ] 85. 曲解；歪曲 _____
- [ ] 86. 性變態者 _____
- [ ] 87. 曲解；變態 _____
- [ ] 88. 任性的 _____
- [ ] 89. 使轉向；使改道 _____
- [ ] 90. 轉向；改道 _____
- [ ] 91. 不同的 _____
- [ ] 92. 使多樣性 _____
- [ ] 93. 多樣性 _____
- [ ] 94. 恢復；回歸 _____
- [ ] 95. 倒退；回復 _____
- [ ] 96. 翻轉；背面的 _____
- [ ] 97. 顛倒；徹底轉變 _____
- [ ] 98. 可翻轉的 _____
- [ ] 99. 宇宙；全世界 _____
- [ ] 100. 橫越；橫過 _____
- [ ] 101. 顛倒；前後倒置 _____
- [ ] 102. 倒置；倒裝句 _____
- [ ] 103. 相反的 _____

最後再複習：下面單字按照字母序排列，請把還不認識的單字做一記號。
第一次不會，做個記號，第二次再不會，再做個記號。

☐☐ adversary
☐☐ adverse
☐☐ adversity
☐☐ advert
☐☐ advertise
☐☐ advertisement
☐☐ allege
☐☐ arrival
☐☐ averse
☐☐ aversion
☐☐ avert
☐☐ collect
☐☐ collection
☐☐ controversial
☐☐ controversy
☐☐ controvert
☐☐ conversant
☐☐ conversation
☐☐ converse
☐☐ conversion
☐☐ convert
☐☐ convertible
☐☐ deprivation
☐☐ deprive
☐☐ diligence
☐☐ diligent
☐☐ diverse
☐☐ diversify
☐☐ diversion
☐☐ diversity
☐☐ divert
☐☐ divorce
☐☐ elect
☐☐ election
☐☐ elegance

☐☐ elegant
☐☐ eligible
☐☐ extrovert
☐☐ illegal
☐☐ illegitimate
☐☐ inadvertence
☐☐ inadvertently
☐☐ intellect
☐☐ intellectual
☐☐ intelligence
☐☐ intelligent
☐☐ intelligible
☐☐ introvert
☐☐ inverse
☐☐ inversion
☐☐ invert
☐☐ lectern
☐☐ lecture
☐☐ lecturer
☐☐ legal
☐☐ legend
☐☐ legendary
☐☐ legible
☐☐ legion
☐☐ legislate
☐☐ legislation
☐☐ legislative
☐☐ legislator
☐☐ legislature
☐☐ legitimate
☐☐ neglect
☐☐ neglectful
☐☐ negligence
☐☐ negligent
☐☐ negligible

☐☐ perverse
☐☐ perversion
☐☐ pervert[1]
☐☐ pervert[2]
☐☐ privacy
☐☐ private
☐☐ privately
☐☐ privilege
☐☐ privileged
☐☐ privy
☐☐ recollect
☐☐ recollection
☐☐ region
☐☐ reversal
☐☐ reverse
☐☐ reversible
☐☐ reversion
☐☐ revert
☐☐ rival
☐☐ sacrilege
☐☐ select
☐☐ selection
☐☐ subversion
☐☐ subversive
☐☐ subvert
☐☐ tornado
☐☐ traverse
☐☐ universe
☐☐ versatile
☐☐ version
☐☐ vertical
☐☐ vertigo
☐☐ vortex

# 英文字根串聯單字記憶比賽 ⑫

背以前先檢查：請先看英文說出中文，把不認識的單字，於空格中做記號。

1. sign
2. mark
3. symbol
4. signal
5. signify
6. indicate
7. significant
8. significance
9. assign
10. appoint
11. distribute
12. tribute
13. distribution
14. contribute
15. contribution
16. attribute
17. attribution
18. retribution
19. assignment
20. consign
21. design
22. designed
23. designer
24. designate
25. ensign
26. flag
27. banner
28. insignia
29. badge
30. resign
31. resigned
32. resignation
33. include
34. inclusion
35. inclusive
36. exclude
37. exclusion
38. exclusive
39. conclude
40. conclusion
41. conclusive
42. decisive
43. seclude
44. secluded
45. seclusion
46. preclude
47. preclusion
48. recluse
49. hermit
50. reclusive

- [ ] 51. occlude
- [ ] 52. close
- [ ] 53. closure
- [ ] 54. disclose
- [ ] 55. disclosure
- [ ] 56. enclose
- [ ] 57. closet
- [ ] 58. clause
- [ ] 59. claustrophobia
- [ ] 60. phobia
- [ ] 61. acrophobia
- [ ] 62. acrobatics
- [ ] 63. aerobatics
- [ ] 64. aerobics
- [ ] 65. hydrophobia
- [ ] 66. hydrogen
- [ ] 67. oxygen
- [ ] 68. hydrant
- [ ] 69. hydroelectric
- [ ] 70. oxyhydrogen
  blowpipe
- [ ] 71. generate
- [ ] 72. generator
- [ ] 73. generation
- [ ] 74. engender
- [ ] 75. gender
- [ ] 76. regenerate

- [ ] 77. degenerate
- [ ] 78. genius
- [ ] 79. ingenious
- [ ] 80. ingenuous
- [ ] 81. genuine
- [ ] 82. gentle
- [ ] 83. pregnant
- [ ] 84. gene
- [ ] 85. genealogy
- [ ] 86. genetics
- [ ] 87. generic
- [ ] 88. specific
- [ ] 89. generality
- [ ] 90. generous
- [ ] 91. genial
- [ ] 92. congenial
- [ ] 93. genesis
- [ ] 94. crisis
- [ ] 95. oasis
- [ ] 96. progenitor
- [ ] 97. progeny
- [ ] 98. genteel
- [ ] 99. genocide
- [ ] 100. suicide
- [ ] 101. decide
- [ ] 102. insecticide
- [ ] 103. insect

# 劉毅老師「英文字根串聯記憶班」筆記 ⑫

1. <u>**sign**</u> ﹝ saɪn ﹞ *n.* 記號
   *v.* 簽字 = autograph

2. = <u>**mark**</u> ﹝ mɑrk ﹞ *n.* 記號；符號

3. = <u>**symbol**</u> ﹝ˈsɪmbḷ﹞ *n.* 記號；象徵

4. = <u>**signal**</u> ﹝ˈsɪgnḷ﹞ *n.* 信號

5. <u>**signi**</u>﹕**fy** ﹝ˈsɪgnə͵faɪ﹞ *v.* 表示
   信號 ﹕make

6. = **in** ﹕**dic** ﹕**ate** ﹝ˈɪndə͵ket﹞ *v.* 表明
   向 ﹕say ﹕*v.*　　　　( = *show* )

7. <u>**sign**</u> ﹕**ific** ﹕**ant** ﹝ sɪgˈnɪfəkənt ﹞
   sign ﹕do ﹕*adj.*　　*adj.* 有意義的

8. <u>**sign**</u> ﹕**ific** ﹕**ance** ﹝ sɪgˈnɪfəkəns ﹞
   sign ﹕do ﹕*n.*　　*n.* 重要；含意
   = importance

9. **as**﹕<u>**sign**</u> ﹝ əˈsaɪn ﹞ *v.* 指定；分配
   to ﹕　　　　　( 簽字給 )

10. = **ap**﹕**point** ﹝ əˈpɔɪnt ﹞ *v.* 指定
    向 ﹕點

11. = **dis** ﹕<u>**tribute**</u> ﹝ dɪˈstrɪbjut ﹞ *v.*
    apart﹕give　　　　　　分配

12. <u>**tribute**</u> ﹝ˈtrɪbjut﹞ *n.* 貢物；貢金；
    貢獻

13. **distribution** ﹝͵dɪstrəˈbjuʃən﹞ *n.*
    分配

14. **con**﹕<u>**tribute**</u> ﹝ kənˈtrɪbjut ﹞ *v.*
    all ﹕give　　　　　　　貢獻

15. **contribution** ﹝͵kɑntrəˈbjuʃən﹞
    *n.* 貢獻

16. **at**﹕<u>**tribute**</u> ﹝ əˈtrɪbjut ﹞ *v.* 歸因於
    to ﹕give
    ⎰ attribute…to　把…歸因於
    ⎱ = ascribe…to
    ⎱ = refer…to

17. **at**﹕<u>**tribut**</u>﹕**ion** ﹝͵ætrəˈbjuʃən﹞
    *n.* 歸因；歸屬

    at〇→ *tribute* ←dis
    com　　　　　　re

18. **re**﹕<u>**tribut**</u>﹕**ion** ﹝͵rɛtrəˈbjuʃən﹞
    back﹕pay ﹕　　*n.* 報應；懲罰
    = punishment
    = an eye for an eye
    retribute ﹝ rɪˈtrɪbjut ﹞ *v.* 償還( 少用 )

19. <u>**as**</u>﹕<u>**sign**</u>﹕**ment** ﹝ əˈsaɪnmənt ﹞ *n.*
    任務；課外作業

20. **con**﹕<u>**sign**</u> ﹝ kənˈsaɪn ﹞ *v.* 委託
    together﹕　　　　( = *commit* )
    I will consign this child to your
    school.

21. **de** | **sign** ( dɪˈzaɪn ) v. 設計
down |　　　（設計好在下面簽名）

22. **designed** ( dɪˈzaɪnd ) adj.
有計劃的；故意的

23. **designer** ( dɪˈzaɪnɚ ) n. 設計家；
陰謀者

24. **de** | **sign** | **ate** (ˈdɛzɪɡˌnet ) v.
加強 | mark |　指出；表明；指定
　　 | 記號 |
= point out
= indicate
= assign
We must *designate* a group
leader. 我們必須指定一個團隊領導。

25. **en** | **sign** ( ˈɛnsn̩ ) n. 旗；軍旗
　　 | mark
　　　　　　（注意發音）

26. = **flag** ( flæg ) n. 旗

27. = **banner** (ˈbænɚ ) n. 旗幟；橫幅

28. **in** | **sign** | **ia** ( ɪnˈsɪgnɪə ) n. pl.
加強 |　　 | 物　徽章；標誌

29. = **badge** ( bædʒ ) n. 徽章

30. **re** | **sign** ( rɪˈzaɪn ) v. 辭職；順從
again |

31. **re** | **sign** | **ed** ( rɪˈzaɪnd ) adj.
已辭職的；順從的

32. **re** | **sign** | **ation** (ˌrɛzɪgˈneʃən )
n. 辭職；順從

33. **in** | **clude** ( ɪnˈklud ) v. 包括；
in | close　　包含

34. **in** | **clus** | **ion** ( ɪnˈkluʒən ) n.
包括；包含

35. **in** | **clus** | **ive** ( ɪnˈklusɪv ) adj.
包含在內的；包括一切費用在內的
an inclusive tour
包括一切費用的旅遊

36. **ex** | **clude** ( ɪkˈsklud ) v. 不包括；
out | close　　把…排除在外

37. **ex** | **clus** | **ion** ( ɪkˈskluʒən ) n.
排除在外

38. **exclusive** ( ɪkˈsklusɪv ) adj.
排外的；獨家的
The hotel charges $100 a day,
*exclusive of* breakfast.
飯店每天收費 100 元，不包括早餐。
*inclusive of* breakfast
含早餐（文寶 191 獨立片語）

39. **con** | **clude** ( kənˈklud ) v.
all | close　　作出結論；斷定

40. **con** | **clus** | **ion** ( kənˈkluʒən ) n.
結論

41. **con** | **clus** | **ive** ( kənˈklusɪv )
adj. 決定性的

42. = **decisive** ( dɪˈsaɪsɪv ) adj.
決定性的；堅決的

43. **se** | **clude**〔 sɪ'klud 〕v. 隱居
apart | close
分開地

44. **se** | **cluded**〔 sɪ'kludɪd 〕adj.
apart
隔離的；僻靜的；不受打擾的

45. **se** | **clus** | **ion**〔 sɪ'kluʒən 〕n.
apart | close | n.　　　　　隱居
He now lives in *seclusion*.
他現在過隱居的生活。

46. **pre** | **clude**〔 prɪ'klud 〕v. 排除
before
( = *exclude* )；阻止 ( = *prevent* )

47. **pre** | **clus** | **ion**〔 prɪ'kluʒən 〕n.
排除；阻止

48. **recluse**〔 rɪ'klus 〕n. 隱居者
〔'rɛklus 〕( 美國人唸 )

49. = **hermit**〔'hɝmɪt 〕n. 隱士

50. **re** | **clus** | **ive**〔 rɪ'klusɪv 〕adj.
back | close　　　　　　隱居的
* *reclude* ( × )

51. **oc** | **clude**〔 ə'klud 〕v. 封閉；
over | close　　　　　　堵塞
The water pipe is *occluded*.

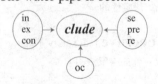

52. **close**〔 kloz 〕v. 關閉

53. **closure**〔'kloʒɚ 〕n. 封閉

close
cluse
clude　　= close　關閉
clause

54. **dis** | **close**〔 dɪs'kloz 〕v. 揭發；
not　　　　　　　　洩漏
= reveal = open
= expose

55. **dis** | **clos** | **ure**〔 dɪs'kloʒɚ 〕n.
　　　　　　　　n.　　揭發；洩漏

56. **en** | **close**〔 ɪn'kloz 〕v. 圍繞；
in　　　　　　　　隨函附上

57. **clos** | **et**〔'klɑzɪt 〕n. 壁櫥；小房間
　　　　小

58. **clause**〔 klɔz 〕n. 子句；條款

59. **claustro** | **phobia**
close | fear
〔ˌklɔstrə'fobɪə 〕n. 幽閉恐懼症

60. **phobia**〔'fobɪə 〕n. 恐懼症
I have a *phobia* of cold food.
　　　　　　‖
　　　　　fear
我害怕冷的食物。

61. **acro** | **phobia**〔ˌækrə'fobɪə 〕n.
high | fear　　　　　懼高症
= fear of high places

62. **acro** **bat** **ics** 〔͵ækrə'bætɪks〕 *n.*
high ┊ walk ┊ *n.*
雜技表演；特技飛行表演

63. **aero** ┊ **bat** ┊ **ics** 〔͵ɛrə'bætɪks〕 *n.*
in the air ┊ walk ┊ 特技飛行表演

64. **aero** ┊ **bi** ┊ **cs** 〔ɛ'robɪks〕 *n.*
in the air ┊ bio ┊ 有氧運動
do aerobics　做有氧運動

65. **hydro** **phobia** 〔͵haɪdrə'fobɪə〕
water ┊ *n.* 狂犬病；恐水症
＊50%－80%的狂犬病，無法吞嚥。

66. **hydro** ┊ **gen** 〔'haɪdrədʒən〕 *n.*
water ┊ produce 氫；氫氣

67. **oxy** ┊ **gen** 〔'ɑksədʒən〕 *n.* 氧；
氧 ┊ produce 氧氣

68. **hydr** ┊ **ant** 〔'haɪdrənt〕 *n.* 消防栓；
water ┊ *n.* 給水栓
＝ fire hydrant

69. **hydroelectric**
〔͵haɪdroɪ'lɛktrɪk〕 *adj.* 水力發電的
a hydroelectric plant　水力發電廠

70. **oxy** ┊ **hydro** ┊ **gen blowpipe**
┊ ┊ produce
〔͵ɑksɪ'haɪdrədʒən 'blo͵paɪp〕
氫氧吹管

| gen | } produce 產生 |
|---|---|
| gener | = birth 出生 |
| gender | } race 種族；(動、植物) 種類 |

71. **gener** **ate** 〔'dʒɛnə͵ret〕 *v.* 產生
produce ┊ *v.*

72. **gener** ┊ **ator** 〔'dʒɛnə͵retɚ〕 *n.*
發電機

73. **gener** ┊ **ation** 〔͵dʒɛnə'reʃən〕 *n.*
產生；一代

74. **en** ┊ **gender** 〔ɪn'dʒɛndɚ〕 *v.*
make ┊ 產生；引起
＝ generate ＝ cause
Pity *engenders* love.
憐憫產生愛情。

75. **gender** 〔'dʒɛndɚ〕 *n.* 性別

76. **re** ┊ **generate** 〔rɪ'dʒɛnə͵ret〕 *v.*
again ┊ 再生；重生

77. **de** ┊ **generate** 〔dɪ'dʒɛnə͵ret〕 *v.*
down ┊ 衰退；退化；變壞
The economy is *degenerating*.
經濟變壞。

78. **genius** 〔'dʒinjəs〕 *n.* 天才
（天才是天生的）
You are a *genius*.

79. **in** ┊ **gen** ┊ **ious** 〔ɪn'dʒinjəs〕 *adj.*
in ┊ 出生 ┊
有創意的；有發明天才的；( 巧妙的；
新奇的；別出心裁的 )
Your plan is *ingenious*.
‖
creative　有創意的

80. **in** | **gen** | **uous**〔ɪn'dʒɛnjuəs〕*adj.*
    in | 出生 | *adj.*　　單純的；直率的
    You're too *ingenuous*.
    你太老實了。

81. **gen** | **u** | **ine**〔'dʒɛnjuɪn〕*adj.*
    birth | | *adj.*　　眞的；純血統的
    = real
    = true
    = authentic

82. **gen** | **tle**〔'dʒɛntl̩〕*adj.* 溫和的
    birth |
    = mild
    = soft
    = tender
    All men are good at birth.
    人之初，性本善。

83. **pre** | **gn** | **ant**〔'prɛgnənt〕*adj.*
    before | birth | *adj.*
    　　　　　　　　懷孕的

84. **gene**〔dʒin〕*n.* 基因；遺傳因子

85. **gene** | **a** | **logy**〔,dʒinɪ'ælədʒɪ〕*n.*
    birth | | study
    　　　　　　家譜；家譜學

86. **gene** | **tics**〔dʒə'nɛtɪks〕*n.* 遺傳學
    birth |　　　　　　　　學

87. **gene** | **ric**〔dʒə'nɛrɪk〕*adj.* 一般的
    = general
    = common

88. ↔ **specific**〔spə'sɪfɪk〕*adj.*
    特殊的 = special

I prefer *generic* products over *specific* <u>brand names</u>.
　　　　　　　　　　　名牌
我較喜歡普通商品，不喜歡特別品牌。

89. **gener** | **ality**〔,dʒɛnə'rælətɪ〕*n.*
    birth |
    　　　　　　　一般性；概論
    （出生全部屬於一般性）

90. **gener** | **ous**〔'dʒɛnərəs〕*adj.*
    birth |
    　　　　　　　　　　大方的

91. **gen** | **ial**〔'dʒinjəl〕*adj.* 親切的；
    和藹的
    = friendly
    = kindly
    = pleasant
    = cheerful

92. **con** | **gen** | **ial**〔kən'dʒinjəl〕
    together |
    　*adj.* 合得來的；意氣相投的
    （大家和藹可親在一起）
    = agreeable
    We are *congenial* partners.
    我們合得來。

93. **gene** | **sis**〔'dʒɛnəsɪs〕*n.* 起源；
    birth | *n.*　　　　　創始
    We cannot explain the *genesis* of the universe.
    我們無法解釋宇宙的起源。

94. **cri** | **sis**〔'kraɪsɪs〕*n.* 危機
    cry | *n.*

95. <u>oa</u> ¦ <u>sis</u> 〔 oˈesɪs 〕 *n.* 綠洲
       ¦ *n.*

96. **pro** ¦ **gen** ¦ **itor** 〔 proˈdʒɛnətɚ 〕
  forward¦ 出生 ¦ 人
  向前 ¦ 父母親
  （ 向父母的前面看 ）
  *n.* 祖先；前輩

97. ↔ **pro** ¦ **geny** 〔ˈprɑdʒənɪ 〕 *n.*
    forward¦ 產生
  今後，向將來        子孫；輩
  （ 今後不段出生 ）
  He is my *progenitor*.
  他是我的前輩。
  I'm his *progeny*.   我是他的晚輩。

98. **gen** ¦ **teel** 〔 dʒɛnˈtil 〕 *adj.*
  出生¦
                有教養的
  = polite
  = well-mannered

He came from a *genteel* family.
他出身於有教養的家庭。.

99. **geno** ¦ **cide** 〔ˈdʒɛnəˌsaɪd 〕 *n.*
   race ¦ cut
  集體大屠殺；種族滅絕

100. **sui** ¦ **cide** 〔ˈsuəˌsaɪd 〕 *n.* 自殺
    self ¦ cut

101. **de** ¦ **cide** 〔 dɪˈsaɪd 〕 *v.* 決定
   away ¦ cut

102. **insect** ¦ **i** ¦ **cide** 〔 ɪnˈsɛktəˌsaɪd 〕
       ¦ ¦ cut
                   *n.* 殺蟲劑

103. **insect** 〔ˈɪnsɛkt 〕 *n.* 昆蟲

【劉毅老師的話】

    本書另附有實況教學 DVD，看了再背效果更佳。

背完後檢查：請看中文說出英文，並拼出字母，把不認識的單字，於空格中做記號。

| | | | |
|---|---|---|---|
| □ 1. 記號；簽字 _____ | □ 26. 旗 _____ |
| □ 2. 記號；符號 _____ | □ 27. 旗幟；橫幅 _____ |
| □ 3. 記號；象徵 _____ | □ 28. 徽章；標誌 _____ |
| □ 4. 信號 _____ | □ 29. 徽章 _____ |
| □ 5. 表示 _____ | □ 30. 辭職；順從 _____ |
| □ 6. 表明 _____ | □ 31. 已辭職的 _____ |
| □ 7. 有意義的 _____ | □ 32. 辭職；順從 _____ |
| □ 8. 重要；含意 _____ | □ 33. 包括；包含 _____ |
| □ 9. 指定；分配 _____ | □ 34. 包括；包含 _____ |
| □ 10. 指定 _____ | □ 35. 包含在內的 _____ |
| □ 11. 分配 _____ | □ 36. 不包括 _____ |
| □ 12. 貢物；貢金 _____ | □ 37. 排除在外 _____ |
| □ 13. 分配 _____ | □ 38. 排外的；獨家的 _____ |
| □ 14. 貢獻 _____ | □ 39. 作出結論；斷定 _____ |
| □ 15. 貢獻 _____ | □ 40. 結論 _____ |
| □ 16. 歸因於 _____ | □ 41. 決定性的 _____ |
| □ 17. 歸因；歸屬 _____ | □ 42. 決定性的；堅決的 _____ |
| □ 18. 報應；懲罰 _____ | □ 43. 隱居 _____ |
| □ 19. 任務；課外作業 _____ | □ 44. 隔離的；僻靜的 _____ |
| □ 20. 委託 _____ | □ 45. 隱居 _____ |
| □ 21. 設計 _____ | □ 46. 排除 _____ |
| □ 22. 有計劃的 _____ | □ 47. 排除；阻止 _____ |
| □ 23. 設計家；陰謀者 _____ | □ 48. 隱居者 _____ |
| □ 24. 指出；表明 _____ | □ 49. 隱士 _____ |
| □ 25. 旗；軍旗 _____ | □ 50. 隱居的 _____ |

☐ 51. 封閉；堵塞 ＿＿＿＿＿

☐ 52. 關閉 ＿＿＿＿＿

☐ 53. 封閉 ＿＿＿＿＿

☐ 54. 揭發；洩漏 ＿＿＿＿＿

☐ 55. 揭發；洩漏 ＿＿＿＿＿

☐ 56. 圍繞；隨函附上 ＿＿＿＿＿

☐ 57. 壁櫥；小房間 ＿＿＿＿＿

☐ 58. 子句；條款 ＿＿＿＿＿

☐ 59. 幽閉恐懼症 ＿＿＿＿＿

☐ 60. 恐懼症 ＿＿＿＿＿

☐ 61. 懼高症 ＿＿＿＿＿

☐ 62. 雜技表演 ＿＿＿＿＿

☐ 63. 特技飛行表演 ＿＿＿＿＿

☐ 64. 有氧運動 ＿＿＿＿＿

☐ 65. 狂犬病；恐水症 ＿＿＿＿＿

☐ 66. 氫；氫氣 ＿＿＿＿＿

☐ 67. 氧；氧氣 ＿＿＿＿＿

☐ 68. 消防栓；給水栓 ＿＿＿＿＿

☐ 69. 水力發電的 ＿＿＿＿＿

☐ 70. 氫氧吹管 ＿＿＿＿＿

☐ 71. 產生 ＿＿＿＿＿

☐ 72. 發電機 ＿＿＿＿＿

☐ 73. 產生；一代 ＿＿＿＿＿

☐ 74. 產生；引起 ＿＿＿＿＿

☐ 75. 性別 ＿＿＿＿＿

☐ 76. 再生；重生 ＿＿＿＿＿

☐ 77. 衰退；退化 ＿＿＿＿＿

☐ 78. 天才 ＿＿＿＿＿

☐ 79. 有創意的 ＿＿＿＿＿

☐ 80. 單純的；直率的 ＿＿＿＿＿

☐ 81. 眞的；純血統的 ＿＿＿＿＿

☐ 82. 溫和的 ＿＿＿＿＿

☐ 83. 懷孕的 ＿＿＿＿＿

☐ 84. 基因；遺傳因子 ＿＿＿＿＿

☐ 85. 家譜；家譜學 ＿＿＿＿＿

☐ 86. 遺傳學 ＿＿＿＿＿

☐ 87. 一般的 ＿＿＿＿＿

☐ 88. 特殊的 ＿＿＿＿＿

☐ 89. 一般性；概論 ＿＿＿＿＿

☐ 90. 大方的 ＿＿＿＿＿

☐ 91. 親切的；和藹的 ＿＿＿＿＿

☐ 92. 合得來的 ＿＿＿＿＿

☐ 93. 起源；創始 ＿＿＿＿＿

☐ 94. 危機 ＿＿＿＿＿

☐ 95. 綠洲 ＿＿＿＿＿

☐ 96. 祖先；前輩 ＿＿＿＿＿

☐ 97. 子孫；輩 ＿＿＿＿＿

☐ 98. 有敎養的 ＿＿＿＿＿

☐ 99. 集體大屠殺 ＿＿＿＿＿

☐ 100. 自殺 ＿＿＿＿＿

☐ 101. 決定 ＿＿＿＿＿

☐ 102. 殺蟲劑 ＿＿＿＿＿

☐ 103. 昆蟲 ＿＿＿＿＿

最後再複習：下面單字按照字母序排列，請把還不認識的單字做一記號。
第一次不會，做個記號，第二次再不會，再做個記號。

| □□ acrobatics | □□ enclose | □□ insect |
| □□ acrophobia | □□ engender | □□ insecticide |
| □□ aerobatics | □□ ensign | □□ insignia |
| □□ aerobics | □□ exclude | □□ mark |
| □□ appoint | □□ exclusion | □□ oasis |
| □□ assign | □□ exclusive | □□ occlude |
| □□ assignment | □□ flag | □□ oxygen |
| □□ attribute | □□ gender | □□ oxyhydrogen |
| □□ attribution | □□ gene | blowpipe |
| □□ badge | □□ genealogy | □□ phobia |
| □□ banner | □□ generality | □□ preclude |
| □□ clause | □□ generate | □□ preclusion |
| □□ claustrophobia | □□ generation | □□ pregnant |
| □□ close | □□ generator | □□ progenitor |
| □□ closet | □□ generic | □□ progeny |
| □□ closure | □□ generous | □□ recluse |
| □□ conclude | □□ genesis | □□ reclusive |
| □□ conclusion | □□ genetics | □□ regenerate |
| □□ conclusive | □□ genial | □□ resign |
| □□ congenial | □□ genius | □□ resignation |
| □□ consign | □□ genocide | □□ resigned |
| □□ contribute | □□ genteel | □□ retribution |
| □□ contribution | □□ gentle | □□ seclude |
| □□ crisis | □□ genuine | □□ secluded |
| □□ decide | □□ hermit | □□ seclusion |
| □□ decisive | □□ hydrant | □□ sign |
| □□ degenerate | □□ hydroelectric | □□ signal |
| □□ design | □□ hydrogen | □□ significance |
| □□ designate | □□ hydrophobia | □□ significant |
| □□ designed | □□ include | □□ signify |
| □□ designer | □□ inclusion | □□ specific |
| □□ disclose | □□ inclusive | □□ suicide |
| □□ disclosure | □□ indicate | □□ symbol |
| □□ distribute | □□ ingenious | □□ tribute |
| □□ distribution | □□ ingenuous | |

# Required Synonyms 10-12

1. **existent**〔ɪgˈzɪstənt〕*adj.*
   現在的;現行的
   - = in existence(皆為 in 的片語)
   - = in operation

   - = existing〔ɪgˈzɪstɪŋ〕
   - = living〔ˈlɪvɪŋ〕
   - = prevailing〔prɪˈvelɪŋ〕
     (皆為 ing 結尾)

   - = current〔ˈkɜənt〕
   - = present〔ˈprɛznt〕
     (皆為 ent 結尾)

2. **destitute**〔ˈdɛstəˌtjut〕*adj.*
   ①貧窮的  ②缺乏的<*of*>
   - ① = poor〔pʊr〕(前兩者 p 開頭)
     - = penniless〔ˈpɛnɪlɪs〕
     - = needy〔ˈnidɪ〕

     - = impoverished(前兩者 i 開頭)〔ɪmˈpɑvərɪʃt〕
     - = indigent〔ˈɪndədʒənt〕
     - = distressed〔dɪˈstrɛst〕

   - ② = lacking in(皆接 in 的片語)
     - = wanting in
     - = deficient in

     - = in need of(皆接 of 的片語)
     - = deprived of
     - = devoid of

3. **diligent**〔ˈdɪlədʒənt〕*adj.* 勤勉的
   - = hard-working(ing 結尾)〔ˌhɑrdˈwɜkɪŋ〕
   - = painstaking〔ˈpɛnzˌtekɪŋ〕

   - = laborious〔ləˈborɪəs〕
   - = studious〔ˈstjudɪəs〕
   - = industrious〔ɪnˈdʌstrɪəs〕
     (ious 結尾)

   - = assiduous〔əˈsɪdʒuəs〕
   - = sedulous〔ˈsɛdʒələs〕
     (ous 結尾)

4. **inadvertently**〔ˌɪnədˈvɜtntlɪ〕
   *adv.* 無意中;無意地
   - = unintentionally〔ˌʌnɪnˈtɛnʃənəlɪ〕
   - = unwittingly〔ʌnˈwɪtɪŋlɪ〕
   - = unknowingly〔ʌnˈno·ɪŋlɪ〕
   - = accidentally〔ˌæksəˈdɛntlɪ〕
     (前三皆為 un 開頭)

   - = by accident(皆 by 開頭)
   - = by mistake

背以前先檢查：請先看英文說出中文，把不認識的單字，於空格中做記號。

1. monotony
2. monotonous
3. tone
4. tonal
5. tonality
6. tongue
7. monotone
8. undertone
9. intonation
10. monopoly
11. monopolize
12. monolog(ue)
13. monogamy
14. polygamy
15. monarch
16. monk
17. nun
18. unicorn
19. corn
20. horn
21. rhinoceros
22. rhino
23. unify
24. unicycle
25. unilateral
26. lateral
27. bilateral
28. bimonthly
29. bilingual
30. multilingual
31. lingual
32. linguist
33. linguistics
34. language
35. bicycle
36. binoculars
37. ocular
38. bisexual
39. sexual
40. bipartisan
41. partisan
42. ambiguous
43. ambiguity
44. guilty
45. guilt
46. thirsty
47. thirst
48. thrifty
49. thrift
50. ambition
51. ambivalent
52. ambidextrous
53. dexterous
54. ambience
55. ambient
56. amphibian

- [ ] 57. amphitheater
- [ ] 58. dilemma
- [ ] 59. twice
- [ ] 60. twine
- [ ] 61. twilight
- [ ] 62. twin
- [ ] 63. twig
- [ ] 64. twist
- [ ] 65. triangle
- [ ] 66. angle
- [ ] 67. tribe
- [ ] 68. tricycle
- [ ] 69. tripod
- [ ] 70. triple
- [ ] 71. trivia
- [ ] 72. trivial
- [ ] 73. trigonometry
- [ ] 74. quarter
- [ ] 75. headquarters
- [ ] 76. pentagon
- [ ] 77. octopus
- [ ] 78. October
- [ ] 79. decade
- [ ] 80. comrade
- [ ] 81. decathlon
- [ ] 82. decathlete
- [ ] 83. athlete
- [ ] 84. kilogram
- [ ] 85. gram
- [ ] 86. kilometer

- [ ] 87. meter
- [ ] 88. educator
- [ ] 89. educate
- [ ] 90. inventor
- [ ] 91. invent
- [ ] 92. editor
- [ ] 93. edit
- [ ] 94. inspector
- [ ] 95. investigator
- [ ] 96. investigate
- [ ] 97. invest
- [ ] 98. investor
- [ ] 99. resistor
- [ ] 100. mayor
- [ ] 101. governor
- [ ] 102. govern
- [ ] 103. pastor
- [ ] 104. successor
- [ ] 105. tailor
- [ ] 106. tutor
- [ ] 107. neighbor
- [ ] 108. ambassador
- [ ] 109. embassy
- [ ] 110. counselor
- [ ] 111. counsel
- [ ] 112. agitator
- [ ] 113. conqueror
- [ ] 114. conquer
- [ ] 115. savior
- [ ] 116. save

# 劉毅老師「英文字根串聯記憶班」筆記 ⑬

1. **mono｜tony**〔 məˋnɑtnɪ〕*n.*
   one｜tone
   單調；無變化；千篇一律

2. **mono｜ton｜ous**〔 məˋnɑtnəs 〕
   one｜tone｜*adj.*
   *adj.* 單調的

3. **tone**〔 ton 〕*n.* 音調；語調；色調

4. **ton｜al**〔ˋtonḷ〕*adj.* 音調的；
   ｜*adj.*
   色調的

5. **ton｜al｜ity**〔 toˋnælətɪ 〕*n.*
   音調；色調
   = tone

6. **tongue**〔 tʌŋ 〕*n.* 舌頭

7. **mono｜tone**〔ˋmɑnə͵ton 〕*adj.*
   單調的　　*n.* 單調的聲音
   The teacher's *monotone* voice
   made me sleepy.

8. **under｜tone**〔ˋʌndɚ͵ton 〕*n.*
   低聲；小聲
   They are talking in *undertones*.
   他們在低聲說話。

9. **intonation**〔͵ɪntoˋneʃən 〕*n.*
   語調；音調；抑揚頓挫
   = tone

10. **mono｜poly**〔 məˋnɑplɪ 〕*n.*
    one｜sell
    獨占；專賣權

11. **mono｜pol｜ize**〔 məˋnɑpl͵aɪz 〕
    one｜sell｜*v.*
    *v.* 獨占；壟斷

12. **mono｜log(ue)**〔ˋmɑnlɔg 〕*n.*
    one｜speak
    　　　　　獨白；獨腳戲

13. **mono｜gamy**〔 məˋnɑgəmɪ 〕*n.*
    one｜marriage
    　　　　　一夫一妻制

14. **poly｜gamy**〔 pəˋlɪgəmɪ 〕*n.*
    many
    　　　　　一夫多妻制

15. **mon｜arch**〔ˋmɑnɚk 〕*n.* 帝王；
    one｜ruler
    　　　　　君主；大王
    This place is the *monarch* of
    beef noodles.　　‖
    　　　　　　　　king
    牛肉麵大王在這裡。
    The lion is the *monarch* of the
    jungle.　獅為叢林之王。

16. **mon｜k**〔ˋmʌŋk 〕*n.* 和尚
    one｜*n.*

17. **nun**〔 nʌn 〕*n.* 修女（和 none 同音）

18. **uni｜corn**〔ˋjunɪ͵kɔrn 〕*n.* 獨角獸
    one｜horn
    　　　　　（想像的）

19. **corn**〔 kɔrn 〕*n.* 玉米

20. **horn**〔 hɔrn 〕*n.*（牛、羊等的）角

21. **rhinoceros**〔 raɪ'nɑsərəs 〕 *n.*
犀牛

22. = **rhino** 〔'raɪno 〕 *n.* 犀牛

23. **uni ¦ fy** 〔'junə,faɪ 〕 *v.* 統一
　　one ¦ make
May China be *unified*!
祝中國統一！

```
mono ⎫
mon  ⎬ = one
uni  ⎭
```

24. **uni ¦ cycle** 〔'junɪ,saɪkḷ 〕 *n.*
　　one ¦ 腳踏車
　　　　　　　　　　單輪腳踏車

25. **uni ¦ lateral** 〔 junɪ'lætərəl 〕 *adj.*
　　one ¦
　　　　　　　　　　單方面的

26. **lateral** 〔'lætərəl 〕 *adj.* 側面的

27. **bi ¦ lateral** 〔,baɪ'lætərəl 〕 *adj.*
　　two ¦
　　　　　　　　　雙方的；雙邊的

28. **bi ¦ monthly** 〔 baɪ'mʌnθlɪ 〕 *adj.*
　　two ¦
兩月一次的；一月二次的

29. **bi ¦ lingu ¦ al** 〔 baɪ'lɪŋgwəl 〕 *adj.*
　　two ¦ language ¦
　　　　　　　　　雙語的

30. **multi ¦ lingu ¦ al**
　　‖
　　many ¦ language ¦
　　〔,mʌltɪ'lɪŋgwəl 〕 *adj.* 說多種語言的

31. **lingu ¦ al** 〔'lɪŋgwəl 〕 *adj.* 語言的
　　　　¦ *adj.*

```
lingu = language  語言
```

32. **linguist** 〔'lɪŋgwɪst 〕 *n.* 語言學家

33. **lingu ¦ ist ¦ ics** 〔 lɪŋ'gwɪstɪks 〕 *n.*
　　　　 ¦ 人 ¦ study　　　語言學

34. **langu ¦ age** 〔'læŋgwɪdʒ 〕 *n.* 語言
　　lingu ¦　*n.*

35. **bi ¦ cycle** 〔'baɪ,sɪkḷ 〕 *n.* 腳踏車
　　two ¦

```
bi ⎫
di ⎬ = two, double
```

36. **bi ¦ nocul ¦ ars** 〔 baɪ'nɑkjələz 〕
　　two ¦ eye ¦ *n.*
*n. pl.* 雙筒望遠鏡

37. **ocul ¦ ar** 〔'ɑkjələ 〕 *adj.* 眼睛的
　　eye ¦
ocular muscles　眼部肌肉
= muscles in the eyes

38. **bi ¦ sexual** 〔 baɪ'sɛkʃuəl 〕 *adj.*
　　two ¦　　　雙性戀的　*n.* 雙性戀者

39. **sexual** 〔'sɛkʃuəl 〕 *adj.* 性行為的；
性的
sexual activity　性活動
sexual desire　性慾

40. **bi ¦ parti ¦ san** 〔 baɪ'pɑrtəzṇ 〕
　　　 ¦ part ¦ man
　　　　　　　　　*adj.* 兩黨的
a bipartisan policy
兩黨都支持的政策

41. **partisan**〔'pɑrtəzn〕*adj.* 黨派的；
死忠的　*n.* 死忠的支持者

42. <u>**ambi**</u>｜<u>**gu**</u>｜<u>**ous**</u>〔æm'bɪgjuəs〕
two｜igu｜*adj.*
｜drive｜

*adj.* 模稜兩可的；含糊的

43. **ambi**｜**gu**｜**ity**〔æmbɪ'gjuətɪ〕
two｜drive｜*n.*

*n.* 模稜兩可；不明確

```
ambi   ┐    ┌ two
       ├ = ┤ on both sides
amphi  ┘    │ around
            └ about
```

44. **guilty**〔'gɪltɪ〕*adj.* 有罪的

45. **guilt**〔gɪlt〕*n.* 罪
\* 形容詞 → 抽象名詞（文實 p.72）
safe → safety
但有三組例外

46. **thirsty**〔'θɜstɪ〕*adj.* 口渴的

47. **thirst**〔θɜst〕*n.* 口渴

48. **thrifty**〔'θrɪftɪ〕*adj.* 節儉的

49. **thrift**〔θrɪft〕*n.* 節儉
thrift shop　二手貨商店

50. **ambi**｜**t**｜**ion**〔æm'bɪʃən〕*n.*
about｜it｜*n.*　　野心；雄心
｜‖｜
｜go｜

51. **ambi**｜**val**｜**ent**〔æm'bɪvələnt〕
two｜strong｜

*adj.* 憂喜參半的；有矛盾情緒的
She seems to feel *ambivalent*
about her new job.
她似乎對她的新工作憂喜參半。

52. **ambi**｜**dextrous**
two｜靈巧的

〔æmbə'dɛkstrəs〕*adj.* 兩手都很靈
巧的；左右開弓的

53. **dexter**｜**ous**〔'dɛkstərəs〕*adj.*
右邊的｜*adj.*　　靈巧的；敏捷的
= dextrous

54. <u>**ambi**</u>｜**ence**〔'æmbɪəns〕*n.*
around｜*n.*　　　　周圍；環境
= ambiance

55. <u>**ambi**</u>｜**ent**〔'æmbɪənt〕*adj.*
around｜*adj.*　　　周圍的；周遭的

56. <u>**amphi**</u>｜**bi**｜**an**〔æm'fɪbɪən〕*n.*
two｜bio｜*n.*

兩棲動物（如青蛙）；水路兩用車

57. <u>**amphi**</u>｜**theater**〔'æmfə,θɪətə〕
around｜*n.*

*n.* 露天圓形劇場；<u>圓形階梯式電影院</u>
There are many *amphitheaters*
in the U.S.

58. <u>**di**</u>｜**lemma**〔də'lɛmə, daɪ-〕*n.*
two｜assumption
左右為難的情況
We're going to face a new
*dilemma*.

59. <u>twi</u>｜<u>ce</u>〔twaɪs〕*adv.* 兩次

60. **twi**｜**ne**〔twaɪn〕*v.* 編結；纏繞
　　*n.* 細繩
　　She *twined* her arms around my
　　neck. 她用雙臂摟著我的脖子。

61. **twi**｜**light**〔'twaɪ‚laɪt〕*n.* 微光；
　　two　　　　　　　　　黃昏；黎明
　　（明暗兩者的光）

　　┌──────────────┐
　　│ twi = two    │
　　└──────────────┘

62. **twi**｜**n**〔twɪn〕*n.* 雙胞胎之一
　　twin beds　有兩張床的房間
　　double　有一張雙人床的房間
　　（= *double bed room*）

63. **twi**｜**g**〔twɪg〕*n.* 細枝；小枝
　　two　　　　　　（大枝長出來的）

64. **twi**｜**st**〔twɪst〕*n.* 扭轉；纏繞；
　　two　　　　　　轉動（身體）

65. <u>tri</u>｜<u>angle</u>〔'traɪ‚æŋgl̩〕*n.* 三角形
　　three

66. **angle**〔'æŋgl̩〕*n.* 角度

67. **tribe**〔traɪb〕*n.* 部落
　　（古羅馬有三個部落，都稱 tribe）

68. **tri**｜**cycle**〔'traɪsɪkl̩〕*n.* 三輪車
　　three

69. **tri**｜**pod**〔'traɪpɑd〕*n.* 三角架；
　　three｜foot　　　三角桌；三角凳

　　┌──────────────┐
　　│ tri = three  │
　　└──────────────┘

70. **tri**｜**ple**〔'trɪpl̩〕*adj.* 三倍的

71. **tri**｜**via**〔'trɪvɪə〕*n.* 瑣事；
　　three｜way　　　　　細枝末節
　　（三條路，不是主要的）

72. **tri**｜**via**｜**l**〔'trɪvɪəl〕*adj.* 不重要
　　的；瑣碎的

73. **tri**｜**gono**｜**metry**
　　three｜angle｜measure
　　〔‚trɪgə'nɑmətrɪ〕*n.* 三角學

74. <u>quarter</u>〔'kwɔrtɚ〕*n.* 四分之一；
　　一刻鐘；25 分硬幣；一季

75. **head**｜<u>quarters</u>〔'hɛd‚kɔrtɚz〕
　　*n. pl.* 總部；司令部；總公司

76. <u>penta</u>｜<u>gon</u>〔'pɛntə‚gɑn〕*n.*
　　five｜angle　　　　五角形
　　the Pentagon　美國國防部五角大廈

77. <u>octo</u>｜<u>pus</u>〔'ɑktəpəs〕*n.* 章魚
　　eight｜foot
　　┌──────────────┐
　　│ octa ┐       │
　　│ octo ┘= eight│
　　└──────────────┘

78. <u>Octo</u>｜**ber**〔ɑk'tobɚ〕*n.* 十月
　　* 從前，羅馬農曆只有十個月，後加上
　　　一、二月其餘順延。

79. <u>deca</u> | <u>de</u>〔'dɛked〕*n.* 十年
ten

80. **comrade**〔'kɑmræd〕*n.* 同志
\* 字尾 ade 重音在最後一個音節
persuade 但 decade, comrade
例外（文寶①附錄 52）

81. **dec** | **athlon**〔dɪ'kæθlɑn〕*n.*
race
十項全能運動

dec
deca } = ten

82. <u>dec</u> | athlete〔dɪ'kæθlit〕*n.*
十項全能運動員

83. **athlete**〔'æθlit〕*n.* 運動員

84. <u>kilo</u> | **gram**〔'kɪlə,græm〕*n.* 公斤
1000
= kilo〔'kɪlo〕

85. **gram**〔græm〕*n.* 公克

86. **kilometer**〔'kɪlə,mitə ,
<u>ki'lɑmitə</u>〕*n.* 公里
84%

87. **meter**〔'mitə〕*n.* ①公尺
②測量器

or
ior } = 表示「從事⋯的人」與 ee 相對

88. <u>educat</u> | <u>or</u>〔'ɛdʒə,ketə ,
人
'ɛdʒʊ,ketə〕*n.* 教育家

89. **educate**〔'ɛdʒə,ket , 'ɛdʒʊ-〕*v.*
教育

90. **invent** | <u>or</u>〔ɪn'vɛntə〕*n.*
人
發明家

91. **invent**〔ɪn'vɛnt〕*v.* 發明

92. **edit** | <u>or</u>〔'ɛdɪtə〕*n.* 編者

93. **edit**〔'ɛdɪt〕*v.* 編輯

94. **in** | **spect** | <u>or</u>〔ɪn'spɛktə〕*n.*
in ¦ look ¦ 人
檢察官

95. **investigator**〔ɪn'vɛstə,getə〕
*n.* 調查員

96. **investigate**〔ɪn'vɛstə,get〕*v.*
調查

97. **invest**〔ɪn'vɛst〕*v.* 投資

98. **investor**〔ɪn'vɛstə〕*n.* 投資者

99. **resist** | <u>or</u>〔rɪ'zɪstə〕*n.* 抵抗者
人

100. **may** | <u>or</u>〔'meə , mɛr〕*n.* 市長
greater ¦ 人

101. **govern** | <u>or</u>〔'gʌvənə〕*n.* 州長；
人
統治者

102. **govern**〔'gʌvən〕*v.* 統治

103. **past｜or** (ˈpæstɚ) *n.* 牧師
　　　　　人

104. **success｜or** ( səkˈsɛsɚ ) *n.*
　　　　　　人　　　　　　繼承者

105. **tail｜or** (ˈtelɚ) *n.* 裁縫師
　　cut　人

106. **tut｜or** (ˈtjutɚ) *n.* 家庭教師
　　　　　人

107. **neighb｜or** (ˈnebɚ) *n.* 鄰居
　　　　　人

108. **ambassad｜or** ( æmˈbæsədɚ )
　　　　　　　人　　　　　*n.* 大使

109. **embassy** (ˈɛmbəsɪ) *n.* 大使館

110. **counsel｜or** (ˈkaʊnslɚ) *n.* 顧問
　　　　　　人

111. **counsel** (ˈkaʊnsl̩) *n.* 勸告；忠告

112. **agitat｜or** (ˈædʒəˌtetɚ) *n.*
　　　　　　人　　煽動者；攪拌器

113. **conquer｜or** (ˈkɑŋkərɚ) *n.*
　　　　　　人　　　征服者

114. **conquer** (ˈkɑŋkɚ) *v.* 征服

115. **savi｜or** (ˈsevjɚ) *n.* 救星；
　　　　　人　　　　救助者

116. **save** ( sev ) *v.* 救；節省

---

【劉毅老師的話】

　　教別人背單字是增加單字最好的方法，教學相長，利人利己，可先從家教開始。

背完後檢查：請看中文説出英文，並拼出字母，把不認識的單字，於空格中做記號。

☐ 1. 單調；無變化 ＿＿＿＿＿＿

☐ 2. 單調的 ＿＿＿＿＿＿

☐ 3. 音調；語調 ＿＿＿＿＿＿

☐ 4. 音調的；色調的 ＿＿＿＿＿

☐ 5. 音調；色調 ＿＿＿＿＿＿

☐ 6. 舌頭 ＿＿＿＿＿＿

☐ 7. 單調的；單調的聲音 ＿＿

☐ 8. 低聲；小聲 ＿＿＿＿＿＿

☐ 9. 語調；音調 ＿＿＿＿＿＿

☐ 10. 獨占；專賣權 ＿＿＿＿＿

☐ 11. 獨占；壟斷 ＿＿＿＿＿＿

☐ 12. 獨白；獨腳戲 ＿＿＿＿＿

☐ 13. 一夫一妻制 ＿＿＿＿＿＿

☐ 14. 一夫多妻制 ＿＿＿＿＿＿

☐ 15. 帝王；君主 ＿＿＿＿＿＿

☐ 16. 和尚 ＿＿＿＿＿＿

☐ 17. 修女 ＿＿＿＿＿＿

☐ 18. 獨角獸 ＿＿＿＿＿＿

☐ 19. 玉米 ＿＿＿＿＿＿

☐ 20. （牛、羊等的）角 ＿＿＿＿

☐ 21. 犀牛 ＿＿＿＿＿＿

☐ 22. 犀牛 ＿＿＿＿＿＿

☐ 23. 統一 ＿＿＿＿＿＿

☐ 24. 單輪腳踏車 ＿＿＿＿＿

☐ 25. 單方面的 ＿＿＿＿＿＿

☐ 26. 側面的 ＿＿＿＿＿＿

☐ 27. 雙方的；雙邊的 ＿＿＿＿

☐ 28. 兩月一次的 ＿＿＿＿＿

☐ 29. 雙語的 ＿＿＿＿＿＿

☐ 30. 說多種語言的 ＿＿＿＿＿

☐ 31. 語言的 ＿＿＿＿＿＿

☐ 32. 語言學家 ＿＿＿＿＿＿

☐ 33. 語言學 ＿＿＿＿＿＿

☐ 34. 語言 ＿＿＿＿＿＿

☐ 35. 腳踏車 ＿＿＿＿＿＿

☐ 36. 雙筒望遠鏡 ＿＿＿＿＿

☐ 37. 眼睛的 ＿＿＿＿＿＿

☐ 38. 雙性戀的；雙性戀者 ＿＿

☐ 39. 性行爲的；性的 ＿＿＿＿

☐ 40. 兩黨的 ＿＿＿＿＿＿

☐ 41. 黨派的死忠的 ＿＿＿＿＿

☐ 42. 模稜兩可的 ＿＿＿＿＿

☐ 43. 模稜兩可 ＿＿＿＿＿＿

☐ 44. 有罪的 ＿＿＿＿＿＿

☐ 45. 罪 ＿＿＿＿＿＿

☐ 46. 口渴的 ＿＿＿＿＿＿

☐ 47. 口渴 ＿＿＿＿＿＿

☐ 48. 節儉的 ＿＿＿＿＿＿

☐ 49. 節儉 ＿＿＿＿＿＿

☐ 50. 野心；雄心 ＿＿＿＿＿

☐ 51. 憂喜參半的 ＿＿＿＿＿

☐ 52. 兩手都很靈巧的 ＿＿＿＿

☐ 53. 靈巧的；敏捷的 ＿＿＿＿

☐ 54. 周圍；環境 ＿＿＿＿＿

☐ 55. 周圍的；周遭的 ＿＿＿＿

☐ 56. 兩棲動物 ＿＿＿＿＿＿

□ 57. 露天圓形劇場 ＿＿＿＿＿

□ 58. 左右為難的情況 ＿＿＿＿＿

□ 59. 兩次 ＿＿＿＿＿

□ 60. 編結；細繩 ＿＿＿＿＿

□ 61. 微光；黃昏 ＿＿＿＿＿

□ 62. 雙胞胎之一 ＿＿＿＿＿

□ 63. 細枝；小枝 ＿＿＿＿＿

□ 64. 扭轉；纏繞 ＿＿＿＿＿

□ 65. 三角形 ＿＿＿＿＿

□ 66. 角度 ＿＿＿＿＿

□ 67. 部落 ＿＿＿＿＿

□ 68. 三輪車 ＿＿＿＿＿

□ 69. 三角架；三角桌 ＿＿＿＿＿

□ 70. 三倍的 ＿＿＿＿＿

□ 71. 瑣事；細枝末節 ＿＿＿＿＿

□ 72. 不重要的 ＿＿＿＿＿

□ 73. 三角學 ＿＿＿＿＿

□ 74. 四分之一；一刻鐘 ＿＿＿＿

□ 75. 總部；司令部 ＿＿＿＿＿

□ 76. 五角形 ＿＿＿＿＿

□ 77. 章魚 ＿＿＿＿＿

□ 78. 十月 ＿＿＿＿＿

□ 79. 十年 ＿＿＿＿＿

□ 80. 同志 ＿＿＿＿＿

□ 81. 十項全能運動 ＿＿＿＿＿

□ 82. 十項全能運動員 ＿＿＿＿＿

□ 83. 運動員 ＿＿＿＿＿

□ 84. 公斤 ＿＿＿＿＿

□ 85. 公克 ＿＿＿＿＿

□ 86. 公里 ＿＿＿＿＿

□ 87. ①公尺　②測量器 ＿＿＿＿＿

□ 88. 教育家 ＿＿＿＿＿

□ 89. 教育 ＿＿＿＿＿

□ 90. 發明家 ＿＿＿＿＿

□ 91. 發明 ＿＿＿＿＿

□ 92. 編者 ＿＿＿＿＿

□ 93. 編輯 ＿＿＿＿＿

□ 94. 檢察官 ＿＿＿＿＿

□ 95. 調查員 ＿＿＿＿＿

□ 96. 調查 ＿＿＿＿＿

□ 97. 投資 ＿＿＿＿＿

□ 98. 投資者 ＿＿＿＿＿

□ 99. 抵抗者 ＿＿＿＿＿

□ 100. 市長 ＿＿＿＿＿

□ 101. 州長；統治者 ＿＿＿＿＿

□ 102. 統治 ＿＿＿＿＿

□ 103. 牧師 ＿＿＿＿＿

□ 104. 繼承者 ＿＿＿＿＿

□ 105. 裁縫師 ＿＿＿＿＿

□ 106. 家庭教師 ＿＿＿＿＿

□ 107. 鄰居 ＿＿＿＿＿

□ 108. 大使 ＿＿＿＿＿

□ 109. 大使館 ＿＿＿＿＿

□ 110. 顧問 ＿＿＿＿＿

□ 111. 勸告；忠告 ＿＿＿＿＿

□ 112. 煽動者；攪拌器 ＿＿＿＿＿

□ 112. 征服者 ＿＿＿＿＿

□ 114. 征服 ＿＿＿＿＿

□ 115. 救星；救助者 ＿＿＿＿＿

□ 116. 救；節省 ＿＿＿＿＿

最後再複習：下面單字按照字母序排列，請把還不認識的單字做一記號。
第一次不會，做個記號，第二次再不會，再做個記號。

- [ ] [ ] agitator
- [ ] [ ] ambassador
- [ ] [ ] ambidextrous
- [ ] [ ] ambience
- [ ] [ ] ambient
- [ ] [ ] ambiguity
- [ ] [ ] ambiguous
- [ ] [ ] ambition
- [ ] [ ] ambivalent
- [ ] [ ] amphibian
- [ ] [ ] amphitheater
- [ ] [ ] angle
- [ ] [ ] athlete
- [ ] [ ] bicycle
- [ ] [ ] bilateral
- [ ] [ ] bilingual
- [ ] [ ] bimonthly
- [ ] [ ] binoculars
- [ ] [ ] bipartisan
- [ ] [ ] bisexual
- [ ] [ ] comrade
- [ ] [ ] conquer
- [ ] [ ] conqueror
- [ ] [ ] corn
- [ ] [ ] counsel
- [ ] [ ] counselor
- [ ] [ ] decade
- [ ] [ ] decathlete
- [ ] [ ] decathlon
- [ ] [ ] dexterous
- [ ] [ ] dilemma
- [ ] [ ] edit
- [ ] [ ] editor
- [ ] [ ] educate
- [ ] [ ] educator
- [ ] [ ] embassy
- [ ] [ ] govern
- [ ] [ ] governor
- [ ] [ ] gram

- [ ] [ ] guilt
- [ ] [ ] guilty
- [ ] [ ] headquarters
- [ ] [ ] horn
- [ ] [ ] inspector
- [ ] [ ] intonation
- [ ] [ ] invent
- [ ] [ ] inventor
- [ ] [ ] invest
- [ ] [ ] investigate
- [ ] [ ] investigator
- [ ] [ ] investor
- [ ] [ ] kilogram
- [ ] [ ] kilometer
- [ ] [ ] language
- [ ] [ ] lateral
- [ ] [ ] lingual
- [ ] [ ] linguist
- [ ] [ ] linguistics
- [ ] [ ] mayor
- [ ] [ ] meter
- [ ] [ ] monarch
- [ ] [ ] monk
- [ ] [ ] monogamy
- [ ] [ ] monolog(ue)
- [ ] [ ] monopolize
- [ ] [ ] monopoly
- [ ] [ ] monotone
- [ ] [ ] monotonous
- [ ] [ ] monotony
- [ ] [ ] multilingual
- [ ] [ ] neighbor
- [ ] [ ] nun
- [ ] [ ] octopus
- [ ] [ ] October
- [ ] [ ] ocular
- [ ] [ ] partisan
- [ ] [ ] pastor
- [ ] [ ] pentagon

- [ ] [ ] polygamy
- [ ] [ ] quarter
- [ ] [ ] resistor
- [ ] [ ] rhino
- [ ] [ ] rhinoceros
- [ ] [ ] save
- [ ] [ ] savior
- [ ] [ ] sexual
- [ ] [ ] successor
- [ ] [ ] tailor
- [ ] [ ] thirst
- [ ] [ ] thirsty
- [ ] [ ] thrift
- [ ] [ ] thrifty
- [ ] [ ] tonal
- [ ] [ ] tonality
- [ ] [ ] tone
- [ ] [ ] tongue
- [ ] [ ] triangle
- [ ] [ ] tribe
- [ ] [ ] tricycle
- [ ] [ ] trigonometry
- [ ] [ ] triple
- [ ] [ ] tripod
- [ ] [ ] trivia
- [ ] [ ] trivial
- [ ] [ ] tutor
- [ ] [ ] twice
- [ ] [ ] twig
- [ ] [ ] twilight
- [ ] [ ] twin
- [ ] [ ] twine
- [ ] [ ] twist
- [ ] [ ] undertone
- [ ] [ ] unicorn
- [ ] [ ] unicycle
- [ ] [ ] unify
- [ ] [ ] unilateral

# 英文字根串聯單字記憶比賽 ⑭

| | | | | |
|---|---|---|---|---|
| ☐ | 1. tractor | ☐ | 26. trace |
| ☐ | 2. tow truck | ☐ | 27. track |
| ☐ | 3. tract | ☐ | 28. trail |
| ☐ | 4. attract | ☐ | 29. trailer |
| ☐ | 5. attraction | ☐ | 30. RV |
| ☐ | 6. attractive | ☐ | 31. trait |
| ☐ | 7. subtract | ☐ | 32. train |
| ☐ | 8. subtraction | ☐ | 33. portray |
| ☐ | 9. extract | ☐ | 34. portrait |
| ☐ | 10. contract | ☐ | 35. tractable |
| ☐ | 11. contraction | ☐ | 36. intractable |
| ☐ | 12. protract | ☐ | 37. retractable |
| ☐ | 13. distract | ☐ | 38. press |
| ☐ | 14. distraction | ☐ | 39. pressing |
| ☐ | 15. retract | ☐ | 40. pressure |
| ☐ | 16. detract | ☐ | 41. oppress |
| ☐ | 17. abstract | ☐ | 42. oppression |
| ☐ | 18. treat | ☐ | 43. oppressive |
| ☐ | 19. treatment | ☐ | 44. suppress |
| ☐ | 20. treaty | ☐ | 45. suppression |
| ☐ | 21. entreat | ☐ | 46. impress |
| ☐ | 22. maltreat | ☐ | 47. impression |
| ☐ | 23. mistreat | ☐ | 48. impressionable |
| ☐ | 24. retreat | ☐ | 49. impressive |
| ☐ | 25. retrace | ☐ | 50. express |

- [ ] 51. expression
- [ ] 52. expressive
- [ ] 53. compress
- [ ] 54. compression
- [ ] 55. compressor
- [ ] 56. depress
- [ ] 57. depressed
- [ ] 58. depressing
- [ ] 59. depression
- [ ] 60. repress
- [ ] 61. repression
- [ ] 62. move
- [ ] 63. movement
- [ ] 64. movable
- [ ] 65. remove
- [ ] 66. removable
- [ ] 67. removal
- [ ] 68. mob
- [ ] 69. mobile
- [ ] 70. mobilize
- [ ] 71. mobilization
- [ ] 72. motif
- [ ] 73. motor
- [ ] 74. motorize
- [ ] 75. moment
- [ ] 76. momentary
- [ ] 77. momentous
- [ ] 78. momentum
- [ ] 79. beggar
- [ ] 80. beg
- [ ] 81. liar
- [ ] 82. lie
- [ ] 83. burglar
- [ ] 84. burgle
- [ ] 85. thief
- [ ] 86. scholar
- [ ] 87. coward
- [ ] 88. drunkard
- [ ] 89. wizard
- [ ] 90. steward
- [ ] 91. stewardess
- [ ] 92. beef stew
- [ ] 93. Spaniard
- [ ] 94. Spain
- [ ] 95. Spanish
- [ ] 96. spokesman
- [ ] 97. sportsman
- [ ] 98. statesman
- [ ] 99. salesman
- [ ] 100. businessman
- [ ] 101. chairman
- [ ] 102. fireman
- [ ] 103. gentleman
- [ ] 104. seaman
- [ ] 105. spaceman
- [ ] 106. space

# 劉毅老師「英文字根串聯記憶班」筆記 ⑭

1. **tract** **or** ('træktə) *n.* 農耕機；
   draw  *n.*  拖拉機

2. **tow truck** ( to‧trʌk ) *n.* 拖吊車
   Our car has broken down. We
   need a ***tow truck***.

   > tract
   > treat } = draw 拉；吸引；畫
   > trace

3. **tract** ( trækt ) *n.* 區域；大片土地
   The farmer sold a ***tract*** of land.
   ( 畫出一片區域 )

4. **at** **tract** ( ə'trækt ) *v.* 吸引
   to  draw

5. **at** **tract** **ion** ( ə'trækʃən ) *n.*
   to  draw  *n.*  吸引力
   Fatal Attraction 致命的吸引力

6. **at** **tract** **ive** ( ə'træktɪv ) *adj.*
   有吸引力的

   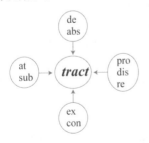

7. **sub** **tract** ( səb'trækt ) *v.* 減去；
   under  draw  扣除
   ( 從下面拉走 )

---

   > +  ，  −  ，  ×  ，  ÷
   > = add, subtract, multiply, divide

8. **sub** **tract** **ion** ( səb'trækʃən )
   under  draw  *n.*  *n.* 減去；減法

9. **ex** **tract** ( ɪk'strækt ) *v.* 抽出；
   out 抽，吸，畫  摘錄；取出
   = pull out
   = take out
   He ***extracted*** a small notebook
   from his pocket.
   他從口袋取出一個小筆記本。

10. **con** **tract** ( kən'trækt ) *v.* 訂立
    一起  吸引  ( 合約 )；收縮

    **con** **tract** ('kɑntrækt ) *n.* 合約
    ( 彼此吸引 )

11. **con** **tract** **ion** ( kən'trækʃən )
    一起  拉  *n.*  ( 拉在一起 )
    *n.* 收縮；縮寫字
    "Won't" is a ***contraction*** of
    "will not."

12. **pro** **tract** ( pro'trækt ) *v.* 延長；
    拖延 ( 向前拉長 )
    The class has to be ***protracted*** for
    ten minutes.  ‖
                  extended
    這堂課必須延長十分鐘。

13. **dis** **tract** ( dɪ'strækt ) *v.* 分心
    away  拉  ↔ attract

14. **dis┊tract┊ion**〔dɪ'strækʃən〕 *n.* 分心

There are too many *distractions* here. 這裡叫人分心的事太多。

15. **re┊tract**〔rɪ'trækt〕*v.* 收回；
    back┊draw
    　　　　　　　縮回；撤回

I'm sorry. I didn't mean it. I want to *retract* my words. 抱歉，我不是有意的，我要收回我的話。

16. **de┊tract**〔dɪ'trækt〕*v.* 減損；
    ‖
    dis┊　　　　　貶低（與 from 連用）
    away┊draw

Don't *detract from* others.
= Don't speak ill of others.
= Don't put others down.
不要貶低別人。

17. **abs┊tract**〔æb'strækt〕*v.* 抽出；
    from┊draw
    　　　　　　　　　　摘錄
= extract

abstract〔'æbstrækt〕*adj.* 抽象的
abstract noun　抽象名詞

18. **treat**〔trit〕*n., v.* 請客；*v.* 對待
（請客，對待都要「拉，吸引，畫一個餅」）

It's my treat. 我請客。
It's on me. 我請客。
Let me pay. 讓我付錢。(一口氣背會話 p.517)

19. **treat┊ment**〔'tritmənt〕*v.* 對待；
    　　　　　　　　　*n.*　　　治療；處理

20. **treaty**〔'tritɪ〕*n.* 條約；協定
a peace treaty　和平協定

21. **en┊treat**〔ɪn'trit〕*v.* 懇求；
乞求；請求

I *entreat* your help.
我懇求你的幫助。

22. **mal┊treat**〔mæl'trit〕*v.* 虐待
    badly┊

23. = **mis┊treat**〔mɪs'trit〕*v.* 虐待
    not┊
= abuse

Don't *mistreat* me.

24. **re┊treat**〔rɪ'trit〕*v.* 撤退
    back┊draw

25. **re┊trace**〔rɪ'tres〕*v.* 折回；回顧
    back┊draw

retrace *one's* steps (way)
折回原路
We're lost.
We must turn around.
We must *retrace* our steps.
我們必須折回原路。

26. **trace**〔tres〕*n.* 痕跡　*v.* 追蹤
（拉的東西，留下「痕跡」；有吸引力，就會追蹤）

Where have you been?
You vanished without a *trace*.
I have been looking everywhere for you.

27. = **track**〔træk〕*n.* 足跡；軌道

Our goal is clear.
We are on the right track.
We are doing the right thing.

28. = **trail** 〔 trel 〕 *n.* 足跡；小道
   *v.* 追蹤
   = footprint

29. **trailer** 〔'trelə 〕 *n.* 拖車式活動房屋
   （窮人住的地方）
   = mobile home
     〔'mobl 〕
     活動的

30. **RV** 〔ɑr'vi〕 *n.* 旅遊車；露營車
   （有錢人的玩具）
   = recreational vehicle 〔'viɪkl 〕
   = camper

31. **trait** 〔 tret 〕 *n.* 特性；特點
   （吸引人的事物）
   = feature
   = characteristic

   $$\left.\begin{array}{l}\text{trai}\\\text{tray}\end{array}\right\} = \text{draw} \quad 拉，吸，畫$$

32. **train** 〔 tren 〕 *v.* 訓練　　*n.* 火車
   （拉成一直線）

33. **por** | **tray** 〔 pɔr'tre 〕 *v.* 描繪；
   forward | draw 　　　　　　描畫；描寫
   （向前畫 → 描繪）
   = picture
   = describe
   The media ***portrays*** the president
     媒體
   ***as*** weak.

34. **por** | **trait** 〔'portret 〕 *n.* 肖像；
   半身畫像；半身照
   ( = *a painting, drawing or*
   *photograph of a person,*
   *especially of the head and*
   *shoulders* )
   She is good at drawing ***portraits***.

35. **tract** | **able** 〔'træktəbl 〕 *adj.*
   拉；吸；畫 | 能
   溫順的；聽話的；易處理的
   You're a ***tractable*** student.

36. **in** | **tract** | **able** 〔 ɪn'træktəbl 〕
   not |
   *adj.* 不聽話的；難以處理的
   = stubborn

37. **re** | **tract** | **able** 〔 rɪ'træktəbl 〕
   back | 拉 |
   *adj.* 可收縮的；可撤回的
   a retractable ballpoint pen
   伸縮式原子筆
   ballpoint　圓珠尖，原子筆
   = ballpoint pen = ballpen（英）

38. **press** 〔 prɛs 〕 *v.* 壓；逼迫
   Don't ***press*** me.
   Don't push me.
   I'm already under the gun.

39. **press** | **ing** 〔'prɛsɪŋ 〕 *adj.* 急迫的
   壓 |
   The most ***pressing*** issue today
   is the new captical gains tax.

40. **press** | **ure**　〔ˋprɛʃɚ〕 *n.* 壓力
　　壓　　　　*n.*

41.　**op** | **press**　〔əˋprɛs〕 *v.* 壓迫；
　　against | 壓　　　　　　　壓制

42. **op** | **press** | **ion**　〔əˋprɛʃən〕 *n.*
　　反抗 | 壓 | *n.*　　　　　　壓迫

43. **op** | **press** | **ive**　〔əˋprɛsɪv〕 *adj.*
　　反抗 | 壓 | *adj.*　　　　壓迫的

44. **sup** | **press**　〔səˋprɛs〕 *v.* 鎮壓；
　　under | 壓　　　　　　　壓制

45. **sup** | **press** | **ion**　〔səˋprɛʃən〕 *n.*
　　鎮壓

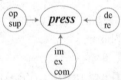

Don't ⎰ **oppress** ⎱ my opinion.
　　　⎨ **suppress** ⎬
　　　⎩ **repress** ⎭ 壓制
I have a right to speak.

46. **im** | **press**　〔ɪmˋprɛs〕 *v.* 使印象
　　in | 壓　　　　　　　　深刻
I'm very ***impressed***.　我很佩服。

47. **im** | **press** | **ion**　〔ɪmˋprɛʃən〕 *n.*
　　印象

48. **im** | **press** | **ion** | **able**
　　in | 壓 | *n.* | *adj.*
　　〔ɪmˋprɛʃənəbl̩〕 *adj.* 易受感動的；
　　易受影響的
She is an ***impressionable***
person.

49. **im** | **press** | **ive**　〔ɪmˋprɛsɪv〕 *adj.*
感人的；極好的
This class is very ***impressive***.  It
made a good ***impression*** on me.
這堂課很棒，令我難忘。

50. **ex** | **press**　〔ɪkˋsprɛs〕 *v.* 表達
　　out | 壓　　　　　　　*n.* 快車；快遞

51. **ex** | **press** | **ion**　〔ɪkˋsprɛʃən〕
*n.* 表達；表情

52. **ex** | **press** | **ive**　〔ɪkˋsprɛsɪv〕
*adj.* 表情豐富的
You have an ***expressive*** face.
你的臉部表情豐富。

53. **com** | **press**　〔kəmˋprɛs〕 *v.* 壓縮
　　一起 | 壓

54. **com** | **press** | **ion**　〔kəmˋprɛʃən〕
　　　　　　　　*n.*　*n.* 壓縮；壓榨

55. **compress** | **or**　〔kəmˋprɛsɚ〕 *n.*
　　　　　　　*n.*　　　　壓縮機

56. **de** | **press**　〔dɪˋprɛs〕 *v.* 使沮喪；
　　down | 壓　　　　　　　使不景氣

57. **depressed**　〔dɪˋprɛst〕 *adj.*
沮喪的；不景氣的

58. **depressing**　〔dɪˋprɛsɪŋ〕 *adj.*
令人沮喪的

59. **de** | **press** | **ion**　〔dɪˋprɛʃən〕 *n.*
沮喪；不景氣
A worldwide economic
　　　全球的
***depression*** is coming.

60. **re** | **press**〔rɪ'prɛs〕v. 鎮壓
again | 壓
( = *suppress* )；克制；壓制

61. **repression**〔rɪ'prɛʃən〕n. 鎮壓；
克制

62. **move**〔muv〕v. 移動；感動

```
move  ┐
mov   │
mob   ├ = move
mot   │
mote  ┘
```

63. **move** | **ment**〔'muvmənt〕n.
         | n.                移動

64. **movable**〔'muvəbḷ〕adj.
可移動的

65. **re** | **move**〔rɪ'muv〕v. 移動；搬開

66. **re** | **mov** | **able**〔rɪ'muvəbḷ〕adj.
              | 能
可移動的；可除去的

67. **re** | **mov** | **al**〔rɪ'muvḷ〕n. 除去；
移動

68. **mob**〔mɑb〕n. 暴民 ( 暴民常移動 )

69. **mob** | **ile**〔'mobḷ〕adj. 可移動的
move |

70. **mobil** | **ize**〔'mobḷ,aɪz〕v. 動員
We will have a party tomorrow
night. Please **mobilize** as many
people as you can. 請儘量動員。

71. **mobiliz** | **ation**〔,mobḷə'zeʃən〕
           | n.              n. 動員

72. **mot** | **if**〔mo'tif〕n. 主題；主旨
move | n.

73. **motor**〔'motɚ〕n. 馬達

74. **motorize**〔'motə,raɪz〕v. 裝馬
達；機械化

75. **moment**〔'momənt〕n. 瞬間；
重要
Just a **moment**, she's coming.
請稍等，她就來了。
This is a question of great
**moment**. 這是極爲重要的問題。

76. **moment** | **ary**〔'momən,tɛrɪ〕
*adj.* 瞬間的
= immediate
= instant = sudden

77. **moment** | **ous**〔mo'mɛntəs〕
*adj.* 重要的；關鍵的
a momentous decision
一個重要的決定
a momentous occasion
一個重要場合

78. **mo** | **ment** | **um**〔mo'mɛntəm〕
           |         | n.
*n.* 動力；氣勢 ( = *power* )
We are gaining **momentum**.
= We are progressing.
= We are moving forward.
我們在向前進。

79. **beg│gar** (ˈbɛgɚ) *n.* 乞丐
　　　　人

> **ar = 從事…的人**

80. **beg** ( bɛg ) *v.* 乞求

81. **liar** (ˈlaɪɚ) *n.* 說謊者
　　　人

82. **lie** ( laɪ ) *v.* 說謊

83. **burglar** (ˈbɝglɚ) *n.* 夜賊
　　A *burglar* is a type of thief.

84. **burgle** (ˈbɝgl̩) *v.* 入屋行竊

85. **thief** ( θif ) *n.* 小偷

86. **schol│ar** (ˈskɑlɚ) *n.* 學者
　　school│人

87. **cow│ard** (ˈkaʊɚd) *n.* 懦夫
　　　　人

> **ard = 做某事過份的人**

88. **drunk│ard** (ˈdrʌŋkɚd) *n.* 醉漢
　　　　人

89. **wiz│ard** (ˈwɪzɚd) *n.* 巫師
　　wise│人　　（古時，聰明人當巫師）

90. **stew│ard** (ˈstuwɚd) *n.* 空中
　　boil│人　　　　　　少爺

91. **stew│ard│ess** (ˈstuwɚdɪs) *n.*
　　　人│女　　　　空中小姐

92. **beef stew** 燉牛肉

93. **Spani│ard** (ˈspænjɚd) *n.*
　　　　人　　　　　西班牙人

94. **Spain** ( spen ) *n.* 西班牙

95. **Spanish** (ˈspænɪʃ) *n.* 西班牙語

96. **spokesman** (ˈspoksmən) *n.*
　　發言人

> **man, -sman 表「人」；s 表所有**

97. **sportsman** (ˈsportsmən) *n.*
　　運動員

98. **statesman** (ˈstetsmən) *n.*
　　政治家

99. **salesman** (ˈselzmən) *n.* 店員；
　　推銷員

100. **businessman** (ˈbɪznɪsˌmæn)
　　*n.* 生意人；商人

101. **chairman** (ˈtʃɛrmən) *n.* 主席

102. **fireman** (ˈfaɪrmən) *n.* 救火員

103. **gentleman** (ˈdʒɛntl̩mən) *n.*
　　紳士

104. **seaman** (ˈsimən) *n.* 海員；水手

105. **spaceman** (ˈspesˌmæn) *n.*
　　太空人

106. **space** ( spes ) *n.* 太空

背完後檢查：請看中文說出英文，並拼出字母，把不認識的單字，於空格中做記號。

| | |
|---|---|
| □ 1. 農耕機；拖拉機 _____ | □ 26. 痕跡；追蹤 _____ |
| □ 2. 拖吊車 _____ | □ 27. 足跡；軌道 _____ |
| □ 3. 區域；大片土地 _____ | □ 28. 足跡；小道；追蹤 _____ |
| □ 4. 吸引 _____ | □ 29. 拖車式活動房屋 _____ |
| □ 5. 吸引力 _____ | □ 30. 旅遊車；露營車 _____ |
| □ 6. 有吸引力的 _____ | □ 31. 特性；特點 _____ |
| □ 7. 減去；扣除 _____ | □ 32. 訓練；火車 _____ |
| □ 8. 減去；減法 _____ | □ 33. 描繪；描畫 _____ |
| □ 9. 抽出；摘錄 _____ | □ 34. 肖像；半身畫像 _____ |
| □ 10. 訂立；收縮；合約 _____ | □ 35. 溫順的；聽話的 _____ |
| □ 11. 收縮；縮寫字 _____ | □ 36. 不聽話的 _____ |
| □ 12. 延長；拖延 _____ | □ 37. 可收縮的 _____ |
| □ 13. 分心 _____ | □ 38. 壓；逼迫 _____ |
| □ 14. 分心 _____ | □ 39. 急迫的 _____ |
| □ 15. 收回；縮回 _____ | □ 40. 壓力 _____ |
| □ 16. 減損；貶低 _____ | □ 41. 壓迫；壓制 _____ |
| □ 17. 抽出；摘錄；抽象的 _____ | □ 42. 壓迫 _____ |
| □ 18. 請客；對待 _____ | □ 43. 壓迫的 _____ |
| □ 19. 對待；治療 _____ | □ 44. 鎮壓；壓制 _____ |
| □ 20. 條約；協定 _____ | □ 45. 鎮壓 _____ |
| □ 21. 懇求；乞求 _____ | □ 46. 使印象深刻 _____ |
| □ 22. 虐待 _____ | □ 47. 印象 _____ |
| □ 23. 虐待 _____ | □ 48. 易受感動的 _____ |
| □ 24. 撤退 _____ | □ 49. 感人的；極好的 _____ |
| □ 25. 折回；回顧 _____ | □ 50. 表達；快車；快遞 _____ |

□ 51. 表達；表情 _____

□ 52. 表情豐富的 _____

□ 53. 壓縮 _____

□ 54. 壓縮；壓榨 _____

□ 55. 壓縮機 _____

□ 56. 使沮喪；使不景氣 _____

□ 57. 沮喪的；不景氣的 _____

□ 58. 令人沮喪的 _____

□ 59. 沮喪；不景氣 _____

□ 60. 鎮壓；克制 _____

□ 61. 鎮壓；克制 _____

□ 62. 移動；感動 _____

□ 63. 移動 _____

□ 64. 可移動的 _____

□ 65. 移動；搬開 _____

□ 66. 可移動的 _____

□ 67. 除去；移動 _____

□ 68. 暴民 _____

□ 69. 可移動的 _____

□ 70. 動員 _____

□ 71. 動員 _____

□ 72. 主題；主旨 _____

□ 73. 馬達 _____

□ 74. 裝馬達；機械化 _____

□ 75. 瞬間；重要 _____

□ 76. 瞬間的 _____

□ 77. 重要的；關鍵的 _____

□ 78. 動力；氣勢 _____

□ 79. 乞丐 _____

□ 80. 乞求 _____

□ 81. 說謊者 _____

□ 82. 說謊 _____

□ 83. 夜賊 _____

□ 84. 入屋行竊 _____

□ 85. 小偷 _____

□ 86. 學者 _____

□ 87. 懦夫 _____

□ 88. 醉漢 _____

□ 89. 巫師 _____

□ 90. 空中少爺 _____

□ 91. 空中小姐 _____

□ 92. 燉牛肉 _____

□ 93. 西班牙人 _____

□ 94. 西班牙 _____

□ 95. 西班牙語 _____

□ 96. 發言人 _____

□ 97. 運動員 _____

□ 98. 政治家 _____

□ 99. 店員；推銷員 _____

□ 100. 生意人；商人 _____

□ 101. 主席 _____

□ 102. 救火員 _____

□ 103. 紳士 _____

□ 104. 海員；水手 _____

□ 105. 太空人 _____

□ 106. 太空 _____

最後再複習：下面單字按照字母序排列，請把還不認識的單字做一記號。
第一次不會，做個記號，第二次再不會，再做個記號。

☐☐ abstract
☐☐ attract
☐☐ attraction
☐☐ attractive
☐☐ beef stew
☐☐ beg
☐☐ beggar
☐☐ burglar
☐☐ burgle
☐☐ businessman
☐☐ chairman
☐☐ compress
☐☐ compression
☐☐ compressor
☐☐ contract
☐☐ contraction
☐☐ coward
☐☐ depress
☐☐ depressed
☐☐ depressing
☐☐ depression
☐☐ detract
☐☐ distract
☐☐ distraction
☐☐ drunkard
☐☐ entreat
☐☐ express
☐☐ expression
☐☐ expressive
☐☐ extract
☐☐ fireman
☐☐ gentleman
☐☐ impress
☐☐ impression
☐☐ impressionable
☐☐ impressive

☐☐ intractable
☐☐ liar
☐☐ lie
☐☐ maltreat
☐☐ mistreat
☐☐ mob
☐☐ mobile
☐☐ mobilization
☐☐ mobilize
☐☐ moment
☐☐ momentary
☐☐ momentous
☐☐ momentum
☐☐ motif
☐☐ motor
☐☐ motorize
☐☐ movable
☐☐ move
☐☐ movement
☐☐ oppress
☐☐ oppression
☐☐ oppressive
☐☐ portrait
☐☐ portray
☐☐ press
☐☐ pressing
☐☐ pressure
☐☐ protract
☐☐ removable
☐☐ removal
☐☐ remove
☐☐ repress
☐☐ repression
☐☐ retrace
☐☐ retract
☐☐ retractable

☐☐ retreat
☐☐ RV
☐☐ salesman
☐☐ scholar
☐☐ seaman
☐☐ space
☐☐ spaceman
☐☐ Spain
☐☐ Spaniard
☐☐ Spanish
☐☐ spokesman
☐☐ sportsman
☐☐ statesman
☐☐ steward
☐☐ stewardess
☐☐ subtract
☐☐ subtraction
☐☐ suppress
☐☐ suppression
☐☐ thief
☐☐ tow truck
☐☐ trace
☐☐ track
☐☐ tract
☐☐ tractable
☐☐ tractor
☐☐ trail
☐☐ trailer
☐☐ train
☐☐ trait
☐☐ treat
☐☐ treatment
☐☐ treaty
☐☐ wizard

# 英文字根串聯單字記憶比賽 ⑮

背以前先檢查：請先看英文說出中文，把不認識的單字，於空格中做記號。

| | | | |
|---|---|---|---|
| ☐ 1. reside | ☐ 29. repossess |
| ☐ 2. residence | ☐ 30. impel |
| ☐ 3. resident | ☐ 31. impulse |
| ☐ 4. residential | ☐ 32. impulsive |
| ☐ 5. presidential | ☐ 33. expel |
| ☐ 6. presidency | ☐ 34. expulsion |
| ☐ 7. preside | ☐ 35. compel |
| ☐ 8. subside | ☐ 36. compulsion |
| ☐ 9. subsidiary | ☐ 37. compulsive |
| ☐ 10. subsidy | ☐ 38. compulsory |
| ☐ 11. subsidize | ☐ 39. propel |
| ☐ 12. dissident | ☐ 40. propeller |
| ☐ 13. assiduous | ☐ 41. propulsion |
| ☐ 14. insidious | ☐ 42. propulsive |
| ☐ 15. residue | ☐ 43. dispel |
| ☐ 16. residual | ☐ 44. repel |
| ☐ 17. sedative | ☐ 45. repulse |
| ☐ 18. sedentary | ☐ 46. repulsion |
| ☐ 19. sediment | ☐ 47. repulsive |
| ☐ 20. session | ☐ 48. pulse |
| ☐ 21. assess | ☐ 49. appeal |
| ☐ 22. assessor | ☐ 50. peal |
| ☐ 23. obsess | ☐ 51. appealing |
| ☐ 24. obsession | ☐ 52. repeal |
| ☐ 25. obsessive | ☐ 53. popular |
| ☐ 26. possess | ☐ 54. popularity |
| ☐ 27. possessed | ☐ 55. popularize |
| ☐ 28. possession | ☐ 56. populace |

- [ ] 57. populous
- [ ] 58. populate
- [ ] 59. population
- [ ] 60. overpopulated
- [ ] 61. overpopulation
- [ ] 62. public
- [ ] 63. publicize
- [ ] 64. publicity
- [ ] 65. republic
- [ ] 66. publish
- [ ] 67. publication
- [ ] 68. overeat
- [ ] 69. oversleep
- [ ] 70. overcome
- [ ] 71. overhear
- [ ] 72. overcharge
- [ ] 73. charge
- [ ] 74. overthrow
- [ ] 75. throw
- [ ] 76. overturn
- [ ] 77. overestimate
- [ ] 78. estimate
- [ ] 79. overlook
- [ ] 80. overrule
- [ ] 81. rule
- [ ] 82. overwhelm
- [ ] 83. overwhelmingly
- [ ] 84. overload
- [ ] 85. overflow
- [ ] 86. overlap
- [ ] 87. lap
- [ ] 88. overdo
- [ ] 89. overtime
- [ ] 90. overpass
- [ ] 91. overcoat
- [ ] 92. coat
- [ ] 93. overdue
- [ ] 94. due
- [ ] 95. overall
- [ ] 96. overseas
- [ ] 97. overhead
- [ ] 98. overnight
- [ ] 99. underestimate
- [ ] 100. undergo
- [ ] 101. underline
- [ ] 102. undermine
- [ ] 103. mine
- [ ] 104. understand
- [ ] 105. understandable
- [ ] 106. undertake
- [ ] 107. underwear
- [ ] 108. underpass
- [ ] 109. undergraduate
- [ ] 110. graduate
- [ ] 111. undercurrent
- [ ] 112. underground
- [ ] 113. underneath
- [ ] 114. underdeveloped
- [ ] 115. underage

# 劉毅老師「英文字根串聯記憶班」筆記 ⑮

1. **re** | **side** 〔 rɪ'zaɪd 〕 v. 居住
again | sit
back |      （一再回去住）
   Do you *reside* nearby?
   你住在附近嗎？

2. **re** | **sid** | **ence** 〔'rɛzədəns 〕 n.
again | sit | n.
back |             住宅

3. **re** | **sid** | **ent** 〔'rɛzədənt 〕 n. 居民
回去 | 坐 | 人

4. **re** | **sid** | **ent** | **ial** 〔,rɛzə'dɛnʃəl 〕
back | 坐 | 人 | adj.   adj. 住宅的
   a residential <u>area</u> 住宅區

> sid
> sed    } = sit（坐）
> sess

5. **pre** | **sid** | **ent** | **ial** 〔'prɛzədənt 〕
before | sit | 人 | adj.
   〔,prɛzə'dɛnʃəl 〕 adj. 總統的
   presidential hall 總統府
   = presidential office

6. **pre** | **sid** | **ency** 〔'prɛzədənsɪ 〕 n.
before | sit | n.      總統的職位

7. **pre** | **side** 〔 prɪ'zaɪd 〕 v. 主持
before | sit         （會議）
   Will you *preside* at the meeting?
   你願意主持會議嗎？

8. **sub** | **side** 〔 səb'saɪd 〕 v. 平息；
under | sit     消退（安靜坐在下面）

I'm waiting for your anger to
*subside*. 我在等你的怒氣平息。

9. **sub** | **sid** | **i** | **ary** 〔 səb'sɪdɪ,ɛrɪ 〕
under | sit | | adj.
   adj. 補助的；輔助的（坐在下面支持）
   n. 子公司
   ↔ parent company 母公司

10. **sub** | **sid** | **y** 〔'sʌbsədɪ 〕 n. 津貼；
under | sit | n.        補助金
   （坐在下面支持的結果）
   Our company has a travel
   *subsidy*. 我們公司有旅行津貼。

11. **sub** | **sid** | **ize** 〔'sʌbsə,daɪz 〕 v.
資助；補助
   I'm willing to *subsidize* your
   tuition. 我願意資助你的學費。

12. **dis** | **sid** | **ent** 〔'dɪsədənt 〕 n.
away | sit | 人
   （沒坐在一起的人）    異議份子

13. **as** | **sid** | **uous** 〔 ə'sɪdʒʊəs 〕 adj.
to | sit | adj.        勤勉的
   （面向桌人坐著）
   = diligent = hard-working

14. **in** | **sid** | **ious** 〔 ɪn'sɪdɪəs 〕 adj.
in | sit | adj.     潛伏的；陰險的
   （坐在內部）
   Beware of an *insidious* stranger.
   小心外人潛伏。

15. **re** | **sid** | **ue** 〔ˋrɛzəˏdju 〕 *n.* 殘留物
　　back | sit | *n.*　（坐落在後面的東西）
Be careful about pesticide
*residues* on <u>fruit</u> and vegetable<u>s</u>.
小心殘留在水果和蔬菜中的農藥。

**pest** | **i** | **cide** 〔ˋpɛstɪˏsaɪd 〕 *n.*
害蟲 | | cut
　　　　　　　　殺蟲劑；農藥

16. **re** | **sid** | **ual** 〔 rɪˋzɪdʒʊəl 〕 *adj.*
　　back | sit | *adj.*　殘留的（坐落在後面）
There are *residual* pesticide<u>s</u> on
all fruit<u>s</u> and vegetable<u>s</u>.
所有水果和蔬菜中，都有殘留的農藥。

17. **sed** | **ative** 〔ˋsɛdətɪv 〕 *n.* 鎮靜劑
　　sit |　　　　　　　　（使坐下來）

18. **sed** | **ent** | **ary** 〔ˋsɛdnˏtɛrɪ 〕 *adj.*
　　sit | *adj.* | *adj.*　　坐著的
I'm bored with *sedentary* work.
我已經厭倦了久坐的工作。

19. **sed** | **i** | **ment** 〔ˋsɛdəmənt 〕 *n.*
　　sit | | *n.*　　　　沈澱物
（坐下來的東西）
There is a lot of *sediment* in the
water.　水中有很多沈澱物。

20. **sess** | **ion** 〔ˋsɛʃən 〕 *n.* 開會；開庭；
　　sit | *n.*　　　　授課時間；一段時間
中文：你每一次上課都要專心。
英文：You must pay attention in
every *session*.

21. **as** | **sess** 〔 əˋsɛs 〕 *v.* 評估；評定；
　　to | sit　　　課（稅）（使坐下→評估）

22. **as** | **sess** | **or** 〔 əˋsɛsɚ 〕 *n.* 估價員
　　　　　　　　　　人

23. **ob** | **sess** 〔 əbˋsɛs 〕 *v.* 迷住；纏住
　　against | sit　（反著坐→心神困擾）
obsess about 困擾；煩惱

Many English learners $\begin{cases} \text{obsess} \\ \text{are} \end{cases}$
about
obsessed with $\Big\}$ pronunciation.
為發音而煩惱

24. **ob** | **sess** | **ion** 〔 əbˋsɛʃən 〕 *n.*
　　反 | 坐 | *n.*　　　著迷；困擾

25. **ob** | **sess** | **ive** 〔 əbˋsɛsɪv 〕 *adj.*
　　against | sit | *adj.*　　　著迷的
I'm becoming more and more
*obsessive* about teaching.
= Teaching is growing on me.
我越來越喜歡教書。

26. **pos** | **sess** 〔 pəˋzɛs 〕 *v.* 擁有
　　forward | sit　　（坐著向前看）
be possessed of
= possess = have

27. **pos** | **sess** | **ed** 〔 pəˋzɛst 〕 *adj.*
著魔的；瘋狂的
He danced like one *possessed*.
= He danced like a mad man.
他瘋狂地跳舞。

28. **pos** | **sess** | **ion** 〔 pəˋzɛʃən 〕 *n.*
擁有；*pl.* 財產

29. **re** ┊ **pos** ┊ **sess** 〔͵rɪpə'zɛs〕 *n.*
再取得；收回

30. **im** ┊ **pel** 〔ɪm'pɛl〕 *v.* 驅使
in ┊ drive
　　　　　　　　　（= *drive*）
（在心中推動）
What reason ***impelled*** you to go
there? 什麼理由驅使你去那裡？

> pel
> pulse ⎫ = drive（推動；驅使）
> peal ⎭

31. **im** ┊ **pulse** 〔'ɪmpʌls〕 *n.* 衝動
in ┊ drive
I bought the house on (an)
***impulse***. 我一時衝動買了那個房子。

32. **im** ┊ **puls** ┊ **ive** 〔ɪm'pʌlsɪv〕 *adj.*
衝動的
Don't make an ***impulsive***
decision.

33. **ex** ┊ **pel** 〔ɪks'pɛl〕 *v.* 驅逐；開除
out ┊ drive
= drive out

34. **ex** ┊ **puls** ┊ **ion** 〔ɪk'spʌlʃən〕 *n.*
out ┊ drive 　　*n.*
　　　　　　　　驅逐；開除

35. **com** ┊ **pel** 〔kəm'pɛl〕 *v.* 強迫
together┊ drive
　　　　　　（叫別人一起開車）
Don't ***compel*** me to do it with
you. 不要強迫我和你一起做。

36. **com** ┊ **puls** ┊ **ion** 〔kəm'pʌlʃən〕
*n.* 強迫

37. **com** ┊ **puls** ┊ **ive** 〔kəm'pʌlsɪv〕
一起 ┊ drive
*adj.* 無法克制的（= *obsessive*）；
有強迫力似的

38. **com** ┊ **puls** ┊ **ory** 〔kəm'pʌlsərɪ〕
*adj.* 義務的
compulsory education 義務教育

39. **pro** ┊ **pel** 〔prə'pɛl〕 *v.* 推進；
forward┊　　　　　　　驅使（= *impel*）

40. **pro** ┊ **pel** ┊ **ler** 〔prə'pɛlɚ〕 *n.*
　　　　　　┊　　*n.*
　　　　　　　　　　螺旋槳

41. **pro** ┊ **puls** ┊ **ion** 〔prə'pʌlʃən〕
*n.* 推進力；推進

42. **pro** ┊ **puls** ┊ **ive** 〔prə'pʌlsɪv〕 *adj.*
推進的

43. **dis** ┊ **pel** 〔dɪs'pɛl〕 *v.* 驅散
away ┊ drive

44. **re** ┊ **pel** 〔rɪ'pɛl〕 *v.* 擊退
back ┊
repel an attack 擊退進攻

45. = **re** ┊ **pulse** 〔rɪ'pʌls〕 *v.* 擊退
back ┊ drive
　　　　　　　　　　使厭惡

46. **re** ┊ **puls** ┊ **ion** 〔rɪ'pʌlʃən〕 *n.*
back ┊ drive
　　　　　　　　　　擊退；厭惡

47. **re** ¦ **puls** **ive**〔 rɪˈpʌlsɪv 〕 *adj.*
　　back ¦ drive　　　令人厭惡的；討厭的
His behavior was ***repulsive***.
他的行為使人反感。.

48. **pulse**〔 pʌls 〕 *n.* 脈搏

49. **ap** ¦ **peal**〔 əˈpil 〕 *v.* 懇求（ *to* ）；
　　向 ¦ 推動　　　　　　吸引（ *to* ）
He ***appealed*** to me for help.
他向我求助。

50. **peal**〔 pil 〕 *v.* 鳴響　　*n.* 響聲
（ drive 的聲音 ）

51. **ap** ¦ **peal** ¦ **ing**〔 əˈpilɪŋ 〕 *adj.*
　　to ¦ drive ¦ *adj.*
懇求的；有吸引力的（ 用語言推動 ）

52. **re** ¦ **peal**〔 rɪˈpil 〕 *v.* 撤銷；廢除
　　back ¦ drive　　　　　　（ = *cancel* ）

53. **popul** ¦ **ar**〔 ˈpɑpjələ 〕 *adj.*
　　people ¦ *adj.*
　　　　　　　　　　　（ 與人民有關 ）
受歡迎的；大眾的；流行的

54. **popul** ¦ **ar** ¦ **ity**〔 ˌpɑpjəˈlærətɪ 〕 *n.*
　　people ¦ ¦
　　　　　　　　　　聲望

┌ popul ┐
│ publ ┘ = people（ 大家；人們 ）

55. **popular** ¦ **ize**〔 ˈpɑpjələˌraɪz 〕 *v.*
　　　　　　¦ make
使大眾化；使普及；推廣

56. **popul** ¦ **ace**〔 ˈpɑpjəlɪs 〕 *n.*
　　people ¦ *n.*
平民百姓；民眾（ = *people* ）

57. **popul** ¦ **ous**〔 ˈpɑpjələs 〕 *adj.*
　　　　　　¦ *adj.*
人口稠密的（ 與 56 同音 ）

58. **popul** ¦ **ate**〔 ˈpɑpjəˌlet 〕 *v.*
　　　　　　¦ *v.*　　　居住於；移民於
Many foreigners ***populate*** this
area. 許多外國人居住在這個地區。

59. **popul** ¦ **ation**〔 ˌpɑpjəˈleʃən 〕 *n.*
人口（ 數 ）

60. **over** ¦ **populated**
〔 ˌovəˈpɑpjəletɪd 〕 *adj.* 人口過多的

61. **over** ¦ **population**
〔 ˌovəˌpɑpjəˈleʃən 〕 *n.* 人口過多

62. **public**〔 ˈpʌblɪk 〕 *adj.* 公共的
*n.* 大眾

63. **public** ¦ **ize**〔 ˈpʌblɪˌsaɪz 〕 *v.*
　　　　　¦ *v.*　　　發表；宣傳

64. **publicity**〔 pʌbˈlɪsətɪ 〕 *n.*
出風頭；宣傳；知名度

65. **re** ¦ **publ** ¦ **ic**〔 rɪˈpʌblɪk 〕 *n.*
　　back ¦ people ¦　　　　共和國
① the People's Republic of China
中華人民共和國
② the Republic of China　中華民國
③ the City of Taipei　台北市
= Taipei City

66. **publ** ¦ **ish**〔 ˈpʌblɪʃ 〕 *v.* 出版
　　people ¦

67. **publication** 〔͵pʌblɪˈkeʃən〕*n.* 出版（品）

68. **over** | **eat** 〔͵ovəˈit〕*v.* 吃得過多
too much

> over- = above; across; beyond
> 覆蓋；超過；勝過 → 過度；太過

69. **over** | **sleep** 〔͵ovəˈslip〕*v.*
beyond
睡過頭
ˈoverˈsleep（著）

> over + ˈ動詞

70. **over** | **come** 〔͵ovəˈkʌm〕*v.* 克服
超過 | 來

71. **over** | **hear** 〔͵ovəˈhɪr〕*v.*
across
偶然聽到

72. **over** | **charge** 〔͵ovəˈtʃɑrdʒ〕*v.*
多收（某人的）錢
We were *overcharged* by five
dollars. 我們讓人家多收了五元。

73. **charge** 〔tʃɑrdʒ〕*v.* 收費；要價

74. **over** | **throw** 〔͵ovəˈθro〕*v.* 推翻
越過 |

75. **throw** 〔θro〕*v.* 擲

76. **over** | **turn** 〔͵ovəˈtɜn〕*v.* 打翻；
覆蓋 | 轉
推翻

77. **over** | **estimate** 〔͵ovəˈɛstə͵met〕
*v.* 高估；對…估價過高

78. **estimate** 〔ˈɛstə͵met〕*v.* 估計；
估價

79. **over** | **look** 〔͵ovəˈluk〕*v.* 俯視；
above
忽視

80. **over** | **rule** 〔͵ovəˈrul〕*v.* 否決；
beyond | 規定
駁回

81. **rule** 〔rul〕*n.* 規定；規則

82. **over** | **whelm** 〔͵ovəˈhwɛlm〕*v.*
beyond | 壓倒
壓倒；擊敗

83. **over** | **whelm** | **ing** | **ly**
〔͵ovəˈhwɛlmɪŋlɪ〕*adv.* 壓倒性地

84. **overload** 〔͵ovəˈlod〕*v.* 超載

85. **over** | **flow** 〔͵ovəˈflo〕*v.* 溢出；
氾濫

86. **over** | **lap** 〔͵ovəˈlæp〕*v.* 重疊

87. **lap** 〔læp〕*n.* 膝部；大腿部

88. **overdo** 〔͵ovəˈdu〕*v.* 做…過度
Don't *overdo* it when you work
out for the first time.
當你第一次運動時，不要過度。

89. **overtime** 〔ˈovə͵taɪm〕*n.* 加班
I need to do some *overtime*
tonight. 我今天晚上要加點班。

90. **overpass** 〔ˈovə͵pæs〕*n.* 天橋；
高架橋
the Jianguo Overpass 建國高架橋

91. **overcoat** 〔ˈovə͵kot〕*n.* 大衣

92. **coat** 〔kot〕*n.* 外套；大衣

93. **over**｜**due**〔ˌovɚ'dju〕*adj.* 過期的
beyond｜到期

94. **due**〔du , dju〕*adj.* 到期的
Payment is **due** on October 10$^{th}$.
付款期限是 10 月 10 日。

95. **overall**〔'ovɚˌɔl〕*adj.* 全面的

96. **overseas**〔ˌovɚ'siz〕*adj.* 海外的
*adv.* 在海外
overseas Chinese　華僑

97. **overhead**〔ˌovɚ'hɛd〕*adj.*
頭上的；在頭上方的
He switched off an **overhead**
light.

98. **overnight**〔ˌovɚ'naɪt〕*adv.*
一夜之間；突然
He become famous **overnight**.

99. **under**｜**estimate**
〔ˌʌndɚ'ɛstəˌmet〕*v.* 低估

100. **undergo**〔ˌʌndɚ'go〕*v.* 經歷；
遭受
The writer has **undergone** many
hardships. 這位作家經歷許多困苦。

101. **underline**〔ˌʌndɚ'laɪn〕*v.*
在…畫底線

102. **undermine**〔ˌʌndɚ'maɪn〕*v.*
損害；暗中破壞

103. **mine**〔maɪn〕*n.* 地雷；水雷

104. **under**｜**stand**〔ˌʌndɚ'stænd〕
*v.* 了解（站在下面聽明白）

105. **under**｜**stand**｜**able**
〔ˌʌndɚ'stændəbl̩〕*adj.* 可理解的

106. **under**｜**take**〔ˌʌndɚ'tek〕*v.*
從事；承擔
We are ready to **undertake** a
new project.
我們準備從事一項新的計劃。

107. **under**｜**wear**〔'ʌndɚˌwɛr〕*n.*
內衣

108. **under**｜**pass**〔'ʌndɚˌpæs〕*n.*
地下道

109. **under**｜**graduate**
〔ˌʌndɚ'grædʒuɪt〕*n.* 大學生

110. **graduate**〔'grædʒuˌet〕
*n.* 畢業生

111. **under**｜**current**〔'ʌndɚ-
ˌkɝnt〕*n.* 暗流；潛在不滿的情緒

112. **underground**〔'ʌndɚ-
ˌgraʊnd〕*adj.* 地下的；秘密的

> He is amazing. He has connections
> underground and aboveground,
> official and unofficial.
> 他很厲害，他黑白兩道都有關係。

113. **under**｜**neath**〔ˌʌndɚ'niθ〕*prep.*
在…底下；在…下面 = beneath

114. **under**｜**developed**
〔ˌʌndɚdɪ'vɛləpt〕*adj.* 低度開發的

115. **under**｜**age**〔ˌʌndɚ'edʒ〕*adj.*
未成年的

背完後檢查：請看中文說出英文，並拼出字母，把不認識的單字，於空格中做記號。

| | | | | |
|---|---|---|---|---|
| ☐ | 1. 居住 | _____ | ☐ 29. 再取得；收回 | _____ |
| ☐ | 2. 住宅 | _____ | ☐ 30. 驅使 | _____ |
| ☐ | 3. 居民 | _____ | ☐ 31. 衝動 | _____ |
| ☐ | 4. 住宅的 | _____ | ☐ 32. 衝動的 | _____ |
| ☐ | 5. 總統的 | _____ | ☐ 33. 驅逐；開除 | _____ |
| ☐ | 6. 總統的職位 | _____ | ☐ 34. 驅逐；開除 | _____ |
| ☐ | 7. 主持（會議） | _____ | ☐ 35. 強迫 | _____ |
| ☐ | 8. 平息；消退 | _____ | ☐ 36. 強迫 | _____ |
| ☐ | 9. 補助的；子公司 | _____ | ☐ 37. 無法克制的 | _____ |
| ☐ | 10. 津貼；補助金 | _____ | ☐ 38. 義務的 | _____ |
| ☐ | 11. 資助；補助 | _____ | ☐ 39. 推進；驅使 | _____ |
| ☐ | 12. 異議份子 | _____ | ☐ 40. 螺旋槳 | _____ |
| ☐ | 13. 勤勉的 | _____ | ☐ 41. 推進力；推進 | _____ |
| ☐ | 14. 潛伏的；陰險的 | _____ | ☐ 42. 推進的 | _____ |
| ☐ | 15. 殘留物 | _____ | ☐ 43. 驅散 | _____ |
| ☐ | 16. 殘留的 | _____ | ☐ 44. 擊退 | _____ |
| ☐ | 17. 鎮靜劑 | _____ | ☐ 45. 擊退；使厭惡 | _____ |
| ☐ | 18. 坐著的 | _____ | ☐ 46. 擊退；厭惡 | _____ |
| ☐ | 19. 沈澱物 | _____ | ☐ 47. 令人厭惡的 | _____ |
| ☐ | 20. 開會；開庭 | _____ | ☐ 48. 脈搏 | _____ |
| ☐ | 21. 評估；評定 | _____ | ☐ 49. 懇求；吸引 | _____ |
| ☐ | 22. 估價員 | _____ | ☐ 50. 鳴響；響聲 | _____ |
| ☐ | 23. 迷住；纏住 | _____ | ☐ 51. 懇求的 | _____ |
| ☐ | 24. 著迷；困擾 | _____ | ☐ 52. 撤銷；廢除 | _____ |
| ☐ | 25. 著迷的 | _____ | ☐ 53. 受歡迎的 | _____ |
| ☐ | 26. 擁有 | _____ | ☐ 54. 聲望 | _____ |
| ☐ | 27. 著魔的；瘋狂的 | _____ | ☐ 55. 使大眾化 | _____ |
| ☐ | 28. 擁有；財產 | _____ | ☐ 56. 平民百姓；民眾 | _____ |

☐ 57. 人口稠密的 ＿＿＿＿＿

☐ 58. 居住於；移民於 ＿＿＿＿＿

☐ 59. 人口（數） ＿＿＿＿＿

☐ 60. 人口過多的 ＿＿＿＿＿

☐ 61. 人口過多 ＿＿＿＿＿

☐ 62. 公共的；大眾 ＿＿＿＿＿

☐ 63. 發表；宣傳 ＿＿＿＿＿

☐ 64. 出風頭；宣傳 ＿＿＿＿＿

☐ 65. 共和國 ＿＿＿＿＿

☐ 66. 出版 ＿＿＿＿＿

☐ 67. 出版（品） ＿＿＿＿＿

☐ 68. 吃得過多 ＿＿＿＿＿

☐ 69. 睡過頭 ＿＿＿＿＿

☐ 70. 克服 ＿＿＿＿＿

☐ 71. 偶然聽到 ＿＿＿＿＿

☐ 72. 多收（某人的）錢 ＿＿＿＿＿

☐ 73. 收費；要價 ＿＿＿＿＿

☐ 74. 推翻 ＿＿＿＿＿

☐ 75. 擲 ＿＿＿＿＿

☐ 76. 打翻；推翻 ＿＿＿＿＿

☐ 77. 高估 ＿＿＿＿＿

☐ 78. 估計；估價 ＿＿＿＿＿

☐ 79. 俯視；忽視 ＿＿＿＿＿

☐ 80. 否決；駁回 ＿＿＿＿＿

☐ 81. 規定；規則 ＿＿＿＿＿

☐ 82. 壓倒；擊敗 ＿＿＿＿＿

☐ 83. 壓倒性地 ＿＿＿＿＿

☐ 84. 超載 ＿＿＿＿＿

☐ 85. 溢出；氾濫 ＿＿＿＿＿

☐ 86. 重疊 ＿＿＿＿＿

☐ 87. 膝部；大腿部 ＿＿＿＿＿

☐ 88. 做…過度 ＿＿＿＿＿

☐ 89. 加班 ＿＿＿＿＿

☐ 90. 天橋；高架橋 ＿＿＿＿＿

☐ 91. 大衣 ＿＿＿＿＿

☐ 92. 外套；大衣 ＿＿＿＿＿

☐ 93. 過期的 ＿＿＿＿＿

☐ 94. 到期的 ＿＿＿＿＿

☐ 95. 全面的 ＿＿＿＿＿

☐ 96. 海外的；在海外 ＿＿＿＿＿

☐ 97. 頭上的 ＿＿＿＿＿

☐ 98. 一夜之間；突然 ＿＿＿＿＿

☐ 99. 低估 ＿＿＿＿＿

☐ 100. 經歷；遭受 ＿＿＿＿＿

☐ 101. 在…畫底線 ＿＿＿＿＿

☐ 102. 損害；暗中破壞 ＿＿＿＿＿

☐ 103. 地雷；水雷 ＿＿＿＿＿

☐ 104. 了解 ＿＿＿＿＿

☐ 105. 可理解的 ＿＿＿＿＿

☐ 106. 從事；承擔 ＿＿＿＿＿

☐ 107. 內衣 ＿＿＿＿＿

☐ 108. 地下道 ＿＿＿＿＿

☐ 109. 大學生 ＿＿＿＿＿

☐ 110. 畢業生 ＿＿＿＿＿

☐ 111. 暗流 ＿＿＿＿＿

☐ 112. 地下的；秘密的 ＿＿＿＿＿

☐ 112. 在…底下 ＿＿＿＿＿

☐ 114. 低度開發的 ＿＿＿＿＿

☐ 115. 未成年的 ＿＿＿＿＿

最後再複習：下面單字按照字母序排列，請把還不認識的單字做一記號。
第一次不會，做個記號，第二次再不會，再做個記號。

- □□ appeal
- □□ appealing
- □□ assess
- □□ assessor
- □□ assiduous
- □□ charge
- □□ coat
- □□ compel
- □□ compulsion
- □□ compulsive
- □□ compulsory
- □□ dispel
- □□ dissident
- □□ due
- □□ estimate
- □□ expel
- □□ expulsion
- □□ graduate
- □□ impel
- □□ impulse
- □□ impulsive
- □□ insidious
- □□ lap
- □□ mine
- □□ obsess
- □□ obsession
- □□ obsessive
- □□ overall
- □□ overcharge
- □□ overcoat
- □□ overcome
- □□ overdo
- □□ overdue
- □□ overeat
- □□ overestimate
- □□ overflow
- □□ overhead
- □□ overhear
- □□ overlap

- □□ overload
- □□ overlook
- □□ overnight
- □□ overpass
- □□ overpopulated
- □□ overpopulation
- □□ overrule
- □□ overseas
- □□ oversleep
- □□ overthrow
- □□ overtime
- □□ overturn
- □□ overwhelm
- □□ overwhelmingly
- □□ peal
- □□ populace
- □□ popular
- □□ popularity
- □□ popularize
- □□ populate
- □□ population
- □□ populous
- □□ possess
- □□ possessed
- □□ possession
- □□ preside
- □□ presidency
- □□ presidential
- □□ propel
- □□ propeller
- □□ propulsion
- □□ propulsive
- □□ public
- □□ publication
- □□ publicity
- □□ publicize
- □□ publish
- □□ pulse
- □□ repeal

- □□ repel
- □□ repossess
- □□ republic
- □□ repulse
- □□ repulsion
- □□ repulsive
- □□ reside
- □□ residence
- □□ resident
- □□ residential
- □□ residual
- □□ residue
- □□ rule
- □□ sedative
- □□ sedentary
- □□ sediment
- □□ session
- □□ subside
- □□ subsidiary
- □□ subsidize
- □□ subsidy
- □□ throw
- □□ underage
- □□ undercurrent
- □□ underdeveloped
- □□ underestimate
- □□ undergo
- □□ undergraduate
- □□ underground
- □□ underline
- □□ undermine
- □□ underneath
- □□ underpass
- □□ understand
- □□ understandable
- □□ undertake
- □□ underwear

# Required Synonyms  13-15

1. **monotonous** 〔 məˋnɑtn̩əs 〕
   *adj.* 單調的
   - = tedious 〔ˋtidɪəs 〕( ious 結尾 )
   - = repetitious 〔͵rɛpɪˋtɪʃəs 〕

   - = boring 〔ˋborɪŋ 〕
   - = dull 〔 dʌl 〕
   - = uniform 〔ˋjunə͵fɔrm 〕

2. **ambiguous** 〔 æmˋbɪgjuəs 〕
   *adj.* 模稜兩可的；含糊的
   - = unclear 〔 ʌnˋklɪr 〕( un 開頭 )
   - = uncertain 〔 ʌnˋsɝtn̩ 〕

   - = indefinite 〔 ɪnˋdɛfənɪt 〕
   - = inconclusive 〔͵ɪnkənˋklusɪv 〕
     ( in 開頭 )

   - = equivocal 〔 ɪˋkwɪvəkl̩ 〕
   - = enigmatic 〔͵ɛnɪgˋmætɪk 〕
     ( e 開頭 )

   - = obscure 〔 əbˋskjʊr 〕
   - = vague 〔 veg 〕

3. **attract** 〔 əˋtrækt 〕 *v.* 吸引
   - = allure 〔 əˋlʊr 〕( a 開頭 )
   - = appeal 〔 əˋpil 〕 to

   - = entice 〔 ɪnˋtaɪs 〕( e 開頭 )
   - = enchant 〔 ɪnˋtʃænt 〕

4. **entreat** 〔 ɪnˋtrit 〕 *v.* 懇求；乞求；請求
   - = beg 〔 bɛg 〕( b 開頭 )
   - = beseech 〔 bɪˋsitʃ 〕

   - = plead with 〔 p 開頭 )
   - = pray 〔 pre 〕
   - = petition 〔 pəˋtɪʃən 〕

   - = implore 〔 ɪmˋplor 〕
   - = supplicate 〔ˋsʌplɪ͵ket 〕
     ( e 結尾 )

5. **subsidize** 〔ˋsʌbsə͵daɪz 〕 *v.* 資助；補助
   - = fund 〔 fʌnd 〕( f 開頭 )
   - = finance 〔 fəˋnæns 〕

   - = sponsor 〔ˋspɑnsɚ 〕
   - = bankroll 〔ˋbæŋk͵rol 〕

6. **impulsive** 〔 ɪmˋpʌlsɪv 〕 *adj.* 衝動的
   - = instinctive 〔 ɪnˋstɪŋktɪv 〕
   - = impetuous 〔 ɪmˋpɛtʃʊəs 〕
     ( i 開頭 )

   - = rash 〔 ræʃ 〕
   - = hasty 〔ˋhestɪ 〕
   - = headlong 〔ˋhɛd͵lɔŋ 〕

背以前先檢查：請先看英文說出中文，把不認識的單字，於空格中做記號。

| | | | |
|---|---|---|---|
| ☐ 1. assume | | ☐ 26. instructor |
| ☐ 2. assumption | | ☐ 27. instructive |
| ☐ 3. presume | | ☐ 28. instrument |
| ☐ 4. presumption | | ☐ 29. instrumental |
| ☐ 5. presumptive | | ☐ 30. obstruct |
| ☐ 6. presumptuous | | ☐ 31. obstruction |
| ☐ 7. sumptuous | | ☐ 32. obstructive |
| ☐ 8. consume | | ☐ 33. note |
| ☐ 9. consumer | | ☐ 34. notebook |
| ☐ 10. consumption | | ☐ 35. noted |
| ☐ 11. resume | | ☐ 36. notable |
| ☐ 12. résumé | | ☐ 37. notary |
| ☐ 13. resumption | | ☐ 38. notarize |
| ☐ 14. structure | | ☐ 39. notarial |
| ☐ 15. structural | | ☐ 40. notice |
| ☐ 16. construct | | ☐ 41. noticeable |
| ☐ 17. construction | | ☐ 42. notify |
| ☐ 18. reconstruct | | ☐ 43. notification |
| ☐ 19. reconstruction | | ☐ 44. notion |
| ☐ 20. construe | | ☐ 45. notation |
| ☐ 21. misconstrue | | ☐ 46. notorious |
| ☐ 22. destroy | | ☐ 47. denote |
| ☐ 23. destruction | | ☐ 48. denotation |
| ☐ 24. destructive | | ☐ 49. connote |
| ☐ 25. instruct | | ☐ 50. connotation |

☐ 51. annotate

☐ 52. annotation

☐ 53. defend

☐ 54. fend

☐ 55. fence

☐ 56. defense

☐ 57. defensive

☐ 58. defendant

☐ 59. plaintiff

☐ 60. sheriff

☐ 61. bailiff

☐ 62. offend

☐ 63. offense

☐ 64. offensive

☐ 65. infest

☐ 66. infestation

☐ 67. manifestation

☐ 68. manifesto

☐ 69. grateful

☐ 70. ungrateful

☐ 71. gratify

☐ 72. gratification

☐ 73. gratitude

☐ 74. gratuity

☐ 75. gratuitous

☐ 76. gratis

☐ 77. congratulate

☐ 78. congratulation

☐ 79. ingratiate

☐ 80. grace

☐ 81. graceful

☐ 82. gracious

☐ 83. disgrace

☐ 84. grade

☐ 85. gradient

☐ 86. gradual

☐ 87. gradually

☐ 88. graduate

☐ 89. graduation

☐ 90. degrade

☐ 91. degradation

☐ 92. postgraduate

☐ 93. retrograde

☐ 94. ingress

☐ 95. egress

☐ 96. congress

☐ 97. progress

☐ 98. digress

☐ 99. regression

☐ 100. regressive

☐ 101. upgrade

# 劉毅老師「英文字根串聯記憶班」筆記 ⑯

1. **as** **sume** 〔ə'sum〕*v.* 假定；認為
   to　take

2. **as** **sumpt** **ion** 〔ə'sʌmpʃən〕*n.*
   to　take　*n.*　　　　　假定

   > sume
   > sumpt } = take 拿；以為；花費

3. **pre** **sume** 〔prɪ'zum〕*v.* 假定；
   before　take　　　　　　認為

   I assume
   = I presume
   = I take it that } you're right.
   = I think

4. **pre** **sumpt** **ion** 〔prɪ'zʌmpʃən〕
   before　take　*n.*　　*n.* 假定

5. **pre** **sumpt** **ive** 〔prɪ'zʌmptɪv〕
   *adj.* 假定的

6. **pre** **sumpt** **uous**
   before　take　*adj.*
   〔prɪ'zʌmptʃuəs〕*adj.* 冒昧的；
   放肆的；專橫的
   Would it be *presumptuous* of
   me to ask to borrow your car?
   我會不會太冒昧，向你借車？

7. **sumpt** **uous** 〔'sʌmptʃuəs〕*adj.*
   take　*adj.*　　　奢華的；奢侈的
   What a *sumptuous* meal!
   ‖
   luxurious
   〔lʌg'ʒurɪəs〕

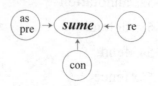

8. **con** **sume** 〔kən'sum〕*v.* 消費；
   all　take　　　　　　　耗盡

9. **con** **sum** **er** 〔kən'sumɚ〕*n.*
   all　take　人　　　　消費者

10. **con** **sumpt** **ion**
    all　take　*n.*
    〔kən'sʌmpʃən〕*n.* 消耗；
    肺病（= *TB*）

11. **re** **sume** 〔rɪ'zum〕*v.* 恢復；
    again　take　　　　　　繼續
    After the break, class will
    *resume.* 休息後，繼續上課。

12. **résumé** 〔ˌrɛzu'me, 'rɛzəˌme〕*n.*
    履歷表

13. **re** **sumpt** **ion** 〔rɪ'zʌmpʃən〕
    again　take　*n.*　　*n.* 恢復；繼續

14. **struct** **ure** 〔'strʌktʃɚ〕*n.* 構造；
    build　*n.*　　　　　　結構

15. **struct** **ur** **al** 〔'strʌktʃərəl〕*adj.*
    build　*n.*　*adj.*　　　構造上的

    > struct
    > stru　} = build（建造）
    > story

16. **con** **struct**〔kən'strʌkt〕v.
together　build　　　　建造

17. **con** **struct** **ion**〔kən'strʌkʃən〕
一起　build　　n.　　　n. 建築
under construction　施工中

18. **re** **construct**〔͵rikən'strʌkt〕
again　　　　　　v. 重建

19. **re** **construction**
〔͵rikən'strʌkʃən〕n. 重建

20. **con** **strue**〔kən'stru〕v. 解釋；
一起　build　　　分析（句子）
= explain
construe a sentence　分析一個句子

21. **mis** **construe**〔͵mɪskən'stru〕
wrongly　　　　v. 誤解
Don't *misconstrue* what I said.
= Don't get me wrong.
不要誤會我。

22. **de** **stroy**〔dɪ'strɔɪ〕v. 破壞
down　build

23. **de** **struct** **ion**〔dɪ'strʌkʃən〕
down　build　n.　　　n. 破壞

24. **de** **struct** **ive**〔dɪ'strʌktɪv〕
down　build　adj.　　adj. 毀滅性的

25. **in** **struct**〔ɪn'strʌkt〕v. 教授；
in　build　　　命令；吩咐
（建築在心中）

26. **in** **struct** **or**〔ɪn'strʌktɚ〕n.
人　　教官；講師

27. **in** **struct** **ive**〔ɪn'strʌktɪv〕adj.
in　build　　　　有益的
The book is very *instructive*.

28. **in** **stru** **ment**〔'ɪnstrəmənt〕
in　build
n. 工具；儀器；樂器
（建築工地用必需的東西）

29. **in** **stru** **ment** **al**
in　build　　n.　　adj.
〔͵ɪnstrə'mɛntḷ〕adj. 有幫助的；
儀器的（用儀器有幫助）
= useful = helpful

30. **ob** **struct**〔əb'strʌkt〕v.
against　build　妨礙；阻擋；堵住
Excuse me.　借過。
Please don't *obstruct* my way.
請不要擋路。

31. **ob** **struct** **ion**〔əb'strʌkʃən〕
n.　　n. 障礙（物）

32. **ob** **struct** **ive**〔əb'strʌktɪv〕
against　build　adj.
adj. 妨礙的；阻塞的

33. **note**〔not〕n. 筆記
take notes　做筆記

34. **note** **book**〔'not͵bʊk〕n. 筆記本
write

35. **not** ed (ˈnotɪd ) *adj.* 著名的
mark

$$not = \begin{cases} mark（標記）\\ know（知道）\\ write（寫） \end{cases}$$

36. **not** able (ˈnotəbḷ ) *adj.* 顯著的；
標記 　　　　　　　　　　重要的
a notable success 顯著的成功

37. **not** ary (ˈnotərɪ ) *n.* 公證人
write
（記錄下來的人）

38. **not** ar ize (ˈnotə,raɪz ) *v.* 公證
write 人 *v.*

39. **not** ar ial ( noˈtɛrɪəl ) *adj.*
write 人 *adj.* 　　　　　　公證的

40. **not** ice (ˈnotɪs ) *v.* 注意到
know *v. n.*

41. **notice** able (ˈnotɪsəbḷ ) *adj.*
顯著的；明顯的
Our class has made *noticeable*
improvement.
我們班上已有顯著的進步。

42. **not** ify (ˈnotə,faɪ ) *v.* 通知
know make
= inform

43. **not** ific ation ( ,notəfəˈkeʃən )
know *v.* 　 *n.*
*n.* 通知；通知書
advance notification 預先通知

44. **not** ion (ˈnoʃən ) *n.* 概念；想法
know 　　　　（知道產生的結果）
= idea
= thought

45. **not** ation ( noˈteʃən ) *n.* 符號；
mark 　　　　　　　　　　記號
= mark

46. **not** or ious ( noˈtorɪəs ) *adj.*
know 　　　 *adj.* 　　聲名狼藉的
= in famous
　 相反

47. de **note** ( dɪˈnot ) *v.* 表示；
down write 　　　　　意思是
= mean
= show

48. de **not** ation ( ,dinoˈteʃən ) *n.*
本義；意義

49. con **note** ( kəˈnot ) *v.* 暗示；
together mark 　　　　　含意
know
（有標記在一起）

50. con **not** ation ( ,kɑnəˈteʃən )
　　　　　　　　　　　　　*n.*
*n.* 暗示；含意；言外之意
Almost every sentence has
*denotations* and *connotations*.
幾乎每一個句子都有本義和含意。
She is a girl. ①她是一個女孩。
②她沒長大。她是女生。

51. **an** ¦ **not** ¦ **ate** ( ˈænoˌtet ) v. 註解；
to ¦ write ¦ 　　　　　 作註解
　　 ¦ mark ¦
（字，作標記）
Some people *annotate* as they
read. 有人一面讀書一面作註解。

52. **an** ¦ **not** ¦ **ation** (ˌænoˈteʃən ) n.
to ¦ know ¦ 　n. 　　　　 註解；註釋

53. **de** ¦ **fend** ( dɪˈfɛnd ) v. 保衛；防禦
down ¦ strike 　　　（攻擊是最好的防禦）

```
fend  ⎫
fense ⎬ = strike（打擊）
fest  ⎭
```

54. **fend** ( fɛnd ) v. 抵擋
（defend 的簡形）

55. **fence** ( fɛns ) n. 籬笆；圍欄
The grass is always greener on
the other side of the *fence*.
外國的月亮比較圓。

56. **de** ¦ **fense** ( dɪˈfɛns ) n. 防禦；
down ¦ strike 　　　　　　 辯護
（攻擊是最好的防禦）

57. **defens** ¦ **ive** ( dɪˈfɛnsɪv ) adj.
　　　 ¦ adj. 　　　　　 防禦的
a defensive treaty 防禦條約

58. **defend** ¦ **ant** ( dɪˈfɛndənt ) n.
　　　　 ¦ 人 　　　　　 被告

59. **plaint** ¦ **iff** ( ˈplentɪf ) n. 原告
complaint ¦ 人
抱怨

60. **sher** ¦ **iff** ( ˈʃɛrɪf ) n. 警長
　　　 ¦ 人

61. **bail** ¦ **iff** ( ˈbelɪf ) n. 法警
保釋 ¦ 人

62. **of** ¦ **fend** ( əˈfɛnd ) v. 冒犯
against ¦ strike
Women are the last people you
want to *offend*. 不要得罪女人。

63. **of** ¦ **fense** ( əˈfɛns ) n. 冒犯；
against ¦ strike 　　　　　 攻擊

64. **of** ¦ **fens** ¦ **ive** ( əˈfɛnsɪv ) adj.
against ¦ strike ¦ adj. 　冒犯的；無禮的

65. **in** ¦ **fest** ( ɪnˈfɛst ) v. 騷擾
in ¦ strike
The kitchen *was infested with*
ants. 廚房到處是螞蟻。

66. **infest** ¦ **ation** (ˌɪnfɛsˈteʃən ) n.
　　　 ¦ n. 　　　　　 騷擾

67. **mani** ¦ **fest** ¦ **ation**
hand ¦ strike ¦ 行為
(ˌmænəfɛsˈteʃən ) n. 顯示；表現
Fever is one *manifestation* of a
cold. 發燒是感冒的一種表現。

68. **mani** ¦ **fest** ¦ **o** (ˌmænəˈfɛsto ) n.
hand ¦ 敲擊 ¦ n. 　　　　 宣言
（用手敲擊宣告天下）
an election manifesto 競選宣言

69. **grate** ¦ **ful** ( ˈgretfəl ) adj. 感謝的
thank ¦

grate ⎫
grat ⎭ = thank（感謝）
　　　　 please（高興）

70. **un grateful**〔ʌnˈgretfəl〕*adj.*
not
不知感謝的

71. **grat ify**〔ˈgrætə,faɪ〕*v.* 使高興
please  make
I was *gratified* to receive your
present. 我很高興收到你的禮物。

72. **grat ifi cation**
高興  *v.*  *n.*
〔,grætəfəˈkeʃən〕*n.* 滿足；快感

73. **grat itude**〔ˈgrætə,tud〕*n.* 感謝
thank  抽名
I would like to express my
*gratitude* to everyone here for
all your hard work.
同學這麼用功，我要表達我的感謝。

74. **grat uity**〔grəˈtjuətɪ〕*n.* 小費
thank  *n.*
（= *tip*）

75. **grat uit ous**〔grəˈtjuətəs〕*adj.*
高興  *n.*  *adj.*
（高興做就做）
無謂的；無緣無故的
= unnecessary
Don't make *gratuitous*
sacrifices. 不要作出無謂的犧牲。

76. **grat is**〔ˈgrætɪs〕*adj.* 免費的
高興  *adj.*
= free of charge
Our school is *gratis* for students
under 7 years old.
7歲以下的學生，可免費來班上課。

77. **con grat ul ate**
一起  高興  *v.*
〔kənˈgrætʃə,let〕*v.* 祝賀
I want to *congratulate* you with
all my heart. 我要衷心祝賀你。

78. **congratulat ions**
*n.*
〔kən,grætʃəˈleʃənz〕*n. pl.* 恭喜

79. **in grat iate**〔ɪnˈgreʃɪ,et〕*v.*
in  高興
討好；巴結（和反身代名詞連用）
Don't try to *ingratiate* yourself
with the manager.
不要想去討好主任。

80. **grace**〔gres〕*n.* 優雅；仁慈；
親切（高興 + 感謝產生的結果）

81. **grace ful**〔ˈgresfəl〕*adj.* 優雅的
*adj.*

82. **grac ious**〔ˈgreʃəs〕*adj.* 親切的
*adj.*

83. **dis grace**〔dɪsˈgres〕*n.* 不名譽；
not  高興
感謝  恥辱
There's no *disgrace*.
沒有什麼丟人的事。

84. **grade**〔gred〕*n.* 年級；等級；
成績

grad ⎫
gress ⎭ = walk（走）
　　　　 step（腳步；一步；
　　　　　　　　 等級；升級）

85. **grad** **ient**〔ˈgrɛdɪənt〕*n.* 坡度；
　　step　　*n.*　　　　　　　　傾斜度

86. **grad** **ual**〔ˈgrædʒʊəl〕*adj.*
　　step　　*adj.*　　　　（一步一步走）
逐漸的

87. **grad** **ual** **ly**〔ˈgrædʒʊəlɪ〕*adv.*
　　step　　*adj.*　*adv.*
逐漸地；逐步地
= step by step = little by little
= bit by bit

88. **grad** **uate**〔ˈgrædʒʊ‚et〕*v.* 畢業
　　step　　*v.*　　　　（一步一步走完）

89. **graduat** **ion**〔‚grædʒʊˈeʃən〕*n.*
　　　　　　　*n.*　　　　　　　畢業

90. **de** **grade**〔dɪˈgred〕*v.* 降低…
　　down　step　　　　　　身份

91. **de** **grad** **ation**〔‚dɛgrəˈdeʃən〕
*n.* 降低；墮落；丟臉
The secretary-general will
suffer the *degradation* of going
to prison.
秘書長將會遭受坐牢的羞辱。

92. **post** **graduate**
　　after
〔postˈgrædʒʊ‚et〕*n.* 研究生

93. **retro** **grade**〔ˈrɛtrəgred〕*adj.*
backward　step
退步的；倒退的

94. **in** **gress**〔ˈɪngrɛs〕*n.* 進入；
　　in　walk　　　　　　　入口
The flood was caused by an
*ingress* of water.
水的進入引起水災。

95. **e** **gress**〔ˈigrɛs〕*n.* 出路；外出
out　walk
egress and ingress　出入

96. **con** **gress**〔ˈkɑngrəs〕*n.*
一起　walk
（正式）會議；代表大會
Congress　美國國會

97. **pro** **gress**〔ˈprɑgrɛs〕*n.* 進步
forward　walk
**progress**〔prəˈgrɛs〕*v.* 進步

98. **di** **gress**〔daɪˈgrɛs〕*v.* 離題
apart　walk
Don't *digress* from the subject.
不要離題。

99. **re** **gress** **ion**〔rɪˈgrɛʃən〕*n.*
back　walk　*n.*
退步；退化

100. **re** **gress** **ive**〔rɪˈgrɛsɪv〕*adj.*
退步的；退化的
= retrograde

101. **up** **grade**〔ˈʌpˈgred〕*v.* 使升級
向上　step

背完後檢查：請看中文說出英文，並拼出字母，把不認識的單字，於空格中
做記號。

☐ 1. 假定；認為 _____

☐ 2. 假定 _____

☐ 3. 假定；認為 _____

☐ 4. 假定 _____

☐ 5. 假定的 _____

☐ 6. 冒昧的；放肆的 _____

☐ 7. 奢華的；奢侈的 _____

☐ 8. 消費；耗盡 _____

☐ 9. 消費者 _____

☐ 10. 消耗；肺病 _____

☐ 11. 恢復；繼續 _____

☐ 12. 履歷表 _____

☐ 13. 恢復；繼續 _____

☐ 14. 構造；結構 _____

☐ 15. 構造上的 _____

☐ 16. 建造 _____

☐ 17. 建築 _____

☐ 18. 重建 _____

☐ 19. 重建 _____

☐ 20. 解釋；分析 _____

☐ 21. 誤解 _____

☐ 22. 破壞 _____

☐ 23. 破壞 _____

☐ 24. 毀滅性的 _____

☐ 25. 教授；命令 _____

☐ 26. 教官；講師 _____

☐ 27. 有益的 _____

☐ 28. 工具；儀器 _____

☐ 29. 有幫助的 _____

☐ 30. 妨礙；阻擋 _____

☐ 31. 障礙（物） _____

☐ 32. 妨礙的；阻塞的 _____

☐ 33. 筆記 _____

☐ 34. 筆記本 _____

☐ 35. 著名的 _____

☐ 36. 顯著的；重要的 _____

☐ 37. 公證人 _____

☐ 38. 公證 _____

☐ 39. 公證的 _____

☐ 40. 注意到 _____

☐ 41. 顯著的；明顯的 _____

☐ 42. 通知 _____

☐ 43. 通知；通知書 _____

☐ 44. 概念；想法 _____

☐ 45. 符號；記號 _____

☐ 46. 聲名狼藉的 _____

☐ 47. 表示；意思是 _____

☐ 48. 本義；意義 _____

☐ 49. 暗示；含意 _____

☐ 50. 暗示；含意 _____

□ 51. 註解；作註解 　—————

□ 52. 註解；註釋 　—————

□ 53. 保衛；防禦 　—————

□ 54. 抵擋 　—————

□ 55. 籬笆；圍欄 　—————

□ 56. 防禦；辯護 　—————

□ 57. 防禦的 　—————

□ 58. 被告 　—————

□ 59. 原告 　—————

□ 60. 警長 　—————

□ 61. 法警 　—————

□ 62. 冒犯 　—————

□ 63. 冒犯；攻擊 　—————

□ 64. 冒犯的；無禮的 　—————

□ 65. 騷擾 　—————

□ 66. 騷擾 　—————

□ 67. 顯示；表現 　—————

□ 68. 宣言 　—————

□ 69. 感謝的 　—————

□ 70. 不知感謝的 　—————

□ 71. 使高興 　—————

□ 72. 滿足；快感 　—————

□ 73. 感謝 　—————

□ 74. 小費 　—————

□ 75. 無謂的 　—————

□ 76. 免費的 　—————

□ 77. 祝賀 　—————

□ 78. 恭喜 　—————

□ 79. 討好；巴結 　—————

□ 80. 優雅；仁慈 　—————

□ 81. 優雅的 　—————

□ 82. 親切的 　—————

□ 83. 不名譽；恥辱 　—————

□ 84. 年級；等級 　—————

□ 85. 坡度；傾斜度 　—————

□ 86. 逐漸的 　—————

□ 87. 逐漸地；逐步地 　—————

□ 88. 畢業 　—————

□ 89. 畢業 　—————

□ 90. 降低…身份 　—————

□ 91. 降低；墮落 　—————

□ 92. 研究生 　—————

□ 93. 退步的；倒退的 　—————

□ 94. 進入；入口 　—————

□ 95. 出路；外出 　—————

□ 96. 會議；代表大會 　—————

□ 97. 進步 　—————

□ 98. 離題 　—————

□ 99. 退步；退化 　—————

□ 100. 退步的；退化的 　—————

□ 101. 使升級 　—————

最後再複習：下面單字按照字母序排列，請把還不認識的單字做一記號。
第一次不會，做個記號，第二次再不會，再做個記號。

| | | |
|---|---|---|
| □□ annotate | □□ gracious | □□ notice |
| □□ annotation | □□ grade | □□ noticeable |
| □□ assume | □□ gradient | □□ notification |
| □□ assumption | □□ gradual | □□ notify |
| □□ bailiff | □□ gradually | □□ notion |
| □□ congratulate | □□ graduate | □□ notorious |
| □□ congratulation | □□ graduation | □□ obstruct |
| □□ congress | □□ grateful | □□ obstruction |
| □□ connotation | □□ gratification | □□ obstructive |
| □□ connote | □□ gratify | □□ offend |
| □□ construct | □□ gratis | □□ offense |
| □□ construction | □□ gratitude | □□ offensive |
| □□ construe | □□ gratuitous | □□ plaintiff |
| □□ consume | □□ gratuity | □□ postgraduate |
| □□ consumer | □□ infest | □□ presume |
| □□ consumption | □□ infestation | □□ presumption |
| □□ defend | □□ ingratiate | □□ presumptive |
| □□ defendant | □□ ingress | □□ presumptuous |
| □□ defense | □□ instruct | □□ progress |
| □□ defensive | □□ instructive | □□ reconstruct |
| □□ degradation | □□ instructor | □□ reconstruction |
| □□ degrade | □□ instrument | □□ regression |
| □□ denotation | □□ instrumental | □□ regressive |
| □□ denote | □□ manifestation | □□ resume |
| □□ destroy | □□ manifesto | □□ résumé |
| □□ destruction | □□ misconstrue | □□ resumption |
| □□ destructive | □□ notable | □□ retrograde |
| □□ digress | □□ notarial | □□ sheriff |
| □□ disgrace | □□ notarize | □□ structural |
| □□ egress | □□ notary | □□ structure |
| □□ fence | □□ notation | □□ sumptuous |
| □□ fend | □□ note | □□ ungrateful |
| □□ grace | □□ notebook | □□ upgrade |
| □□ graceful | □□ noted | |

# 英文字根串聯單字記憶比賽 ⑰

背以前先檢查：請先看英文說出中文，把不認識的單字，於空格中做記號。

| | | | |
|---|---|---|---|
| ☐ 1. visa | | ☐ 27. revise |
| ☐ 2. visible | | ☐ 28. revision |
| ☐ 3. invisible | | ☐ 29. supervise |
| ☐ 4. vision | | ☐ 30. supervision |
| ☐ 5. visionary | | ☐ 31. supervisor |
| ☐ 6. visit | | ☐ 32. survey |
| ☐ 7. visitation | | ☐ 33. surveillance |
| ☐ 8. visitor | | ☐ 34. television |
| ☐ 9. vista | | ☐ 35. televise |
| ☐ 10. visual | | ☐ 36. review |
| ☐ 11. visualize | | ☐ 37. interview |
| ☐ 12. advise | | ☐ 38. video |
| ☐ 13. adviser | | ☐ 39. videodisc |
| ☐ 14. advisory | | ☐ 40. disc |
| ☐ 15. advice | | ☐ 41. videophone |
| ☐ 16. devise | | ☐ 42. visor |
| ☐ 17. device | | ☐ 43. adventure |
| ☐ 18. envy | | ☐ 44. advent |
| ☐ 19. envious | | ☐ 45. adventurous |
| ☐ 20. envision | | ☐ 46. venture |
| ☐ 21. evidence | | ☐ 47. misadventure |
| ☐ 22. evident | | ☐ 48. convention |
| ☐ 23. improvise | | ☐ 49. conventional |
| ☐ 24. provide | | ☐ 50. convene |
| ☐ 25. provided | | ☐ 51. convenient |
| ☐ 26. provision | | ☐ 52. convenience |

- [ ] 53. event
- [ ] 54. eventful
- [ ] 55. eventually
- [ ] 56. invent
- [ ] 57. invention
- [ ] 58. inventor
- [ ] 59. inventory
- [ ] 60. prevent
- [ ] 61. prevention
- [ ] 62. preventive
- [ ] 63. intervene
- [ ] 64. intervention
- [ ] 65. avenue
- [ ] 66. revenue
- [ ] 67. circumvent
- [ ] 68. souvenir
- [ ] 69. sense
- [ ] 70. sensible
- [ ] 71. sensibility
- [ ] 72. sensitive
- [ ] 73. sensitivity
- [ ] 74. sensor
- [ ] 75. sensory
- [ ] 76. sensual
- [ ] 77. sensuous
- [ ] 78. sensation
- [ ] 79. sensational
- [ ] 80. sentiment
- [ ] 81. sentimental
- [ ] 82. sentence
- [ ] 83. assent
- [ ] 84. consent
- [ ] 85. consensus
- [ ] 86. dissent
- [ ] 87. dissension
- [ ] 88. insensitive
- [ ] 89. nonsense
- [ ] 90. resent
- [ ] 91. resentful
- [ ] 92. resentment
- [ ] 93. scent
- [ ] 94. descent
- [ ] 95. revive
- [ ] 96. revival
- [ ] 97. survival
- [ ] 98. survivor
- [ ] 99. vivid
- [ ] 100. vividly
- [ ] 101. vital
- [ ] 102. vitality
- [ ] 103. vitamin
- [ ] 104. vivacious
- [ ] 105. capacious
- [ ] 106. capacity
- [ ] 107. vivacity

# 劉毅老師「英文字根串聯記憶班」筆記 ⑰

1. **vis** | **a**〔ˋvizə〕*n.* 簽證（簽證要面談）
   see | *n.*

   \*i 在重音節讀 /i/ 視為例外。

   > vis
   > vid
   > vey  } = see（看見）
   > vy

2. **vis** | **ible**〔ˋvizəbļ〕*adj.* 可看見的
   看見 | 能

3. **in** | **visible**〔ɪnˋvizəbļ〕*adj.*
   看不見的

4. **vis** | **ion**〔ˋvɪʒən〕*n.* 視力；洞察力
   see | *n.*

   *Vision* weaken<u>s</u> as we grow old.
   我們的視力隨著年齡增大而衰退。

5. **vision** | **ary**〔ˋvɪʒən͵ɛrɪ〕*adj.*
   see | *adj.*

   有遠見的；有眼力的
   Look ahead.  Be a *visionary*
   leader.
   向前看，做一個有遠見的領導者。

6. **vis** | **it**〔ˋvizit〕*v.* 訪問
   see | go

7. **visit** | **ation**〔͵vizəˋteʃən〕*n.*
   | *n.*

   （離婚父母對子女的）探望；探視
   visitation rights  探視權

---

字長的語氣 ＞ 字短的語氣

8. **visit** | **or**〔ˋvizitə〕*n.* 訪客；
   | 人　　　　　　　　觀光客

9. **vis** | **ta**〔ˋvistə〕*n.* 美景；遠者
   see | *n.*
   = view
   = sight
   vista point  觀景點

10. **vis** | **ual**〔ˋvɪʒʊəl〕*adj.* 視覺的
    see | *adj.*

11. **visual** | **ize**〔ˋvɪʒʊəl͵aɪz〕*v.* 想像
    | make
    = picture（想像）
    = imagine

12. **ad** | **vise**〔ədˋvaɪz〕*v.* 勸告
    to | see

13. **advis** | **er**〔ədˋvaɪzə〕*n.* 顧問
    | 人

14. **ad** | **vis** | **ory**〔ədˋvaɪzərɪ〕*adj.*
    to | see | *adj.*
    勸告的；顧問的
    U.S. Military Advisory Group
    美軍顧問團

15. **ad** | **vice**〔ədˋvaɪs〕*n.* 勸告
    to | see

16. **de** | **vise** ﹝ dɪˋvaɪz ﹞ *v.* 設計；發明
apart | see
（分開來看的結果 → 發明）

17. **de** | **vice** ﹝ dɪˋvaɪs ﹞ *n.* 設備；
裝置；策略

18. **en** | **vy** ﹝ˋɛnvɪ ﹞ *n.* 羨慕；妒忌
on | see
（看見別人身上的東西）

> I admire you. 我欽佩你。
> I envy you. 我羨慕你。
> I wish I were you. 我希望我是你。
> （一口氣背會話 p.1387）

19. **en** | **vi** | **ous** ﹝ˋɛnvɪəs ﹞ *adj.* 羨慕的
｛ be envious of 羨慕；妒忌
｛ = be jealous of

20. **en** | **vis** | **ion** ﹝ ɛnˋvɪʒən ﹞ *v.*
make | see | *n.*
想像（= imagine）；展望
I can *envision* that you'll have
a good life.
我可以想像你將會過好日子。

21. **e** | **vid** | **ence** ﹝ˋɛvədəns ﹞ *n.*
out | see | *n.*
證據（拿出來看）

22. **e** | **vid** | **ent** ﹝ˋɛvədənt ﹞ *adj.*
明顯的；明白的
= clear

23. **im** | **pro** | **vise** ﹝ˋɪmprəˌvaɪz ﹞ *v.*
not | 向前 | 看
即席而做；臨時做（沒有向前看）

An *improvised* speech is the
most difficult to make.
即席演講最困難。

24. **pro** | **vide** ﹝ prəˋvaɪd ﹞ *v.* 供給；
forward | see 供應

25. **pro** | **vided** ﹝ prəˋvaɪdɪd ﹞ *conj.*
如果（= if）
= provided that【詳見文法寶典 p.522】
= providing
= providing that

26. **pro** | **vis** | **ion** ﹝ prəˋvɪʒən ﹞ *n.*
forward | see | *n.* 供給；供應

27. **re** | **vise** ﹝ rɪˋvaɪz ﹞ *v.* 校訂
again | see
revised edition 修訂版
/ɪ/

28. **re** | **vis** | **ion** ﹝ rɪˋvɪʒən ﹞ *n.*
again | see | *n.* 校訂；修訂

29. **super** | **vise** ﹝ˋsupəˌvaɪz ﹞ *v.*
above | see 監督；管理

30. **super** | **vis** | **ion** ﹝ˌsupəˋvɪʒən ﹞ *n.*
above | see | *n.* 監督；管理

31. **super** | **vis** | **or** ﹝ˋsupəˌvaɪzə ﹞ *n.*
above | see | 人
監督者；管理人

32. **sur** | **vey** ﹝ səˋve ﹞ *v.* 測量；查看；
over | see
調查 *n.* 民意調查

33. **sur veil lance** ( sə'veləns ) *n.*
over　see　　*n.*　　　　　監視

surveillance equipment　監視設備

---

$$\left.\begin{array}{l} \text{vent} \\ \text{ven} \end{array}\right\} = \text{come（來）}$$

---

34. **tele vis ion** ('tɛlə,vɪʒən ) *n.*
far　see　*n.*　　　　　　電視

（字尾 ion 重音的例外字）

35. **tele vise** ('tɛlə,vaɪz ) *v.* 電視播放
far　see

The scandal will be *televised*
tonight. 電視今晚會播放醜聞。

36. **re view** ( rɪ'vju ) *v.* 複習
again　see

37. **inter view** ('ɪntə,vju ) *v., n.*
between　see　　　　　　面談

38. **vid eo** ('vɪdɪ,o ) *n.* 錄影
see　*n.*

39. **video disc** ('vɪdɪo,dɪsk ) *n.* 影碟

40. **disc** ( dɪsk ) *n.* 圓盤；磁碟

41. **video phone** ('vɪdɪo,fon ) *n.*
電視電話

42. **vis or** ('vaɪzə ) *n.* 帽舌；眼罩；
see　物　　　　　　　　遮陽板

（擋住視線之物）

43. **ad vent ure** ( əd'vɛntʃə ) *n.*
to　come　*n.*　　　　　冒險

（敢來，就是冒險）

44. **ad vent** ('ædvɛnt ) *n.* 出現；
to　come　　　　　　　到來

the advent of new technology
新技術的出現

45. **ad vent ur ous**
to　come　*n.*　*adj.*

( əd'vɛntʃərəs ) *adj.* 冒險的

46. **venture** ('vɛntʃə ) *v., n.* 冒險
( = *adventure* )

Nothing *ventured*, nothing
gained. 不入虎穴，焉得虎子。

47. **mis adventure**
bad
not

( ,mɪsəd'vɛntʃə ) *n.* 不幸；災難
= misfortune = disaster
= catastrophe = tragedy

48. **con vent ion** ( kən'vɛnʃən ) *n.*
一起　來　*n.*

召集；開會；協定；習俗；慣例

49. **con vent ion al**
together　come　*n.*　*adj.*

( kən'vɛnʃənḷ ) *adj.* 習慣的；傳統的

50. **con vene** ( kən'vin ) *v.* 召集；
together　come　　　　召開

convene a meeting　召開會議

51. **con** | **ven** | **ient**〔kən'vinjənt〕
　　 all　 come　 *adj.*
　　 *adj.* 方便的（大家在一起，很方便）

52. **con** | **ven** | **ience**〔kən'vinjəns〕
　　 一起　 come　 *n.*　　　　 *n.* 方便
　　 convenience store　便利商店

53. **e** | **vent**〔ɪ'vɛnt〕*n.* 事件
　　 out　 come
　　　　　　　 （發生出來的事）

54. **event** | **ful**〔ɪ'vɛntfəl〕*adj.*
　　 多事的；重要的
　　 an eventful day　不平凡的一天
　　 an eventful life　多彩多姿的一生

55. **e** | **vent** | **ual** | **ly**〔ɪ'vɛntʃʊəlɪ〕
　　 out　 come　 *adj.*　*adv.*
　　 *adv.* 最後；終於 = finally
　　 *Eventually*, I will succeed.
　　 我終將成功。

56. **in** | **vent**〔ɪn'vɛnt〕*v.* 發明
　　 in　 come
　　　　　　　 （進入腦中）

57. **in** | **vent** | **ion**〔ɪn'vɛnʃən〕*n.*
　　 in　 come　 *n.*
　　　　　　　　　　 發明

58. **invent** | **or**〔ɪn'vɛntɚ〕*n.* 發明家
　　 發明　　 人

59. **in** | **vent** | **ory**〔'ɪnvənˌtorɪ〕*n.*
　　 in　 come　 *n.*　　 （注意重音）
　　 庫存品；財產目錄（進入帳目的東西）
　　 We have to check the *inventory*
　　 every week.
　　 我們必須每週檢查庫存。

60. **pre** | **vent**〔prɪ'vɛnt〕*v.* 防止；
　　 before　 come　　　　 阻止（走在前面）

61. **prevent** | **ion**〔prɪ'vɛnʃən〕*n.*
　　 防止；預防
　　 *Prevention* is better than cure.
　　 預防勝於治療。

62. **pre** | **vent** | **ive**〔prɪ'vɛntɪv〕*adj.*
　　 預防的
　　 *Preventive* measures are
　　 essential. 預防措施是必要的。

63. **inter** | **vene**〔ˌɪntɚ'vin〕*v.* 介入；
　　 between　 come　　　　 干涉；調停
　　 Don't *intervene* in my affairs.
　　 = Mind your own business.
　　 別管閒事。

64. **inter** | **vent** | **ion**〔ˌɪntɚ'vɛnʃən〕
　　 between　 come　 *n.*
　　 *n.* 介入；干涉；調停

65. **a** | **ven** | **ue**〔'ævəˌnju〕*n.* 大街
　　 to　 come　 *n.*　　 （來的途徑）

66. **re** | **ven** | **ue**〔'rɛvəˌnju〕*n.* 稅收
　　 back　 come　 *n.*　　 （政府的回收）

67. **circum** | **vent**〔ˌsɝkəm'vɛnt〕*v.*
　　 around　 come
　　 規避；繞行（從周圍來到目標）
　　 Take the highway to *circumvent*
　　 the downtown traffic.
　　 走高速高路繞過市區塞車。

68. **sou｜ven｜ir**（ˈsuvəˌnɪr,
under｜come｜　　（來到心中的東西）

　ˌsuvəˈnɪr）*n.* 紀念品

　\* ou 原則上讀 /aʊ/，讀 /u/ 爲例外。

　　/u/　route　rouge　routine
　　　　（路線）（胭脂）
　　　　group　soup　souvenir
　　　　you　youth
　　　　through　throughout（遍及）
　【詳見文法寶典①附錄】

69. <u>sense</u>〔sɛns〕*n.* 感覺　*v.* 感覺到
　You have a good *sense* of humor.
　你很有幽默感。

　┌─────────────────────────┐
　│ I can sense it. I can feel it.　│
　│ You can make it.　　　　　　│
　│ 我能感覺到，你會成功。　　　│
　└─────────────────────────┘

　┌───────┐
　│ sens　│
　│ sent　│ = feel（感覺）
　└───────┘

70. **sens｜ible**（ˈsɛnsəbḷ）*adj.*
　feel｜ 能
　明智的；理智的（有知覺的 → 明智的）
　a sensible person　明智的人
　a sensible decision　明智的決定

71. **sens｜ibil｜ity**〔ˌsɛnsəˈbɪlətɪ〕
　feel｜ *adj.*｜ *n.*
　*n.* 感覺力；鑑賞力

72. **sens｜itive**（ˈsɛnsətɪv）*adj.*
　feel｜ *adj.*
　　　　　　　　　敏感的；過敏的

73. **sensitiv｜ity**（ˌsɛnsəˈtɪvətɪ）*n.*
　　　　　｜ *n.*
　　　　　　　　敏感；過敏

74. **sens｜or**（ˈsɛnsə）*n.* 感應器
　feel｜ 物

75. **sens｜ory**（ˈsɛnsərɪ）*adj.* 感覺的
　sense
　sensory organs　感覺器官

76. **sens｜ual**（ˈsɛnʃʊəl）*adj.* 感官的；
　feel｜　　　　　　　　　性感的
　= sexual = sexy
　sensual lips　性感的嘴唇

77. **sens｜uous**（ˈsɛnʃʊəs）*adj.* 感性的
　a sensuous poet　感性的詩人

78. **sens｜ation**〔sɛnˈseʃən〕*n.* 感動；
　feel｜ *n.*　　　　　　　轟動

79. **sens｜ation｜al**〔sɛnˈseʃənḷ〕*adj.*
　feel｜ *n.*｜ *adj.*　　　　轟動的
　sensational news　轟動的消息

80. **sent｜iment**（ˈsɛntəmənt）*n.*
　feel｜　　　*n.*
　感情；*pl.* 感想；意見
　a man of sentiment　感情豐富的人
　= a man of emotion
　= a man of feeling

81. **sent｜iment｜al**〔ˌsɛnsəˈmɛntḷ〕
　feel｜ *n.*｜ *adj.*
　*adj.* 情感的（而非理性的）；
　多愁善感的

82. **sent｜ence**（ˈsɛntəns）*n.* 句子
　feel｜　　*n.*　（有感而寫出的東西）

83. **as** : **sent** 〔ə'sɛnt〕 *v.* 同意
to : feel
（同樣感覺給對方）

84. = **con** : **sent** 〔kən'sɛnt〕 *v.* 同意
together : feel （= *agree*）
I *assented* to the plan.
= I consented to the plan.
= I agreed to the plan.
我同意這項計劃。

85. **con** : **sens** : **us** 〔kən'sɛnsəs〕 *n.*
together : feel : *n.*
共識（共同的感覺）
= agreement

86. **dis** : **sent** 〔dɪ'sɛnt〕 *v.* 不同意
apart : feel （= *disagree*）
I *dissented* to the plan.

87. **dis** : **sens** : **ion** 〔dɪ'sɛnʃən〕 *n.*
apart : feel : *n.*
爭吵；意見不合
= disagreement
*Dissensions* are your joy.
你喜歡爭吵。

88. **in** : **sensitive** 〔ɪn'sɛnsətɪv〕 *adj.*
not : 敏感的
無感覺的；感覺遲鈍的

89. **non** : **sense** 〔'nɑnsɛns〕 *n.* 無意
not : feel 義的話
You're talking *nonsense*!
你在胡說八道！
= *Nonsense*! 胡說！

90. **re** : **sent** 〔rɪ'zɛnt〕 *v.* 憤恨；怨恨
back : feel （回報不良感覺）
= dislike
I *resent* being treated like that.
我不喜歡被那樣對待。

91. **resent** : **ful** 〔rɪ'zɛntfəl〕 *adj.*
憤恨的

92. **resent** : **ment** 〔rɪ'sɛntmənt〕 *n.*
: *n.* 憤恨

93. **scent** 〔sɛnt〕 *n.* 氣味；香味；
‖
feel 嗅覺（用鼻子感覺）
* 與 sent, cent 同音
I like your *scent*.
我喜歡你的香味。

s**cent** diss**ent**
as**sent** res**ent**
con**sent**

94. **de** : **scent** 〔dɪ'sɛnt〕 *n.* 下降
down : 氣味 （和 dissent 同音）
: climb

95. **re** : **vive** 〔rɪ'vaɪv〕 *v.* 復活；甦醒
again : live

viv
vit } = live（生活）
= living（有生命）
alive（活的）

96. **re** : **viv** : **al** 〔rɪ'vaɪvl〕 *n.* 復活；
again : live : *n.* 甦醒

97. **sur** : **viv** : **al** 〔sə'vaɪvl〕 *n.* 存活；
above : live : *n.*
生存；殘存（超越生命）

98. **sur** **viv** **or** 〔səˈvaɪvɚ〕 *n.*
above live 人　生存者；殘存者

99. **viv** **id** 〔ˈvɪvɪd〕 *adj.* 生動的；
live 活潑的

100. **vivid** **ly** 〔ˈvɪvɪdlɪ〕 *adv.* 生動地；
清楚地
I *vividly* remember the day we
first met. 我記得很清楚我們第一
次見面的那一天。
I remember it *vividly*.
我記得很清楚。

101. **vit** **al** 〔ˈvaɪtḷ〕 *adj.* 生命的；
live
不可缺少的；極其重要的

102. **vital** **ity** 〔vaɪˈtælətɪ〕 *n.* 活力；
*n.* 生氣
= energy and enthusiasm
精力　　　熱忱
I like your *vitality*.
我欣賞你的活力。

103. **vit** **amin** 〔ˈvaɪtəmɪn〕 *n.* 維他命
live 胺

104. **viv** **acious** 〔vaɪˈveʃəs〕 *adj.*
live 有…傾向的　( = *lively* )
活潑的；快活的；有生氣的
She is young and *vivacious*.
她年輕又活潑。

105. **cap** **acious** 〔kəˈpeʃəs〕 *adj.*
take 有…傾向的　容量大的

106. **cap** **acity** 〔kəˈpæsətɪ〕 *n.* 容量
take *n.*

107. **viv** **acity** 〔vaɪˈvæsətɪ〕 *n.*
live
活潑；快活；有生氣
She danced with { *vivacity*.
*vitality*.
她跳舞充滿活力。

**背完後檢查：**請看中文說出英文，並拼出字母，把不認識的單字，於空格中做記號。

| | | | | |
|---|---|---|---|---|
| ☐ 1. 簽證 _____ | | ☐ 27. 校訂 _____ |
| ☐ 2. 可看見的 _____ | | ☐ 28. 校訂；修訂 _____ |
| ☐ 3. 看不見的 _____ | | ☐ 29. 監督；管理 _____ |
| ☐ 4. 視力；洞察力 _____ | | ☐ 30. 監督；管理 _____ |
| ☐ 5. 有遠見的 _____ | | ☐ 31. 監督者；管理人 _____ |
| ☐ 6. 訪問 _____ | | ☐ 32. 測量；民意調查 _____ |
| ☐ 7. 探望；探視 _____ | | ☐ 33. 監視 _____ |
| ☐ 8. 訪客；觀光客 _____ | | ☐ 34. 電視 _____ |
| ☐ 9. 美景；遠者 _____ | | ☐ 35. 電視播放 _____ |
| ☐ 10. 視覺的 _____ | | ☐ 36. 複習 _____ |
| ☐ 11. 想像 _____ | | ☐ 37. 面談 _____ |
| ☐ 12. 勸告 _____ | | ☐ 38. 錄影 _____ |
| ☐ 13. 顧問 _____ | | ☐ 39. 影碟 _____ |
| ☐ 14. 勸告的；顧問的 _____ | | ☐ 40. 圓盤；磁碟 _____ |
| ☐ 15. 勸告 _____ | | ☐ 41. 電視電話 _____ |
| ☐ 16. 設計；發明 _____ | | ☐ 42. 帽舌；眼罩 _____ |
| ☐ 17. 設備；裝置 _____ | | ☐ 43. 冒險 _____ |
| ☐ 18. 羨慕；妒忌 _____ | | ☐ 44. 出現；到來 _____ |
| ☐ 19. 羨慕的 _____ | | ☐ 45. 冒險的 _____ |
| ☐ 20. 想像；展望 _____ | | ☐ 46. 冒險 _____ |
| ☐ 21. 證據 _____ | | ☐ 47. 不幸；災難 _____ |
| ☐ 22. 明顯的；明白的 _____ | | ☐ 48. 召集；開會 _____ |
| ☐ 23. 即席而做 _____ | | ☐ 49. 習慣的；傳統的 _____ |
| ☐ 24. 供給；供應 _____ | | ☐ 50. 召集；召開 _____ |
| ☐ 25. 如果 _____ | | ☐ 51. 方便的 _____ |
| ☐ 26. 供給；供應 _____ | | ☐ 52. 方便 _____ |

☐ 53. 事件 ＿＿＿＿＿

☐ 54. 多事的；重要的 ＿＿＿＿＿

☐ 55. 最後；終於 ＿＿＿＿＿

☐ 56. 發明 ＿＿＿＿＿

☐ 57. 發明 ＿＿＿＿＿

☐ 58. 發明家 ＿＿＿＿＿

☐ 59. 庫存品；財產目錄 ＿＿＿＿＿

☐ 60. 防止；阻止 ＿＿＿＿＿

☐ 61. 防止；預防 ＿＿＿＿＿

☐ 62. 預防的 ＿＿＿＿＿

☐ 63. 介入；干涉 ＿＿＿＿＿

☐ 64. 介入；干涉 ＿＿＿＿＿

☐ 65. 大街 ＿＿＿＿＿

☐ 66. 稅收 ＿＿＿＿＿

☐ 67. 規避；繞行 ＿＿＿＿＿

☐ 68. 紀念品 ＿＿＿＿＿

☐ 69. 感覺；感覺到 ＿＿＿＿＿

☐ 70. 明智的；理智的 ＿＿＿＿＿

☐ 71. 感覺力；鑑賞力 ＿＿＿＿＿

☐ 72. 敏感的；過敏的 ＿＿＿＿＿

☐ 73. 敏感；過敏 ＿＿＿＿＿

☐ 74. 感應器 ＿＿＿＿＿

☐ 75. 感覺的 ＿＿＿＿＿

☐ 76. 感官的；性感的 ＿＿＿＿＿

☐ 77. 感性的 ＿＿＿＿＿

☐ 78. 感動；**轟動** ＿＿＿＿＿

☐ 79. **轟動**的 ＿＿＿＿＿

☐ 80. 感情；感想 ＿＿＿＿＿

☐ 81. 情感的 ＿＿＿＿＿

☐ 82. 句子 ＿＿＿＿＿

☐ 83. 同意 ＿＿＿＿＿

☐ 84. 同意 ＿＿＿＿＿

☐ 85. 共識 ＿＿＿＿＿

☐ 86. 不同意 ＿＿＿＿＿

☐ 87. 爭吵；意見不合 ＿＿＿＿＿

☐ 88. 無感覺的 ＿＿＿＿＿

☐ 89. 無意義的話 ＿＿＿＿＿

☐ 90. 憤恨；怨恨 ＿＿＿＿＿

☐ 91. 憤恨的 ＿＿＿＿＿

☐ 92. 憤恨 ＿＿＿＿＿

☐ 93. 氣味；香味 ＿＿＿＿＿

☐ 94. 下降 ＿＿＿＿＿

☐ 95. 復活；甦醒 ＿＿＿＿＿

☐ 96. 復活；甦醒 ＿＿＿＿＿

☐ 97. 存活；生存 ＿＿＿＿＿

☐ 98. 生存者；殘存者 ＿＿＿＿＿

☐ 99. 生動的；活潑的 ＿＿＿＿＿

☐ 100. 生動地；清楚地 ＿＿＿＿＿

☐ 101. 生命的 ＿＿＿＿＿

☐ 102. 活力；生氣 ＿＿＿＿＿

☐ 103. 維他命 ＿＿＿＿＿

☐ 104. 活潑的；快活的 ＿＿＿＿＿

☐ 105. 容量大的 ＿＿＿＿＿

☐ 106. 容量 ＿＿＿＿＿

☐ 107. 活潑；快活 ＿＿＿＿＿

最後再複習：下面單字按照字母序排列，請把還不認識的單字做一記號。
第一次不會，做個記號，第二次再不會，再做個記號。

☐☐ advent
☐☐ adventure
☐☐ adventurous
☐☐ advice
☐☐ advise
☐☐ adviser
☐☐ advisory
☐☐ assent
☐☐ avenue
☐☐ capacious
☐☐ capacity
☐☐ circumvent
☐☐ consensus
☐☐ consent
☐☐ convene
☐☐ convenience
☐☐ convenient
☐☐ convention
☐☐ conventional
☐☐ descent
☐☐ device
☐☐ devise
☐☐ disc
☐☐ dissension
☐☐ dissent
☐☐ envious
☐☐ envision
☐☐ envy
☐☐ event
☐☐ eventful
☐☐ eventually
☐☐ evidence
☐☐ evident
☐☐ improvise
☐☐ insensitive
☐☐ intervene

☐☐ intervention
☐☐ interview
☐☐ invent
☐☐ invention
☐☐ inventor
☐☐ inventory
☐☐ invisible
☐☐ misadventure
☐☐ nonsense
☐☐ prevent
☐☐ prevention
☐☐ preventive
☐☐ provide
☐☐ provided
☐☐ provision
☐☐ resent
☐☐ resentful
☐☐ resentment
☐☐ revenue
☐☐ review
☐☐ revise
☐☐ revision
☐☐ revival
☐☐ revive
☐☐ scent
☐☐ sensation
☐☐ sensational
☐☐ sense
☐☐ sensibility
☐☐ sensible
☐☐ sensitive
☐☐ sensitivity
☐☐ sensor
☐☐ sensory
☐☐ sensual
☐☐ sensuous

☐☐ sentence
☐☐ sentiment
☐☐ sentimental
☐☐ souvenir
☐☐ supervise
☐☐ supervision
☐☐ supervisor
☐☐ surveillance
☐☐ survey
☐☐ survival
☐☐ survivor
☐☐ televise
☐☐ television
☐☐ venture
☐☐ video
☐☐ videodisc
☐☐ videophone
☐☐ visa
☐☐ visible
☐☐ vision
☐☐ visionary
☐☐ visit
☐☐ visitation
☐☐ visitor
☐☐ visor
☐☐ vista
☐☐ visual
☐☐ visualize
☐☐ vital
☐☐ vitality
☐☐ vitamin
☐☐ vivacious
☐☐ vivacity
☐☐ vivid
☐☐ vividly

# 英文字根串聯單字記憶比賽 ⑱

背以前先檢查：請先看英文說出中文，把不認識的單字，於空格中做記號。

| | |
|---|---|
| ☐ 1. pose | ☐ 26. composite |
| ☐ 2. posture | ☐ 27. composition |
| ☐ 3. positive | ☐ 28. compost |
| ☐ 4. position | ☐ 29. decompose |
| ☐ 5. apposition | ☐ 30. propose |
| ☐ 6. preposition | ☐ 31. proposal |
| ☐ 7. post | ☐ 32. proposition |
| ☐ 8. postal | ☐ 33. dispose |
| ☐ 9. postage | ☐ 34. disposable |
| ☐ 10. oppose | ☐ 35. disposition |
| ☐ 11. opposition | ☐ 36. indispose |
| ☐ 12. opposite | ☐ 37. repose |
| ☐ 13. suppose | ☐ 38. reposal |
| ☐ 14. supposing | ☐ 39. repository |
| ☐ 15. supposedly | ☐ 40. depose |
| ☐ 16. impose | ☐ 41. deposit |
| ☐ 17. imposing | ☐ 42. deposition |
| ☐ 18. imposition | ☐ 43. transpose |
| ☐ 19. impostor | ☐ 44. juxtapose |
| ☐ 20. expose | ☐ 45. predispose |
| ☐ 21. exposition | ☐ 46. predisposition |
| ☐ 22. exposure | ☐ 47. purpose |
| ☐ 23. compose | ☐ 48. pause |
| ☐ 24. composer | ☐ 49. part |
| ☐ 25. composure | ☐ 50. parting |

- [ ] 51. partake
- [ ] 52. partial
- [ ] 53. partiality
- [ ] 54. particle
- [ ] 55. particular
- [ ] 56. particularity
- [ ] 57. partition
- [ ] 58. partner
- [ ] 59. partnership
- [ ] 60. apart
- [ ] 61. apartment
- [ ] 62. condominium
- [ ] 63. compartment
- [ ] 64. depart
- [ ] 65. departure
- [ ] 66. department
- [ ] 67. department store
- [ ] 68. impart
- [ ] 69. impartial
- [ ] 70. impartiality
- [ ] 71. counterpart
- [ ] 72. participant
- [ ] 73. parcel
- [ ] 74. portion
- [ ] 75. proportion
- [ ] 76. proportional
- [ ] 77. sequence
- [ ] 78. sequential
- [ ] 79. consequence
- [ ] 80. consequent
- [ ] 81. consequential
- [ ] 82. consequently
- [ ] 83. subsequent
- [ ] 84. previous
- [ ] 85. ensue
- [ ] 86. sue
- [ ] 87. sequel
- [ ] 88. execute
- [ ] 89. execution
- [ ] 90. executive
- [ ] 91. CEO
- [ ] 92. consecutive
- [ ] 93. persecute
- [ ] 94. persecution
- [ ] 95. prosecute
- [ ] 96. prosecution
- [ ] 97. prosecutor
- [ ] 98. pursue
- [ ] 99. pursuit
- [ ] 100. suit
- [ ] 101. suitable
- [ ] 102. suite
- [ ] 103. sweet

# 劉毅老師「英文字根串聯記憶班」筆記 ⑱

1. **pose**〔poz〕*v.* 擺姿勢

2. **pos** | **ture**〔'pɑstʃɚ〕*n.* 姿態；姿勢
   put　| *n.*

3. **pos** | **itive**〔'pɑzətɪv〕*adj.* 確定的
   put　| *adj.*　　　（姿勢要確定）

   > pos = put（放）

4. **pos** | **ition**〔pə'zɪʃən〕*n.* 位置
   put　| *n.*

5. **ap** | **pos** | **ition**〔͵æpə'zɪʃən〕*n.*
   to　| put　| *n.*
   同位語（放在旁邊）

6. **pre** | **pos** | **ition**〔͵prɛpə'zɪʃən〕
   before | put　*n.*
   　*n.* 介系詞（放在名詞前）

7. **post**〔post〕*n.* 郵政；崗位
   post office　郵局（郵局是重要的崗位）

8. **post** | **al**〔'postḷ〕*adj.* 郵政的
   　　| *adj.*

9. **post** | **age**〔'postɪdʒ〕*n.* 郵資
   　　| *n.*

10. **op** | **pose**〔ə'poz〕*v.* 反對
    against | put　　（放在相反的位置）

11. **op** | **pos** | **ition**〔͵ɑpə'zɪʃən〕*n.*
    against | put | *n.*　　　　反對

12. **op** | **pos** | **ite**〔'ɑpəzɪt〕*adj.*
    against | put | *adj.*　　相反的

13. **sup** | **pose**〔sə'poz〕*v.* 猜想；
    under | put　　　　　　　以為
    （放在心裡 → 猜想）
    I suppose = I assume
    = I presume = I think
    = I believe = I imagine

14. **supposing**〔sə'pozɪŋ〕*conj.*
    如果（= *if*）

    > suppose (that)
    > = supposing (that)　⎫
    > = providing (that)　⎬ = if
    > = provided (that)　⎭

    **supposed**〔sə'pozd〕*adj.* 想像的
    （少用）

15. **supposedly**〔sə'pozɪdlɪ〕*adv.*
    據稱；據說；根據猜測地
    （= *as people believe*）
    He is **supposedly** a man in the
    know.　　　　op
    據說他知道內幕。　sup → *pose*
    　　　　　　　　　　　↑
    　　　　　　　　　　in
16. **im** | **pose**〔ɪm'poz〕*v.*　ex
    on　| put　　　　　　　com
    加於；強加於；徵（稅）；欺騙
    Don't **impose** your opinion **on**
    me. 不要把你的意見強加在我身上。

17. **im** | **pos** | **ing**〔 ɪm'pozɪŋ 〕*adj.*
on | put | 壯觀的；雄偉的
Taipei 101 is an ***imposing***
building. 台北 101 很雄偉。

18. **im** | **pos** | **ition**〔ˌɪmpə'zɪʃən 〕*n.*
on | put |
徵收

19. **im** | **pos** | **tor**〔 ɪm'pɑstə 〕*n.* 騙子；
on | put | 人 冒充者
= deceiver = pretender

20. **ex** | **pose**〔 ɪk'spoz 〕*v.* 暴露
out | put

21. **ex** | **pos** | **ition**〔ˌɪkspə'zɪʃən 〕*n.*
out | put | *n.* 展覽會
= expo（'ɛkspo）
EXPO *n.* 萬國博覽會
（= *a world exposition*）

22. **ex** | **pos** | **ure**〔 ɪk'spoʒə 〕*n.* 暴露
out | put | *n.*

23. **com** | **pose**〔 kəm'poz 〕*v.* 組成；
together | put
作（文、詩、曲…）；使鎮靜

24. **com** | **pos** | **er**〔 kəm'pozə 〕*n.*
一起 | 放 | 人 作曲家

25. **com** | **pos** | **ure**〔 kəm'poʒə 〕*n.*
all | | *n.* 鎮靜
（全放在一起的狀態）

26. **com** | **pos** | **ite**〔 kəm'pɑzɪt 〕*adj.*
| | *adj.* 合成的
a composite photograph 合成照片

27. **com** | **pos** | **ition**〔ˌkɑmpə'zɪʃən 〕
一起 | put | *n.* *n.* 作文

28. **com** | **post**〔'kɑmpost 〕*n.* 堆肥
一起 | put
（把有機物放在一起 → 堆肥）

29. **de** | **com** | **pose**〔ˌdikəm'poz 〕*v.*
away | | 分解
apart |

30. **pro** | **pose**〔 prə'poz 〕*v.* 提議
forward | put （= *put forward*）

31. **pro** | **pos** | **al**〔 prə'pozḷ 〕*n.*
forward | put | *n.* 提議；求婚

32. **pro** | **pos** | **ition**〔ˌprɑpə'zɪʃən 〕
| | *n.*
*n.* 提議（= *proposal*）；
論點（= *statement*）

> You're right on the money.
> I like your ***proposition***.
> 你說得非常正確。我喜歡你的論點。
> （一口氣背會話 p.594）

33. **dis** | **pose**〔 dɪ'spoz 〕*v.* 處置；處理
away | put
Man ***proposes***, God ***disposes***.
= Man proposes and God
disposes. 謀事在人，成事在天。

34. **dis** | **pos** | **able**〔 dɪ'spozəbḷ 〕*adj.*
away | put | *adj.* 用完即丟的

35. **dis** | **pos** | **ition**〔ˌdɪspə'zɪʃən 〕*n.*
apart | put | *n.* 性情；氣質
（將各方面放好）
She is not very beautiful, but
she has a good ***disposition***.
她不很美，但很有氣質。

36. **in** ¦ **dis** ¦ **pose**〔͵ɪndɪˋspoz〕*v.*
not ¦　　　　使不願意（沒有處理）
**indisposed**〔͵ɪndɪˋspozd〕*adj.*
= unwilling
He is **indisposed** for any work.
他什麼工作也不願意做。

37. **re** ¦ **pose**〔rɪˋpoz〕*v.* 休息
back ¦ put　　　（工具放回去）

38. **re** ¦ **posal**〔rɪˋpozļ〕*n.* 休息；安息
back ¦ put
I'm beat. 我好累。( 我被打敗了。)
I need a **reposal**. 我需要休息。

39. **re** ¦ **pos** ¦ **it** ¦ **ory**〔rɪˋpazə͵torɪ〕
back ¦ put ¦　 ¦ 地
*n.* 儲藏室；靈骨塔

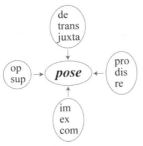

40. **de** ¦ **pose**〔dɪˋpoz〕*v.* 罷免
down ¦ put

41. **de** ¦ **pos** ¦ **it**〔dɪˋpazɪt〕*v.* 存款
down ¦ put ¦ *v.*

42. **de** ¦ **pos** ¦ **ition**〔͵dɛpəˋzɪʃən〕*n.*
罷免

43. **trans** ¦ **pose**〔trænsˋpoz〕*v.* 調換
A → B ¦ put
= transfer

44. **juxta** ¦ **pose**〔ˋdʒʌkstə͵poz〕*v.*
beside ¦　　　把…並列 ( 注意重音 )
Let's **juxtapose** our choices.
我們把二個選擇並列比較吧。

45. **pre** ¦ **dispose**〔͵pridɪsˋpoz〕*v.*
before ¦ 處理　　　使…傾向
His good nature **predisposed** us
to trust him.
他的善良本性使我們相信他。

46. **pre** ¦ **disposition**
before ¦
〔͵pridɪspəˋzɪʃən〕*n.* 傾向
= tendency
He has a **predisposition** to argue.
他喜歡爭吵。

47. **pur** ¦ **pose**〔ˋpɝpəs〕*n.* 目的
before ¦ put

48. **pause**〔pɔz〕*v.* 暫停

49. **part**〔part〕*n.* 部份；分開

50. **part** ¦ **ing**〔ˋpartɪŋ〕*n.* 離別；分手
　　　 ¦ *n.*
We had a tearful **parting** at the
airport. 我們在機場灑淚而別。

part ⎫
port ⎭ = part 部份；分開

51. **par** ¦ **take**〔parˋtek〕*v.* 參加 ( *in* )
part ¦
partake in = take part in 參加

52. **part** ¦ **ial**〔ˋparʃəl〕*adj.* 一部份的；
部份 ¦ *adj.*　　　　　　　　偏袒的

53. **part** : **ial** : **ity** (ˌparʃɪˈæləti ) *n.*
偏袒；偏心；偏愛；偏見
I have a *partiality* for cheese.
我特別喜歡吃起司。

54. **parti** : **cle** (ˈpartɪkl̩ ) *n.* 分子
　　分開 : 物

55. **part** : **icul** : **ar** ( pəˈtɪkjələ ) *adj.*
　　部份 : 小 : *adj.*　　特別的
= special

56. **part** : **icular** : **ity**
　　　　　　　　 : *n.*
( pəˌtɪkjəˈlærəti ) *n.* 獨特性

57. **part** : **ition** ( parˈtɪʃən ) *n.*
　　分開 : *n.*　　隔板牆；分割
a glass partition 玻璃隔版

58. **part** : **ner** (ˈpartnə ) *n.* 夥伴；
　　　　 : 人　　　　　　合夥人

59. **part** : **ner** : **ship** (ˈpartnəˌʃɪp ) *n.*
　　　　 : 人 : 抽名　　合夥；合作

60. **a** : **part** ( əˈpart ) *adv.* 分開地
　　to :

61. **a** : **part** : **ment** ( əˈpartmənt ) *n.*
（出租）公寓

62. **condo** : **min** : **ium**
　　　　 : 小 : 場所
(ˌkandəˈmɪnɪəm ) *n.* 公寓（產權
獨立）
= condo (ˈkando )

63. **com** : **part** : **ment**
together : part :　　*n.*
( kəmˈpartmənt ) *n.* 分格；間隔；
夾層；（船）防水間隔
Your pencil box has several
*compartments*.
你的鉛筆盒有幾個格子。

64. **de** : **part** ( dɪˈpart ) *v.* 離開；出發
　　away : 分開

65. **de** : **part** : **ure** ( dɪˈpartʃə ) *n.*
　　　　　　 : *n.*　　離開；出發

66. **depart** : **ment** ( dɪˈpartmənt ) *n.*
　　離開 : *n.*　　　　部門

67. **department store** 百貨公司

68. **im** : **part** ( ɪmˈpart ) *v.* 分給；
　　on : 分開　　　　傳授；透露
I have no news to *impart*.
我沒有什麼消息可透露。

69. **im** : **partial** ( ɪmˈparʃəl ) *adj.*
　　not : 偏袒的　　公平的；不偏不倚的

70. **impartial** : **ity** (ˌɪmparʃɪˈæləti )
　　　　　　　　 : *n.*
*n.* 公平；不偏不倚

71. **counter** : **part** (ˈkauntəˌpart ) *n.*
　　opposite :　　　相對的人或物
= opposite number
　　　　　　一類人，一幫人。

72. **part** : **i** : **cip** : **ant** ( pəˈtɪsəpənt )
　　part : take : 人
　　　　　　　　　*n.* 參加者

73. **par** ¦ **cel** (ˋpɑrsḷ ) *n.* 包裹
    part ¦ 小

74. **port** ¦ **ion** (ˋpɔrʃən , ˋpɔr- ) *n.*
    part ¦ *n.*            部份；一份

75. **pro** ¦ **port** ¦ **ion** ( prəˋpɔrʃən )
    forward ¦ part ¦ *n.*        *n.* 比例
    ( 拿部份到前比較 )

76. **proportion** ¦ **al** ( prəˋpɔrʃənḷ )
    *adj.* 成比例的

77. **sequ** ¦ **ence** (ˋsikwəns ) *n.* 順序；
    follow ¦ *n.*              連續
    in alpha ¦ bet ¦ ical sequence
        α  ¦  β  ¦ *adj.*
    按字母順序

78. **sequ** ¦ **ent** ¦ **ial** ( sɪˋkwɛnʃəl ) *adj.*
        ¦ *adj.* ¦ *adj.*        按順序的
    **sequ** ¦ ent (ˋsikwənt ) *adj.* 連續的
    ( 少用 )

    ┌ sequ  ┐
    │ secut ├ = follow ( 跟隨 )
    └ su    ┘

79. **con** ¦ **sequ** ¦ **ence**
    together ¦ follow ¦ *n.*
    (ˋkɑnsəˏkwɛns ) *n.* 結果；重要
    ( 跟大人物在一起 → 結果，後果，重要 )

80. **con** ¦ **sequ** ¦ **ent** (ˋkɑnsəˏkwɛnt )
    *adj.* 由此引起的；隨之發生的
    ( = *happening as a result of*
        *something* )

81. **con** ¦ **sequ** ¦ **ent** ¦ **ial**
            *adj.* ¦ *adj.*
    (ˏkɑnsəˋkwɛnʃəl ) *adj.* 結果的；
    重要的

82. **con** ¦ **sequ** ¦ **ent** ¦ **ly**
    一起 ¦ follow ¦ *adj.* ¦
    (ˋkɑnsəˏkwɛntlɪ ) *adv.* 結果；
    因此；所以
    = as a result
    = therefore

83. **sub** ¦ **sequ** ¦ **ent** (ˋsʌbsɪˏkwɛnt )
    under ¦ follow ¦ *adj.*
    *adj.* 後來的；隨後的 ( 在下面 follow )
    = following      * *subsequential* (×)
    = next
    ┌ 結果的          = 隨行的
    │ = 由此引起的     = 以後的
    │ = 隨之發生的     = 作為結果的
    ┤ = 間接引起的     = 相應發生的
    │ = 後來的        = 隨之而來的
    │ = 因⋯結果而引起的
    │ = following  隨後的
    └ = resulting  結果的

    If you don't do it now, you must
                ┌ *consequent*
                │ *consequential*
    accept the  ┤ *subsequent*
                │ *ensuing*
                │ *following*
                └ *resulting*
    responsibility.
    現在不做，後果自負。

84. ↔ **pre ┆ vi ┆ ous**〔'prɪvɪəs〕 *adj.*
　　　before ┆ way ┆
　　　　　　　　　　　　　以前的
　　= prior = earlier
　　= former

85. **en ┆ sue** 〔ɛn'su〕 *v.* 接著而來；
　　　make ┆ follow
　　　　　　　　　　　因而發生
　　= follow
　　If you don't pay attention, an
　　accident will ***ensue***.
　　　　　　　　　‖
　　　　　　　　follow
　　不專心，便會出事。

86. **sue** 〔su〕 *v.* 控告

87. **sequ ┆ el** 〔'sikwəl〕 *n.* 續集
　　　follow ┆ 小
　　the sequel to the novel　小說的續集

88. **ex ┆ ecute** 〔'ɛksɪ,kjut〕 *v.* 執行；
　　　out ┆ secut
　　　　　　　　　　　　　　　　　處死

89. **ex ┆ ecut ┆ ion** 〔,ɛksɪ'kjuʃən〕 *n.*
　　　out ┆ follow ┆ *n.*
　　　　　　　　　　　　　　執行；處死

90. **ex ┆ ecut ┆ ive** 〔ɪg'zɛkjʊtɪv〕 *adj.*
　　　out ┆ follow ┆
　　　　　　　　　執行的　*n.* 主管
　　executive ruling party　執政黨

91. **CEO** 〔,si,i'o〕 *n.* ( 公司 ) 總裁
　　= chief executive officer

92. **con ┆ secut ┆ ive** 〔kən'sɛkjʊtɪv〕
　　　一起 ┆ follow ┆ *adj.*
　　*adj.* 連續不斷的 ( 一直跟在一起 )
　　It has rained for three
　　***consecutive*** hours.
　　雨已經連續下了三個小時。

93. **per ┆ secute** 〔'pɜsɪ,kjut〕 *v.*
　　　through ┆ follow
　　　　　　　　　　迫害 ( 完全跟蹤 )
　　Aung San Suu Kyi was
　　***persecuted*** for 23 years.
　　翁山蘇姬受了 23 年迫害。

94. **per ┆ secut ┆ ion** 〔,pɜsɪ'kjuʃən〕
　　　完全 ┆ follow ┆ *n.*
　　　　　　　　　　　　　　*n.* 迫害

95. **pro ┆ secute** 〔'prɑsɪ,kjut〕 *v.*
　　　forward ┆ follow
　　　　　　　　　　起訴 ( 向前追蹤 )

96. **pro ┆ secut ┆ ion**
　　　forward ┆ follow ┆ *n.*
　　〔,prɑsɪ'kjuʃən〕 *n.* 起訴

97. **pro ┆ secut ┆ or** 〔'prɑsɪ,kjutɚ〕
　　　向前 ┆ follow ┆ 人
　　　　　　　　　　　　　*n.* 檢察官

98. **pur ┆ sue** 〔pɚ'su , -'sju〕 *v.* 追求；
　　　向前 ┆ follow
　　　　　　　　　　　　　　　　追捕

99. **pur ┆ suit** 〔pɚ'sut〕 *n.* 追求；
　　　forward ┆ follow
　　　　　　　　　　　　　　　追捕

100. **suit** 〔sut〕 *v.* 適合

101. **suit ┆ able** 〔'sutəbl̩〕 *adj.* 合適的

102. **suit ┆ e** 〔swit〕 *n.* 套房
　　　follow ┆ 　　　( 一物 follow 一物成套 )
　　executive suite = V.I.P. suite
　　高級主管套房；行政套房

103. **sweet** 〔swit〕 *adj.* 甜的
　　( 和 suite 同音 )

背完後檢查：請看中文説出英文，並拼出字母，把不認識的單字，於空格中做記號。

□　1. 擺姿勢　＿＿＿＿＿＿

□　2. 姿態；姿勢　＿＿＿＿＿

□　3. 確定的　＿＿＿＿＿＿

□　4. 位置　＿＿＿＿＿＿

□　5. 同位語　＿＿＿＿＿＿

□　6. 介系詞　＿＿＿＿＿＿

□　7. 郵政；崗位　＿＿＿＿＿

□　8. 郵政的　＿＿＿＿＿＿

□　9. 郵資　＿＿＿＿＿＿

□ 10. 反對　＿＿＿＿＿＿

□ 11. 反對　＿＿＿＿＿＿

□ 12. 相反的　＿＿＿＿＿＿

□ 13. 猜想；以為　＿＿＿＿＿

□ 14. 如果　＿＿＿＿＿＿

□ 15. 據稱；據說　＿＿＿＿＿

□ 16. 加於；強加於　＿＿＿＿

□ 17. 壯觀的；雄偉的　＿＿＿

□ 18. 徵收　＿＿＿＿＿＿

□ 19. 騙子；冒充者　＿＿＿＿

□ 20. 暴露　＿＿＿＿＿＿

□ 21. 展覽會　＿＿＿＿＿＿

□ 22. 暴露　＿＿＿＿＿＿

□ 23. 組成；作；使鎮靜　＿＿

□ 24. 作曲家　＿＿＿＿＿＿

□ 25. 鎮靜　＿＿＿＿＿＿

□ 26. 合成的　＿＿＿＿＿＿

□ 27. 作文　＿＿＿＿＿＿

□ 28. 堆肥　＿＿＿＿＿＿

□ 29. 分解　＿＿＿＿＿＿

□ 30. 提議　＿＿＿＿＿＿

□ 31. 提議；求婚　＿＿＿＿＿

□ 32. 提議；論點　＿＿＿＿＿

□ 33. 處置；處理　＿＿＿＿＿

□ 34. 用完即丟的　＿＿＿＿＿

□ 35. 性情；氣質　＿＿＿＿＿

□ 36. 使不願意　＿＿＿＿＿

□ 37. 休息　＿＿＿＿＿＿

□ 38. 休息；安息　＿＿＿＿＿

□ 39. 儲藏室；靈骨塔　＿＿＿

□ 40. 罷免　＿＿＿＿＿＿

□ 41. 存款　＿＿＿＿＿＿

□ 42. 罷免　＿＿＿＿＿＿

□ 43. 調換　＿＿＿＿＿＿

□ 44. 把…並列　＿＿＿＿＿

□ 45. 使…傾向　＿＿＿＿＿

□ 46. 傾向　＿＿＿＿＿＿

□ 47. 目的　＿＿＿＿＿＿

□ 48. 暫停　＿＿＿＿＿＿

□ 49. 部份；分開　＿＿＿＿＿

□ 50. 離別；分手　＿＿＿＿＿

☐ 51. 參加 ＿＿＿＿＿＿

☐ 52. 一部份的 ＿＿＿＿＿

☐ 53. 偏袒；偏心 ＿＿＿＿

☐ 54. 分子 ＿＿＿＿＿＿

☐ 55. 特別的 ＿＿＿＿＿

☐ 56. 獨特性 ＿＿＿＿＿

☐ 57. 隔板牆；分割 ＿＿＿

☐ 58. 夥伴；合夥人 ＿＿＿

☐ 59. 合夥；合作 ＿＿＿

☐ 60. 分開地 ＿＿＿＿＿

☐ 61. （出租）公寓 ＿＿＿

☐ 62. 公寓 ＿＿＿＿＿＿

☐ 63. 分格；間隔 ＿＿＿

☐ 64. 離開；出發 ＿＿＿

☐ 65. 離開；出發 ＿＿＿

☐ 66. 部門 ＿＿＿＿＿＿

☐ 67. 百貨公司 ＿＿＿＿

☐ 68. 分給；傳授 ＿＿＿

☐ 69. 公平的 ＿＿＿＿＿

☐ 70. 公平；不偏不倚 ＿＿

☐ 71. 相對的人或物 ＿＿＿

☐ 72. 參加者 ＿＿＿＿＿

☐ 73. 包裹 ＿＿＿＿＿＿

☐ 74. 部份；一份 ＿＿＿

☐ 75. 比例 ＿＿＿＿＿＿

☐ 76. 成比例的 ＿＿＿＿

☐ 77. 順序；連續 ＿＿＿

☐ 78. 按順序的 ＿＿＿＿

☐ 79. 結果；重要 ＿＿＿

☐ 80. 由此引起的 ＿＿＿

☐ 81. 結果的；重要的 ＿＿

☐ 82. 結果；因此；所以 ＿

☐ 83. 後來的；隨後的 ＿＿

☐ 84. 以前的 ＿＿＿＿＿

☐ 85. 接著而來 ＿＿＿＿

☐ 86. 控告 ＿＿＿＿＿＿

☐ 87. 續集 ＿＿＿＿＿＿

☐ 88. 執行；處死 ＿＿＿

☐ 89. 執行；處死 ＿＿＿

☐ 90. 執行的；主管 ＿＿＿

☐ 91. （公司）總裁 ＿＿＿

☐ 92. 連續不斷的 ＿＿＿

☐ 93. 迫害 ＿＿＿＿＿＿

☐ 94. 迫害 ＿＿＿＿＿＿

☐ 95. 起訴 ＿＿＿＿＿＿

☐ 96. 起訴 ＿＿＿＿＿＿

☐ 97. 檢察官 ＿＿＿＿＿

☐ 98. 追求；追捕 ＿＿＿

☐ 99. 追求；追捕 ＿＿＿

☐ 100. 適合 ＿＿＿＿＿＿

☐ 101. 合適的 ＿＿＿＿＿

☐ 102. 套房 ＿＿＿＿＿＿

☐ 103. 甜的 ＿＿＿＿＿＿

最後再複習：下面單字按照字母序排列，請把還不認識的單字做一記號。
第一次不會，做個記號，第二次再不會，再做個記號。

☐☐ apart
☐☐ apartment
☐☐ apposition
☐☐ CEO
☐☐ compartment
☐☐ compose
☐☐ composer
☐☐ composite
☐☐ composition
☐☐ compost
☐☐ composure
☐☐ condominium
☐☐ consecutive
☐☐ consequence
☐☐ consequent
☐☐ consequential
☐☐ consequently
☐☐ counterpart
☐☐ decompose
☐☐ depart
☐☐ department
☐☐ department
　　 store
☐☐ departure
☐☐ depose
☐☐ deposit
☐☐ deposition
☐☐ disposable
☐☐ dispose
☐☐ disposition
☐☐ ensue
☐☐ execute
☐☐ execution
☐☐ executive
☐☐ expose

☐☐ exposition
☐☐ exposure
☐☐ impart
☐☐ impartial
☐☐ impartiality
☐☐ impose
☐☐ imposing
☐☐ imposition
☐☐ impostor
☐☐ indispose
☐☐ juxtapose
☐☐ oppose
☐☐ opposite
☐☐ opposition
☐☐ part
☐☐ partake
☐☐ parcel
☐☐ partial
☐☐ partiality
☐☐ participant
☐☐ particle
☐☐ particular
☐☐ particularity
☐☐ parting
☐☐ partition
☐☐ partner
☐☐ partnership
☐☐ pause
☐☐ persecute
☐☐ persecution
☐☐ portion
☐☐ pose
☐☐ position
☐☐ positive
☐☐ post

☐☐ postage
☐☐ postal
☐☐ posture
☐☐ predispose
☐☐ predisposition
☐☐ preposition
☐☐ previous
☐☐ proportion
☐☐ proportional
☐☐ proposal
☐☐ propose
☐☐ proposition
☐☐ prosecute
☐☐ prosecution
☐☐ prosecutor
☐☐ purpose
☐☐ pursue
☐☐ pursuit
☐☐ reposal
☐☐ repose
☐☐ repository
☐☐ sequel
☐☐ sequence
☐☐ sequential
☐☐ subsequent
☐☐ sue
☐☐ suit
☐☐ suitable
☐☐ suite
☐☐ suppose
☐☐ supposedly
☐☐ supposing
☐☐ sweet
☐☐ transpose

# Required Synonyms 16-18

## 1. presumptuous

〔 prɪˈzʌmptʃʊəs 〕 *adj.* 冒昧的；
放肆的；專橫的

= arrogant 〔ˈærəgənt 〕
= audacious 〔 ɔˈdeʃəs 〕
　　（a 開頭）

= forward 〔ˈfɔrwəd 〕
= bold 〔 bold 〕

= presuming 〔 prɪˈzumɪŋ 〕
= insolent 〔ˈɪnsələnt 〕

## 2. noted 〔ˈnotɪd 〕 *adj.* 著名的

= notable 〔ˈnotəbl 〕
= well-known 〔ˈwɛlˈnon 〕
= renowned 〔 rɪˈnaʊnd 〕
　　（發音都有 no）

= celebrated 〔ˈsɛləˌbretɪd 〕
= recognized 〔ˈrɛkəgˌnaɪzd 〕
= distinguished 〔 dɪˈstɪŋwɪtʃt 〕
　　（ed 結尾）

= eminent 〔ˈɛmənənt 〕
= illustrious 〔 ɪˈlʌstrɪəs 〕

## 3. devise 〔 dɪˈvaɪz 〕 *v.* 設計；發明

= work out
= think up

## 4. conventional 〔 kənˈvɛntʃənl 〕

*adj.* 習慣的；傳統的

= traditional 〔 trəˈdɪʃənl 〕
= customary 〔ˈkʌstəmˌɛrɪ 〕

= orthodox 〔ˈɔrθəˌdɑks 〕
= wonted 〔ˈwʌntɪd 〕

## 5. imposing 〔 ɪmˈpozɪŋ 〕 *adj.*

壯觀的；雄偉的

= impressive 〔 ɪmˈprɛsɪv 〕
= majestic 〔 məˈdʒɛstɪk 〕
= awesome 〔ˈɔsəm 〕

= striking 〔ˈstraɪkɪŋ 〕
= commanding 〔 kəˈmændɪŋ 〕
　　（ing 結尾）

= grand 〔 grænd 〕
= august 〔 ɔˈgʌst 〕
= stately 〔ˈstetlɪ 〕

## 6. partial 〔ˈpɑrtʃəl 〕 *adj.* 偏袒的

= biased 〔ˈbaɪəst 〕（ed 結尾）
= prejudiced 〔ˈprɛdʒədɪst 〕

= one-sided 〔ˈwʌnˈsaɪdɪd 〕
= unjust 〔 ʌnˈdʒʌst 〕

# 英文單字串聯記憶索引

可將不會的單字，做一個記號，再查閱前面背誦方法。

locomotion 2
locomotive 2
luxury 5
magician 6
magnanimous 3
magnate 5
magnificence 3
magnificent 3
magnifier 8
magnify 3
magnitude 8
maintain 10
maintenance 10
majestic 8
majesty 8
major 8
majority 8
maltreat 14
manage 5
management 5
manager 5
maneuver 5
manicure 5
manifest 5
manipulate 5
manipulation 5
manual 4
manufacture 4
manufacturing 4
manuscript 4
mark 12
master 8
maxim 8
maximum 8
mayor 8, 13
menu 4
message 9
messenger 9
meteor 7
meteorology 7
meter 5, 13
mine 15
minimum 8
minister 8

misadventure 17
misanthropist 7
misanthropy 7
missile 9
mission 9
missionary 9
mistreat 14
mob 14
mobile 14
mobilization 14
mobilize 14
moment 14
momentary 14
momentous 14
momentum 14
monarch 13
monk 13
monogamy 13
monologue 13
monopolize 13
monopoly 13
monotone 13
monotonous 13
monotony 13
monster 8
motif 14
motion 2
motivate 2
motivation 2
motive 2
motor 14
motorize 14
movable 14
move 14
movement 14
multilingual 13
multiplication 8
table 8
multiplicity 8
multiply 8
musician 6
mutable 4
mute 4
native 2

nautical 7
neglect 11
neglectful 11
negligence 11
negligent 11
negligible 11
neighbor 13
nonallergic 4
nonchalant 4
nonconductor 4
noncooperation 4
nondescript 4
nondurable 4
nonessential 4
nonmember 4
nonproductive 4
nonsense 17
nonstop 4
nun 13
oasis 12
object 9
objection 9
objective 9
objectivity 9
observance 9
observation 9
observatory 3
observe 9
obsess 15
obsession 15
obsessive 15
occlude 12
occur 1
occurrence 1
ocean current 1
October 13
octopus 13
ocular 13
odometer 5
offer 4
office 6
officer 6
official 6
omission 9

omit 9
operation 4
opportune 3
opportunist 3
opportunity 3
oppose 18
opposite 18
opposition 18
oppress 14
oppression 14
oppressive 14
optimistic 1
organ 7
organization 7
organize 7
overall 15
overcharge 15
overcoat 15
overcome 15
overdo 15
overdue 15
overeat 15
overestimate 15
overflow 15
overhead 15
overhear 15
overlap 15
overload 15
overlook 15
overnight 15
overpass 15
overpopulated 15
overpopulation 15
overrule 15
overseas 15
oversleep 15
overthrow 15
overtime 15
overturn 15
overwhelm 15
overwhelmingly 15
oxygen 12
oxyhydrogen
  blowpipe 12

oyster 8
paragraph 7
parcel 18
parent 4
part 18
partake 18
partial 18
partiality 18
participant 18
participate 5
participation 5
particle 18
participle 5
particular 1, 18
particularity 18
parting 18
partisan 13
partition 18
partner 18
partnership 18
pass 9
passage 9
passenger 9
passport 3
pastime 9
pastor 13
pause 18
payee 1
payer 1
pea 1
peal 15
peasant 1
pedal 5
peddler 5
pedestal 5
pedestrian 5
pedicure 5
pedometer 5
pend 1
pendant 1
pending 1
pendulum 1
pension 1
pentagon 13

# 劉毅英文家教班成績優異同學獎學金排行榜

| 姓名 | 學校 | 總金額 | 姓名 | 學校 | 總金額 | 姓名 | 學校 | 總金額 |
|---|---|---|---|---|---|---|---|---|
| 張文彥 | 建國中學 | 93330 | 張景哲 | 建國中學 | 33332 | 江家恩 | 蘭州國中 | 30000 |
| 林子玄 | 建國中學 | 84997 | 賴宜欣 | 秀峰高中 | 33000 | 陳瑾瑜 | 北一女中 | 29300 |
| 李璨宇 | 建國中學 | 77664 | 張庭瑋 | 大同高中 | 33000 | 廖珮妤 | 中山女中 | 29000 |
| 張心怡 | 北一女中 | 77664 | 李婉華 | 金陵女中 | 33000 | 胡鈞涵 | 成功高中 | 29000 |
| 汪汶姍 | 北一女中 | 76664 | 卓以娟 | 鷺江國中 | 33000 | 許乙捷 | 三和國中 | 29000 |
| 周士捷 | 建國中學 | 76064 | 陳筱翎 | 中和高中 | 32000 | 楊晏宇 | 明湖國中 | 29000 |
| 賴柏盛 | 建國中學 | 70664 | 李佳珆 | 木柵國中 | 32000 | 翁穎程 | 政大附中 | 28000 |
| 黃奕可 | 和平國中 | 64000 | 朱閔暄 | 光復國中 | 32000 | 文芷庭 | 中山女中 | 28000 |
| 黃頎媛 | 中崙高中 | 60000 | 曾旭安 | 永平高中 | 32000 | 林芷萱 | 明湖國中 | 28000 |
| 陳映綠 | 北一女中 | 59998 | 呂沄諮 | 松山高中 | 31000 | 袁國凱 | 師大附中 | 27666 |
| 郭芳佑 | 板橋高中 | 50000 | 李佳眞 | 市忠孝國中 | 31000 | 吳文寧 | 麗山國中 | 27000 |
| 廖珮妘 | 成淵高中 | 50000 | 呂盈竹 | 瑠公國中 | 31000 | 劉彥誠 | 石牌國中 | 27000 |
| 劉秉軒 | 建國中學 | 49998 | 顏于淳 | 育林國中 | 31000 | 陳瑞伯 | 師大附中 | 26666 |
| 邱郁晴 | 松山高中 | 49000 | 江哲立 | 師大附中 | 30666 | 汪景琦 | 建國中學 | 26666 |
| 黃徽茵 | 景美女中 | 46000 | 劉星辰 | 松山高中 | 30000 | 曾煦元 | 建國中學 | 26666 |
| 林揚翰 | 師大附中 | 45333 | 林子馨 | 板橋高中 | 30000 | 許頌恩 | 百齡高中 | 26666 |
| 呂佳壎 | 北一女中 | 44332 | 劉奕均 | 新竹高中 | 30000 | 郭家晉 | 師大附中 | 26666 |
| 顧存困 | 成功高中 | 43332 | 康學承 | 板橋高中 | 30000 | 于崴仰 | 成功高中 | 25666 |
| 陳彥龍 | 建國中學 | 43332 | 王心妤 | 衛理國中 | 30000 | 楊晴 | 松山高中 | 25000 |
| 周毅 | 建國中學 | 43332 | 林鎧丞 | 新興國中 | 30000 | 沈冠勳 | 恆毅國中 | 25000 |
| 游一心 | 建國中學 | 43332 | 楊詠卉 | 華江高中 | 30000 | 韓佳妤 | 大安國中 | 25000 |
| 陳冠綸 | 建國中學 | 43332 | 黃靖云 | 光榮國中 | 30000 | 陳德正 | 中和高中 | 25000 |
| 陳宇翔 | 建國中學 | 43332 | 詹亦揚 | 林口國中 | 30000 | 莊智涵 | 南山高中 | 24000 |
| 楊右晨 | 建國中學 | 43332 | 楊靈 | 民族國中 | 30000 | 王國宣 | 麗山國中 | 24000 |
| 蔡欣宸 | 北一女中 | 43332 | 林昌翰 | 敦化國中 | 30000 | 蔡宛庭 | 市三重高中 | 24000 |
| 黃昱為 | 建國中學 | 43332 | 林詩芸 | 溪崑國中 | 30000 | 歐毅山 | 政大附中 | 23000 |
| 陳子瑄 | 北一女中 | 43000 | 薛雯庭 | 新北高中 | 30000 | 邱繼新 | 溪崑國中 | 23000 |
| 陳宣妤 | 南湖高中 | 43000 | 施瑢安 | 中崙國中部 | 30000 | 林煒恩 | 竹林高中 | 23000 |
| 張承致 | 成淵高中 | 43000 | 曹雅婷 | 百齡國中 | 30000 | 許筱芙 | 清水國中 | 23000 |
| 林彥凱 | 建國中學 | 42332 | 謝蕓安 | 崇光女中 | 30000 | 黃柏實 | 建國中學 | 22000 |
| 楊勝舜 | 板橋高中 | 42000 | 許仔萱 | 福和國中 | 30000 | 賴芊孜 | 錦和國中 | 22000 |
| 黃長隆 | 師大附中 | 41665 | 楊卓儒 | 實踐國中 | 30000 | 劉芊妤 | 敦化國中 | 22000 |
| 丁子桓 | 建國中學 | 41000 | 邱鼎竣 | 新泰國中 | 30000 | 陳羿安 | 誠正國中 | 22000 |
| 洪苡宸 | 板橋高中 | 40000 | 林頠萱 | 和平國中 | 30000 | 張晨 | 麗山高中 | 21000 |
| 林宗佑 | 建國中學 | 39666 | 陳昱岑 | 民權國中 | 30000 | 蔡馨儀 | 台北商專 | 21000 |
| 楊昊璇 | 木柵國中 | 39000 | 吳柏楊 | 恆毅國中 | 30000 | 楊英祥 | 成淵高中 | 21000 |
| 許煥承 | 板橋高中 | 38000 | 詹喆竑 | 蘭州國中 | 30000 | 葉曜齊 | 新莊國中 | 21000 |
| 裴珈伶 | 百齡高中 | 38000 | 陳琭樺 | 大同國中 | 30000 | 蔡睿萱 | 衛理國中 | 21000 |
| 王振維 | 成功高中 | 38000 | 謝昕凌 | 五常國中 | 30000 | 陳竫 | 景興國中 | 21000 |
| 謝宇涵 | 東山高中 | 38000 | 吳柏逸 | 弘道國中 | 30000 | 翁敏軒 | 松山高中 | 21000 |
| 張婕蓁 | 義學國中 | 36000 | 何家萱 | 五股國中 | 30000 | 黃子芸 | 南門國中 | 21000 |
| 江柔葳 | 東山國中 | 35000 | 廖重 | 延平中學 | 30000 | 張書毓 | 景興國中 | 21000 |
| 劉臻 | 北一女中 | 34332 | 張維納 | 新興國中 | 30000 | 林恩綺 | 永春高中 | 21000 |
| 張禎云 | 北一女中 | 34332 | 湯越丞 | 秀峰國中 | 30000 | | | |

※ 因版面有限，尚有領取高額獎學金同學，無法列出。

 劉毅英文教育機構 台北市許昌街17號6F（捷運M8出口對面）☎：(02) 2389-5212
網址：www.learnschool.com.tw

# 英文字根串聯記憶
## The Root Word Connection Method

售價：180 元

主　　　編 / 劉　毅

發 行 所 / 學習出版有限公司　　☎ (02) 2704-5525

郵 撥 帳 號 / 05127272 學習出版社帳戶

登 記 證 / 局版台業 *2179* 號

印 刷 所 / 裕強彩色印刷有限公司

台 北 門 市 / 台北市許昌街 10 號 2F　　☎ (02) 2331-4060

台灣總經銷 / 紅螞蟻圖書有限公司　　☎ (02) 2795-3656

本公司網址 / www.learnbook.com.tw

電 子 郵 件 / learnbook@learnbook.com.tw

2019 年 1 月 1 日新修訂

ISBN 978-986-231-186-8

21.

### 英文字根字典　書680元

這是一本最完整的背單字專用字典。背不下來的單字，查「英文字根字典」，不僅可以知道該單字的真正含意，還可以觸類旁通。長久累積下去，你的字根分析能力會越來越強，以後不需要查字典，也能猜出生字的意義。

22.

### 英文同義字典　書480元

透過同義字群的方式來記憶單字，是增加單字最迅速有效的方法。當我們說話或寫作時，常需要重複表達相同的意念，為避免枯燥和累贅，就要活用同義字。本書提供您最常用的同義字資料，強化您的用字能力。

23.

### 英文反義字典　書220元

學習反義字是認識單字的方法之一。英文中的反義字數目龐大，範圍極廣。本書收錄的是出現頻率最高、最大眾化的單字，可經常活用於日常生活中，對於翻譯和作文，亦有莫大的幫助。

24.

### 英文諺語辭典　書480元

諺語是人類生活經驗的精華。背了英文諺語，在會話或作文中都用得到。本書收錄諺語最完備齊全，並註明最常用、常用、或少用。艱難諺語附有文法解釋，並註明來源出處；常用諺語註明使用場合及方法，並附有「同義諺語歸納」。

25.

### KK音標專有名詞發音辭典　書380元

全國第一本以KK音標註解的專有名詞發音辭典。從英文書籍、報章雜誌及新聞中，共收錄九萬多個專有名詞，包括英、美兩國，及其他各國人口超過兩萬的都市，還有難解的愛爾蘭、希臘，以及拉丁文中，與典故有關的人名與地名等。

**26.**

## 高中必考英文法教本　書100元

文法規則條理分明，簡單易懂，一學就會。每條題目均出自國內外大學入學考試，從題目中歸納出重要文法，題題具有代表性，可以讓你舉一反三。

**27.**

## 高中生必背4500字　書280元

高中課綱明訂高中生畢業時，要學會4,500個單字。書中重要的字彙附有例句；難背的單字附有「記憶技巧」，重要單字附有「同、反義字」、關鍵字附有「典型考題」，背完即可自我測驗，立即驗收學習成效。

**28.**

## 一口氣必考字彙極短句

(附錄音QR碼及劉毅老師教學實況影音)　書特價280元

背「一口氣必考字彙極短句」，增強單字實力，而且背過的句子，說起來有信心，每一句都可主動對外國人說。單字均註明級數，不超出常用7000字範圍。學完不僅單字增加，能說出美妙的語言，還能夠讓同學戰勝考試。

**29.**

## 用字根背單字教本　書100元

只要掌握單字的分析，就可以串聯記憶很多單字。許多單字有很多意思，經過分析後，才知道它真正的意思。利用「字首+字根+字尾」的科學記憶法，可觸類旁通，舉一反十。

**30.**

## 英文字根串聯記憶　書180元

所有單字量大的人，都是利用「字根」來背單字。「英文字根串聯記憶」就是把單字串聯起來，一個接一個地背，以字根為主軸，再從字根的意思了解整個單字的意思。背完本書，無論考試、閱讀、寫作文，都沒問題了。

31.

## 一口氣背單字　書+CD 380元

「一口氣背單字」不需要背拆字，以字根為主軸，一背一長串，字首、字尾都大同小異，換一個字根，就可能造出新的字。第一個目標，是背字根為pose的72個單字，pose這一組背完後，其他字根就簡單了。

32.

## 易背英作文100篇　書150元

要在最短的時間內，寫出一篇通順達意且文法正確的英文作文，平時就應累積實力，多看、多背各類型的範文。本書精選100個最熱門題目，以中國學生的思想觀念為主，由外國老師執筆，範文簡短易背，並附有流暢的翻譯與註解。

33.

## 高中書信英作文100篇　書 180元

書信作文是未來「學測」和「指考」的趨勢。我們找了學校名師出題，再找100多位優秀的高中同學試寫，再由美籍老師Christian Adams 和 Laura E. Stewart改寫。好的英文作文句子短、有力量，同學背起來又很容易。

34.

## 一口氣背會話(上、下集)　書+CD 每本 580元

取材自美國口語的精華，三句一組，九句一段，背到五秒內，終生不忘記。背過的語言，說出來最有信心，英語表達力勝過所有美國人，而且所背的英文也適合書寫。英文會說、會寫以後，聽和讀還有什麼問題?!

35.

## 教師一口氣英語　書+CD 400元

書中的108句，都是精挑細選，美國口語中的精華。只要按照所背的來教「一口氣英語」，就可以整堂課都用英語教書。背熟本書，老師可在課堂上，講出最優美的英語。教「一口氣英語」，使你成為最快樂的英文老師。

**36.**

### 演講式英語　書+CD 480元

不需要外國人，自己就可以背，背完就可以演講。句子經過精心挑選，由美國人平常所說的話組成，平易近人，簡潔有力。「演講式英語」也是萬用作文，背完不僅增加字彙，立刻會說英文，也可將演講中的句子運用在作文中。

**37.**

### 一口氣背演講全集①~⑥　書+MP3 580元

利用「一口氣背會話」的原理，三句為一組，九句為一段，每篇演講稿共54句，背到一分鐘之內，就可以變成直覺。由於三句一組，每句話都儘量簡潔，所以說起來強而有力，精彩極了！背演講稿的新方法，就是中文和英文一起背。

**38.**

### 英語演講寶典(修訂版)　書980元

「英語演講寶典」就像「文法寶典」一樣，不管你需要什麼演講稿，不管你需要什麼句子，都可以在裡面查得到。這120篇演講稿，都是在「劉毅英文教育機構」實際使用過，深受同學喜愛，提供給所有想把英語學好的讀者。

| 39. | 40. | 41. | 42. |
|---|---|---|---|

✦ 歷屆大學聯考英文試題全集珍藏本　　　　　　書680元
✦ 歷屆大學學測英文科試題詳解 (83年~98年)　書580元
✦ 歷屆大學學測英文試題詳解② (99年~106年)　書380元
✦ 101年~107年指定科目考試各科試題詳解
　　　(101年~103年) 書每冊220元　　(104年~107年) 書每冊280元

我們將命題教授歷年來的心血結晶，全部保存下來，連教授看了都鼓掌叫好。附詳細解答，是老師出題及學生複習的最佳參考資料。